Contemporánea

Stefan Zweig nació en Viena en 1881 en el seno de una acomodada familia judía. Desde muy joven practicó distintos géneros literarios, incluidos la poesía, el teatro, la traducción, la biografía y la crítica literaria. Se hizo famoso en el mundo entero gracias a sus novelas y sus ensayos, que obtuvieron grandes ventas en su tiempo, se tradujeron a unos cincuenta idiomas y desde entonces han alcanzado el estatuto de clásicos. De su amplia producción cabe citar narraciones como *Carta de una desconocida*, *Amok*, *La confusión de los sentimientos*, *Veinticuatro horas en la vida de una mujer* o *Novela de ajedrez*; la autobiografía *El mundo de ayer* y los estudios literarios *Tres maestros* y *Tres poetas*. Zweig participó en la Primera Guerra Mundial, pero una vez finalizado el conflicto se convirtió en un pacifista que apoyaba la unificación de Europa. Con el ascenso del nazismo, se exilió en Londres, donde pasó tres años, y más tarde emigró a Brasil. Desesperanzado ante los acontecimientos subsiguientes, que consideraba el final de su mundo, se suicidó el 22 de febrero de 1942 en Petrópolis.

Stefan Zweig

Tres poetas de sus vidas
Casanova. Stendhal. Tolstói

Traducción de
Joaquín Verdaguer

DEBOLS!LLO

Papel certificado por el Forest Stewardship Council®

Título original: *Drei Dichter Ihres Lebens*

Primera edición: marzo de 2026

1928, Stefan Zweig
© 2026, Penguin Random House Grupo Editorial, S. A. U.
Travessera de Gràcia, 47-49. 08021 Barcelona
© Joaquín Verdaguer, por la traducción
Diseño de la cubierta: Penguin Random House Grupo Editorial / Marta Pardina
Imagen de la cubierta: © Shutterstock
Fotografía del autor: © Süddeutsche Zeitung Photo / Alamy Stock Photo

Printed in Spain – Impreso en España

ISBN: 978-84-663-7900-7
Depósito legal: B-1.203-2026

Compuesto en Comptex & Ass., S.L.
Impreso en Novoprint
Sant Andreu de la Barca (Barcelona)

P 3 7 9 0 0 7

Índice

Prólogo

The proper study of mankind is man.

[El estudio propio del género humano es el hombre].

Pope

En la serie de biografías que he titulado «Los constructores del mundo» y en la que pretendo dar una idea clara de los tipos más característicos del espíritu creador, presentándolos en forma de figuras, viene el presente volumen a complementar los dos anteriores, siendo, sin embargo y al mismo tiempo, opuesto a ellos. En La lucha contra el demonio presenté las figuras de Hölderlin, Kleist y Nietzsche como ejemplo característico de los espíritus que se ven arrastrados por el demonio, lejos de sí mismos, más allá del mundo real, al infinito. En *Tres maestros* presenté a Balzac, Dickens y Dostoievski como creadores prototípicos de mundos épicos, que saben situar en el cosmos de su novela una segunda realidad junto a la ya existente. El camino de *Tres poetas de sus vidas* no conduce al infinito, ni tampoco al mundo real, sino que es un camino que vuelve hacia ellos mismos. No tratan de desplegar la plenitud de la existencia, el macrocosmos, sino que se sienten inconscientemente inclinados a mostrar el microcosmos, el propio yo, que para ellos es la misión más importante de su arte. Ninguna realidad es para ellos más importante que la de la propia existencia. Mientras que el poeta creador de mundos, el extrovertido, como se le llama en psicología, se siente atraído por el mundo que lo rodea y en él sabe disolver su propio yo de tal forma que resulta difícil encontrarlo en sus narraciones (el ejemplo perfecto es Shakespeare, cuya humanidad se ha convertido en un mito), el introvertido, es decir, el de sensibilidad subjetiva, se inclina siempre hacia sí mismo, deja que todo lo mundano termine en él y es, ante todo, creador de su propia vida. Sea cual sea el género que elija, drama, epopeya, poesía o autobiografía, siempre ubicará inconscientemente en su obra su propio yo como medio y centro, pues con cada representación se representa a sí mismo. Con este tercer volumen me propongo mostrar, y he ahí el problema, ese tipo de artista subjetivista centrado en sí mismo, así como su forma decisiva de arte, la autobiografía, valiéndome de tres figuras: Casanova, Stendhal y Tolstói.

Casanova, Stendhal, Tolstói. Bien sé que esos tres nombres, dichos así, han de producir más bien sorpresa que conformidad, porque no se adivinará tal vez, de pronto, cómo el nombre de Casanova, un amoral pícaro libertino y artista dudoso, puede acompañar al de Tolstói, un creador tan perfecto y héroe ético. El hecho de que convivan en un libro no significa que se sitúen en un mismo plano intelectual. Al contrario, esos tres nombres simbolizan tres escalones de una misma forma esencial, cada vez con un grado superior; representan, repito, no tres formas de idéntico valor, sino tres escalones ascendentes de una misma función creadora: la autorrepresentación. Casanova representa, naturalmente, el escalón inferior, el primero y más primitivo, a saber: una forma simple de representación de sí mismo en la que las vivencias exteriores, palpables y reales y vida se equiparan; y los acontecimientos sucesivos de su existencia se narran de forma desinhibida sin valorarlos, sin ninguna introspección. La autobiografía de Stendhal es ya un escalón más alto porque es *psicológica*. A Stendhal no le basta la simple exposición de hechos, el simple currículo vital, sino que siente ya curiosidad por sí mismo, necesita observar el mecanismo de sus impulsos, buscar los motivos de sus omisiones, es decir, la dramaturgia en el espacio anímico. Con ello empieza una nueva perspectiva, la de la doble perspectiva del yo, como sujeto y objeto, la doble biografía del interior y del exterior. El observador se observa a sí mismo, el sensible examina sus sentimientos; no solo la vida mundana, la vida psíquica también es objeto de atención. En el tipo de Tolstói, esta observación del alma alcanza su punto más elevado al erigirse al mismo tiempo en una autorrepresentación *ético-religiosa*. En Tolstói, el perspicaz observador describe su vida, el sutil psicólogo analiza y estudia los reflejos de sus sentimientos, pero se añade además un nuevo elemento en esta observación de sí mismo; la mirada implacable de la conciencia examina cada palabra en su veracidad, cada pensamiento en su pureza, cada sentimiento en su fuerza motriz. La propia observación es, más bien, examen moral, juicio. El artista no se contenta solo con el tipo y la forma, sino que exige ya que sus palabras expresen el valor y el sentido de su manifestación terrenal.

Ese tipo de artista sabe llenar con su yo cualquier forma de arte, aunque solo lo logra completamente bajo la forma de la autobiografía, que es la epopeya de su yo. Pero la autobiografía es una de las formas más difíciles del arte y no está al alcance de cualquiera; es la forma que encierra más responsabilidad. Pocas veces se alcanza a lograrla (en toda la vasta literatura mundial se cuentan apenas una docena de esa clase de obras que posean verdadera espiritualidad), y menos veces aún se busca su forma psicológica, porque entonces se debe descender ya de la zona puramente literaria hasta el más profundo laberinto de la psicología. No cabe aquí, en estas líneas, la temeridad de intentar exponer las posibilidades y las limitaciones de las autobiografías; sirvan solo estas palabras como un preludio en que se plantean algunas observaciones sobre el problema.

A primera vista, parece que la autobiografía ha de ser lo más espontáneo y hasta lo más fácil que un artista puede emprender, pues ¿qué vida puede conocer uno mejor que la suya propia? Presentes están todos los acontecimientos de esa existencia que se dispone a narrar, expuesto ante él lo más secreto, lo más íntimo y oculto, así que, para poder decir *la* verdad de su existencia, lo que esta ha sido realmente, no tiene más que ir buscando en su memoria y escribir los acontecimientos de su vida. Eso es algo, aparentemente, tan sencillo como levantar el telón de una escena que ya ha sido dispuesta, como limitarse a quitar una de las cuatro paredes que circunscriben nuestro yo para enseñarlo así al mundo. Y más aún: así como la fotografía exige tan poco talento pictórico por ser una captación mecánica de la realidad, de igual modo, parece que quien escribe su autobiografía no necesita ningún gran talento literario, sino que le basta con ser un registrador sincero que sepa dar forma literaria a cuanto le ha sucedido, a su destino.

Pero la experiencia nos enseña que un autor corriente que escriba una autobiografía no ha logrado nunca nada más que recoger el testimonio de unos hechos que el azar le permitió presenciar. Para crear una imagen de sí mismo se necesita un artista avezado, intuitivo y, aun en este caso, pocos hay capaces de esa labor tan difícil y tan llena de responsabilidades, pues ningún camino se muestra más entre sombras y más intransitable en la penumbra de los recuerdos que el que desciende desde la superficie de un hombre, desde su presente, hasta esa región oscura del pasado, de lo que ya se dejó atrás. Se necesita una gran osadía para avanzar por ese sendero tortuoso y resbaladizo que, bordeando nuestros propios abismos, va descendiendo por entre olvidos propios voluntarios, engaños y mentiras, hasta la última soledad: la soledad de uno consigo mismo, donde, como en Fausto, se ciernen inmóviles, inertes, las imágenes de la propia existencia, símbolos ya tan solo de una vida que fue. ¡Qué heroica paciencia y seguridad en sí mismo necesita un hombre antes de poder pronunciar con autoridad las sublimes palabras de *vidi cor meum*, «¡He conocido mi propio corazón!»!. ¡Y cuán penoso es el retorno, es decir, volver a ascender desde lo más interno del ser hasta el mundo exterior; desde la observación hasta la plasmación de lo observado, hasta la descripción de uno mismo! Nada puede dar una idea más exacta de las dificultades de una empresa tal que considerar las pocas veces que ha sido realizada: con los dedos de la mano se pueden contar los que han logrado poner en palabras su imagen espiritual, y aun en esos contados casos de perfección relativa, ¡cuántas lagunas, cuántas cabriolas y artificios! En el arte, lo más difícil es precisamente lo más cercano y más fácil en apariencia; lograrlo es lo más arduo. No hay persona de su época ni de ninguna otra época que al artista le suponga un mayor esfuerzo de veracidad que él mismo.

Pero ¿qué es eso que, generación tras generación, empuja al hombre hacia una tarea tan difícil? Pues un impulso elemental incrustado en el hombre, el anhelo innato de ser eterno. Situados en la movediza corriente de la vida, oscurecidos por la transitoriedad, destinados a una continua transformación, arrastrados por la corriente del tiempo, como una molécula entre millones de ellas, cada cual, empujado por una intuición de inmortalidad, aspira a dejar una huella perenne de su paso, un rastro de su haber estado una vez y nunca más. Testimoniar y dar testimonio de uno mismo es en el fondo lo mismo, una función primordial, la de dejar al menos una pequeña muesca en el inmenso tronco del árbol de la humanidad siempre creciente. Toda autobiografía, si se analiza, no es más que una forma de ese anhelo de perpetuación, y sus primeros ensayos, sin disponer de la escritura ni de la forma artística, son los bloques de piedra que indican una tumba, las lápidas que pregonan grandes hazañas cuyo eco se ha perdido ya, las cortezas de árbol talladas. En el lenguaje pétreo nos habla ya ese impulso primitivo de los primeros hombres, alejados de nosotros por un abismo de milenios. Hace tiempo que sus acciones perdieron su razón de ser; incomprensible es el lenguaje de aquellas generaciones convertidas ya en polvo, pero aún entendemos que nos hablan del deseo de conservarse, de deslizar en la vida de otras generaciones la huella de su existencia, soplos de lo que fueron «una vez y nunca más». Y es esa voluntad de perpetuarse, esa voluntad oscura de perdurar en el tiempo, el motivo elemental y el inicio de toda autorrepresentación.

Mucho más tarde, después de siglos y más siglos, en una humanidad con mayor conciencia y sabiduría, se articula una nueva voluntad en ese borroso impulso, y esa nueva voluntad es el anhelo de conocerse, de encontrar el propio yo, de definirse, de verse. Cuando, como dice san Agustín de forma maravillosa, una persona «se convierte en su propia pregunta» y busca una respuesta que solo a ella pertenece, contempla entonces el camino de su vida, como si fuera un mapa, para reconocerlo con mayor claridad y nitidez. No desea explicarse ante los demás, sino ante ella misma. Y es precisamente en este punto donde empieza esa bifurcación, hoy todavía reconocible en toda autobiografía, entre la representación de la vida o de los sucesos, entre dirigirse a los demás o a uno mismo, entre lo objetivamente externo y lo subjetivamente interno, entre exponerse a los demás o hacerlo ante uno mismo. En las del primer grupo se tiende siempre a la publicidad y la confesión es su forma más adecuada, ya sea ante la comunidad o por medio del libro; las del otro tipo adoptan más la forma de un monólogo y se bastan con un diario. Solo las naturalezas verdaderamente complejas, como Goethe, Stendhal o Tolstói han buscado una síntesis de ambas tendencias y han tratado de alcanzar la eternidad bajo ambas formas a la vez.

Pero contemplarse y verse a sí mismo no es más que una fase preparatoria, un paso aún inconsciente. Una verdad puede seguir siendo fácilmente verdadera siempre que se oiga a sí misma. En realidad, la miseria, el tormento del artista empieza cuando quiere comunicar esa verdad; entonces es cuando al autobiógrafo se le exige el heroísmo de la sinceridad. Pues, junto a aquella fuerza atávica que nos empuja a querer dejar recuerdo de lo que hemos sido, hay otra fuerza contraria que podríamos llamar de silencio autoimpuesto, de reserva y que se exterioriza por medio de lo que llamamos vergüenza. De la misma manera que una mujer se siente deseosa de entregarse porque así lo pide su naturaleza, pero al mismo tiempo una tendencia contraria le manda guardarse, así también, en el intelecto, hay una fuerza que nos manda confiarnos, describirnos, y otra fuerza contraria, una especie de pudor, que nos aconseja callar nuestra intimidad, pues hasta el más favorecido no se siente tan perfecto como le gustaría parecer, y por eso ansía enterrar con él sus defectos, sus fealdades, sus mezquindades cuando trata de dejar su imagen entre los hombres. La vergüenza, el pudor son, así pues, el eterno enemigo de la autobiografía, ya que, adulándonos, nos quieren seducir para que nos representemos no como somos, sino como deseamos ser vistos. Con engaños y artimañas este sentimiento seduce al artista más honrado a fin de que oculte su verdadera intimidad, lo peligroso que haya en él, a que esconda cuanto pueda haber que merezca la mayor discreción, y mueve así la mano del artista para que excluya detalles que puedan desfigurarlo (¡justamente los de más valor psicológico!) o para que los adorne por medio de un hábil juego de luces y sombras, retocando así los rasgos más característicos. Y aquel que cae en esa tentación ya no puede hacer la descripción de sí mismo; lo que únicamente ha logrado es hacer una apoteosis de sí mismo o, cuando menos, una defensa de su persona. Por eso, cualquier autobiógrafo honrado necesitará estar siempre sobre aviso para que de su narración veraz no se apodere la vanidad, y habrá de librar una lucha para poder imponerse a la tendencia que lo empuja a hacer un retrato a gusto de los demás. Y para esa honradez artística hace falta un heroísmo que se encuentra solo alguna vez entre millones, porque en eso no hay inspección de nadie, no hay testigos ajenos, sino que uno es juez, testigo, acusador y defensor en una sola persona.

Contra el propio engaño no hay coraza ni defensa que sea perfecta, pues, así como en el arte de la guerra siempre se inventa una bala más fuerte frente a cada nueva coraza, aquí también, para cada escalón de conocimiento sobre uno mismo, surge la correspondiente mentira. Si un hombre cierra a cal y canto sus puertas contra esa mentira, esta se deslizará, reptará con la mayor flexibilidad y penetrará por cualquier resquicio. Si el artista pacientemente va estudiando esos engaños, esas invenciones, la mentira, por su parte, irá buscando nuevas artimañas, nuevos trucos o, como una pantera, se recogerá en la oscuridad para, en el momento oportuno, precipitarse de improviso. Y a medida que el hombre afina su comprensión y sus matices psicológicos, afina también el arte de engañarse a sí mismo. La verdad manejada tosca y sencillamente encierra solo mentiras toscas y sencillas; solo cuando hay un sutil observador estas mentiras se tornan sofisticadas, y solo las reconocerá otra vez el sagaz observador, porque se esconden en las más extrañas y audaces formas camaleónicas y su máscara más peligrosa es siempre la aparente sinceridad. Así como las serpientes anidan entre rocas y guijarros, así también las mentiras más peligrosas se esconden con preferencia a la sombra de las grandes confesiones, de esas confesiones patéticas y de apariencia tan heroica. Seamos, por tanto, muy precavidos cuando, en una autobiografía, se encuentran pasajes patéticos en que el autor se desnuda sorprendentemente y se ataca a sí mismo: no sea que tras esa confesión rotunda se oculte cuidadosamente una mentira más profunda todavía, algo que se desea ocultar y volver imperceptible bajo los golpes del *mea culpa.* ¡En toda confesión exagerada se esconde siempre una debilidad! Algo que se oculta misteriosamente en el pudor induce al hombre a desnudarse para mostrar lo más repugnante de su ser, pero a ocultar lo que pudiera ser ridículo; el temor a provocar una risa irónica es el enemigo más poderoso de las autobiografías. Hasta un hombre tan sincero, tan amante de la verdad como Jean-Jacques Rousseau sabe proclamar a los cuatro vientos sus desviaciones sexuales y, arrepentido, reconoce —el autor de *Emilio*, el famoso tratado sobre la educación— que ha entregado a sus hijos a un orfanato. Pero esa confesión tan heroica oculta algo más humano, algo más difícil de confesar, y es que él nunca tuvo hijos porque era incapaz de engendrarlos. Tolstói, por su parte, prefiere mostrarse, en sus memorias, como ladrón, perdulario, crapuloso y mujeriego a confesar el pequeño detalle de que nunca reconoció a Dostoievski, su gran rival, y no fue nada generoso con él. Ese es el truco más hábil de la mentira: ocultarse tras una confesión. Pensando en esto, Gottfried Keller se refirió con terrible ironía a los autobiógrafos: «Aquel nos describe los siete pecados capitales que le dominan, pero oculta que solo tenía cuatro dedos en la mano izquierda; este nos enumera las pecas y lunares que hay en su espalda, pero oculta cuidadosamente que un falso testimonio le oprime la conciencia. Si los comparo a unos con otros; si contemplo la sinceridad que ellos pretenden transparente como el cristal, acabo por preguntarme: ¿hay un hombre que sea sincero?, ¿puede haberlo?».

Pedir una sinceridad absoluta es ciertamente tan insensato como reclamar justicia absoluta, una perfecta libertad o la perfección humana. La voluntad más fuerte de ser sincero, el designio más pasional de permanecer fiel a la realidad, es, en sí mismo, imposible, ya que el hombre no posee un órgano adecuado y digno de confianza para producir la verdad. Cuando nos ponemos a escribir, somos engañados inmediatamente por nuestros propios recuerdos, por la memoria de los hechos. No es la memoria una oficina burocrática donde están extendidas con letra clara las actas de los hechos que hemos presenciado. Eso que llamamos memoria reside en la corriente de nuestra sangre y es anegada por sus olas; y claramente no es una nevera, un robusto aparato de conservación donde cada sentimiento que existió conserva su aspecto natural, su forma primitiva y su aroma original, sino que es algo vivo sometido a toda clase de cambios y transformaciones. Ese fluir y transcurrir que llamamos apresuradamente memoria es como un torrente por cuyo lecho se desplazan los acontecimientos como si fueran guijarros que se van desgastando hasta ser irreconocibles. Los recuerdos se van adaptando y reordenando en un extraño mimetismo, y toman el color a la medida de nuestros deseos. Nada permanece inmutable en ese elemento movedizo; toda impresión ensombrece las anteriores impresiones; cada vez que un recuerdo sube a la superficie lo hace de una forma distinta a la anterior, hasta el punto de desfigurarlo, desmentirlo y convertirlo incluso en antagónico. Fue Stendhal quien reconoció primero la falta de honradez de la memoria y, por tanto, la imposibilidad de una fidelidad absoluta a la verdad. Puede ser citada como ejemplo clásico aquella confesión suya de que no podría ya distinguir si la imagen que él albergaba en su interior del «paso del Gran San Bernardo» era verdaderamente un recuerdo de esa vivencia o más bien el recuerdo de un grabado de cobre que vio más tarde y que representaba una situación análoga a la que él había vivido. Marcel Proust, su heredero intelectual, lleva aún más lejos esa especie de metabolismo de la memoria y nos habla del muchacho que vio a la célebre actriz Berma en uno de los papeles que le dieron más celebridad. Antes de verla, su imaginación se había formado ya una impresión previa que desapareció completamente ante la realidad; esa nueva impresión que experimenta al ver la actuación real de la artista se enturbia después por la opinión de su vecino, que a su vez también queda oscurecida por la crítica de los periódicos. Cuando, años más tarde, vuelve a ver a la famosa artista en el mismo papel, él ha cambiado, ella ha cambiado, y ya no puede recuperar su recuerdo original, su primera impresión. Valga como ejemplo simbólico de la poca confianza que merece nuestra memoria. Ella es el primer enemigo de la verdad, pues, antes de que un hombre pueda empezar a contemplar su propia vida, hay ya un órgano que está creando y no reproduciendo; es la memoria que está cumpliendo funciones poéticas, pues así puede llamarse esconder lo esencial, resaltar un hecho, sombrear otro o agruparlos. Gracias a esa fuerza fabuladora que posee la memoria, todo narrador se convierte involuntariamente en poeta de su vida: algo que sabía el hombre más sabio de nuestro tiempo, Goethe, y el título de su autobiografía, heroicamente titulada *Poesía y verdad*, es válido para cualquier confesión.

De manera que nadie puede contar *la* verdad absoluta de su existencia, y todo el que quiere describirse a sí mismo es ya poeta de su vida. Por eso el esfuerzo de ser sincero ha de ser la marca de honradez ética más alta a que aspire quien escribe una autobiografía. Sin duda la «pseudoconfesión», como la llama Goethe, la confesión *sub rosa*, bajo el velo de una novela o una poesía, es mucho más sencilla y a menudo también más impactante en sentido artístico que una representación desnuda. Y al ser en esta última necesaria la verdad y solo la verdad, llevarla a cabo se convierte en el acto más difícil y heroico que puede emprender un artista, pues nunca es el perfil moral de una persona tan revelador como cuando se revela a sí misma. Solo el artista maduro y experimentado puede hacerlo; de ahí que la autobiografía psicológica haya aparecido tan tarde en la literatura mundial; pertenece enteramente a nuestro tiempo, al tiempo nuevo que aún está en formación. Antes, el hombre tuvo que descubrir los continentes, medir los mares y dominar su lengua; solo después de todo ello pudo volver sus ojos hacia sí mismo, hacia su mundo interior. En toda la antigüedad no hay de todo esto ni siquiera vestigios: los más destacados autobiógrafos, César y Plutarco, solo exponen hechos y narran sucesos, pero no se les ocurre penetrar dentro de sí mismos ni un solo centímetro. Antes de atisbar en su propia alma, el hombre tuvo primero que tener plena conciencia de su presencia, y ese descubrimiento empezó con el cristianismo. Las *Confesiones* de san Agustín constituyen la primera mirada hacia dentro y aún hay que advertir que la mirada de aquel obispo extraordinario está más bien dirigida hacia la comunidad, hacia la sociedad que él desea convertir e iluminar con el ejemplo de su propia transformación. Son sus confesiones algo dirigido a los demás, un ejemplo de expiación, algo teológico que apunta a un fin determinado; no es, pues, una pura respuesta a sí mismo. Después pasarán siglos antes de que Jean-Jacques Rousseau, ese hombre que tantos nuevos caminos supo abrir e hizo saltar tantos cerrojos, sepa crear una autobiografía para sí mismo, una autobiografía que escribió asustado y asombrado por lo nuevo de su propósito. «Planeo una empresa —escribe— que no tiene precedentes… Quiero dibujar ante mis semejantes a un hombre en toda la verdad de su naturaleza; y este hombre soy yo mismo». Pero con la buena fe de todo principiante, todavía cree en el «yo como una unidad indivisible, como algo conmensurable», y habla de *la* verdad creyendo cándidamente que se trata de algo tangible, y que cuando suene la trompeta del Juicio, él, con el libro en la mano, podrá presentarse ante el juez y decir: «Esto he sido yo». Nuestra generación ha perdido ya esa buena fe de Rousseau, porque posee un conocimiento más completo de la complejidad y la profundidad misteriosa de nuestra alma. En disquisiciones cada vez más sutiles, en análisis más complicados que nunca, trata de hacerse la autodisección de su espíritu, anhelando siempre dejar al descubierto los nervios y las venas de cada sentimiento y de cada pensamiento. Stendhal, Hebbel, Kierkegaard, Tolstói, Amiel, el valiente Hans Jäger, todos han descubierto insospechados reinos interiores por medio del estudio de sí mismos y han entregado a sus sucesores preciosos y finos instrumentos de psicología, y así el ser humano seguirá siempre estudiando capa tras capa, punto por punto, esa misteriosa profundidad, ese interior infinito.

Esto puede ofrecer consuelo a quienes escuchan hablar una y otra vez del naufragio del arte en un mundo tecnológico que ha despertado. No, el arte no acaba nunca, solo se transforma. La imaginación mística de la humanidad debía ceder algún día: la fantasía siempre es patrimonio de la niñez. Cualquier pueblo, en su infancia, inventa mitos y símbolos; pero después, tras esa fuerza soñadora, viene otra fuerza clara y sólida: la fuerza de la ciencia. En nuestra novela contemporánea se ve claramente cómo, en vez de abandonarse a la pura fantasía, libre y desatada, va convirtiéndose poco a poco en una ciencia psicológica exacta. Esa unión de poesía y ciencia no es, en verdad, peligrosa para el arte; con ello no hace más que renovarse un remotísimo lazo fraternal, pues la ciencia, en los tiempos de Hesíodo y Heráclito, era todavía poesía, una poesía oscura y vaga. Ahora, después de una separación que ha durado milenios, se vuelve a unir el espíritu creador con el espíritu investigador. Nuestra poesía no describirá mundos fabulosos, sino el mundo igualmente mágico de nuestra humanidad. La poesía no puede ya hoy sacar sus fuerzas del misterio de lo desconocido que puede haber en nuestro planeta, pues descubiertas están ya todas las zonas tropicales o polares; estudiados todos los misterios de la flora y la fauna; conocido el fondo amatista de los mares. Dejando aparte las estrellas, ya no puede el mito aferrarse a nada en nuestro globo terráqueo, donde todo tiene su nombre o su número. Es a ella misma adonde la mente, siempre ansiosa de conocimiento, tendrá que dirigirse, a su propio misterio. El *internum aeternum*, el interior infinito, el universo psíquico, ofrece al arte regiones inagotables todavía desconocidas, así que el descubrimiento de sí misma, el autoconocimiento, será la tarea, tan audaz como irresoluble, de nuestra humanidad cada vez más sabia.

Salzburgo, Pascua de 1928

CASANOVA

Il me dit qu'il est un homme libre, citoyen du monde.

[Me ha dicho que es un hombre libre, ciudadano del mundo].

Muralt refiriéndose a Casanova en una carta
a Albrecht von Haller, 21 de junio de 1760

Casanova es, dentro de la literatura universal, un caso extraordinario, un caso único de suerte por el que este famoso charlatán entró, sin el menor derecho para ello, en el panteón del genio creador, del mismo modo que Poncio lo hizo en el credo. La valía literaria de Casanova no es más sólida que la de su título de caballero de Seingalt, que no pasa de ser una combinación de letras formada con todo descaro. Toda la producción literaria de Casanova se limita a un par de versos rápidamente improvisados en honor de una dama entre la mesa de juego y el lecho; versos académicos y saturados de almizcle, y cuando nuestro buen Giacomo se pone a filosofar más vale apretar la mandíbula para evitar los bostezos. Casanova pertenece a la nobleza literaria tanto como a la del Gotha, es un parásito, un advenedizo, sin rango ni autoridad alguna. Pero Casanova, pobre hijo de un comediante, sacerdote expulsado, soldado degradado y tahúr de mala reputación, logra codearse durante toda su vida con emperadores y reyes y muere en los brazos del último noble, el príncipe de Ligne. Tras morir, su sombra se ha abierto igualmente camino entre los inmortales, aunque solo sea como pequeño esteta, *unus ex multis*, ceniza al viento de los tiempos. Y ¡he aquí lo curioso!: sus contemporáneos, sus paisanos más célebres, los poetas de la Arcadia, el «divino» Metastasio, el noble Parini *e tutti quanti* se han convertido ya en desecho de bibliotecas o alimento de filólogos, mientras que su nombre está hoy todavía presente en los labios de todos, envuelto en una sonrisa respetuosa. Con toda probabilidad, su erótica *Ilíada* perdurará y encontrará afanosos lectores, mientras que hoy la *Jerusalén liberada* y *El Pastor Fido* hace tiempo se cubren de polvo en las estanterías como cualquier otra antigualla o curiosidad histórica. El experto jugador ha ganado, en un golpe de suerte, a todos los poetas italianos, desde Dante a Boccaccio.

Y todavía algo más insensato: Para tan enorme ganancia, el gran jugador nada ha arriesgado; se ha metido sencillamente la inmortalidad en el bolsillo sin preguntar el precio. Nunca sintió ese jugador la indecible responsabilidad que le es propia a todo artista verdadero. Nada sabe Casanova de noches en vela ni de días enteros pasados en el trabajo minucioso de limar o forjar las palabras para que la idea, el sentido puro e irisado logre abrirse camino en el lenguaje. Nada sabe del ímprobo trabajo del poeta, trabajo oscuro, no remunerado y que muchas veces no es reconocido sino después de varias generaciones. Nada sabe de la heroica renuncia a toda comodidad y plenitud de la existencia. Casanova —Dios lo sabe— solo ha buscado la vida fácil: nunca sacrificó a la diosa de la inmortalidad ni una pizca de alegría, ni un átomo de placer, ni una hora de sueño, ni un minuto de diversión. En su vida no mueve un solo dedo para alcanzar la fama, pero esa, ¡oh, feliz afortunado!, le cae en las manos. Mientras haya una moneda en sus bolsillos, mientras quede una gota de aceite en la lámpara del amor, no piensa ensuciarse sus dedos de tinta. Solo cuando todas las puertas se le han cerrado, cuando las mujeres ya se burlan de él, cuando ha quedado solo, miserable, impotente, cuando es, en fin, una sombra de aquella vida que fue y no ha de volver, únicamente entonces se refugia en el trabajo como sustitutivo de la vida; y solamente por ausencia de deseo, por aburrimiento, movido por la cólera como un viejo mastín desdentado y comido de sarna, gruñón y quejumbroso, se decide a contar su vida a un decrépito Casaneus-Casanova de setenta años.

Narra su vida —ese es su logro literario—, pero, a decir verdad, ¡qué vida la suya! Son cinco novelas, veinte comedias, numerosos relatos y episodios, un racimo de encantadoras situaciones, sabrosas anécdotas: todo eso y más se encierra en la corriente densa y tumultuosa de esa vida extraordinaria. La vida por sí sola es pura plenitud, una completa obra de arte que no requiere ingenio alguno del narrador. Y así queda resuelto, de la manera más convincente, el secreto de su fama. Casanova no es un genio por la forma en que narra o describe su vida, sino por el modo en que la vivió. Lo que otro debe inventar, él lo ha experimentado mientras respira, lo que otro ha creado con su mente, ha sido experimentado por su cuerpo cálido y voluptuoso. Por eso su narración no necesita adornos; nada le pueden añadir la fantasía o la pluma; le basta con calcar una existencia que ya tiene hechuras de drama. Ningún autor de su época pudo imaginar tantas situaciones como las que vivió Casanova y, desde luego, ninguna otra vida, en todo el siglo, describe curvas tan audaces como la suya. Las biografías de Goethe, de Jean-Jacques Rousseau u otros coetáneos suyos, orientadas a objetivos y poseídas por una voluntad creativa, si las comparásemos con la de Casanova atendiendo solo al volumen de acontecimientos y no a su profundidad o a su esencia, nos parecerían pobres en variedad, estrechas en espacio, provincianas en lo social, frente a una vida como la de

Casanova, tumultuosa, de aventurero, que cambia de país, de ciudad, de clase, de profesión, de ambiente y de mujer con la misma facilidad con que uno se cambia de traje. Aquellos son diletantes del placer, igual que este fue un diletante de la creación. Esa es la tragedia del intelectual, que, aun sintiéndose atraído por la plenitud de la vida, ha de quedar atado a su tarea, esclavizado por su oficio, ligado a los deberes que se impone a sí mismo, amarrado al orden, a la tierra. Cualquier artista verdadero pasa la mayor parte de su existencia solo, en lucha con sus creaciones. Solo quien no lo es, el puro sibarita que vive la vida por el mero hecho de hacerlo, vive libre y pródigamente, entregado sin limitaciones a la realidad inmediata. Todo aquel que se fija una meta descarta el azar; el artista suele plasmar lo que no ha vivido.

El caso contrario, el caso del que vive en el goce, es la antítesis de lo anterior. A este le falta siempre fuerza para dar forma a lo que vive. Esa clase de espíritus se diluyen en el momento, en la realidad, y ese momento se pierde también para los demás; el artista verdadero, en cambio, sabe inmortalizar el más nimio acontecimiento. Así que ambos extremos están apartados, aislados, en vez de fecundarse mutuamente; al primero le falta el vino, al segundo, la copa. Paradoja irresoluble: los hombres de acción, los sibaritas, tendrían más cosas que contar que todos los poetas, pero no está en su naturaleza hacerlo. Los espíritus creadores, por el contrario, se ven forzados a imaginar, porque lo que han vivido no basta para ser narrado. Muy pocas veces la vida del poeta merece una biografía y, al revés, son muy pocos los hombres con biografías interesantes que son capaces de escribirlas.

Eso es lo que sucede en el caso magnífico y singular de Casanova, en que un apasionado del placer, un sibarita de la vida se pone a narrar su insólita existencia y lo hace sin eufemismos morales, sin adornos poéticos, sin bordados filosóficos, sino con objetividad, tal como fue: apasionada, peligrosa, disipada, desconsiderada, divertida, grosera, indecente, descarada y desordenada, siempre emocionante y llena de imprevistos. Y además no escribe por pretensión literaria o jactancia dogmática, ni tampoco por arrepentimiento o por un impulso confesional exhibicionista, sino con naturalidad, como un veterano que, sentado a la mesa de la posada, con la pipa en la boca, contase sus aventuras para regalar los oídos de sus oyentes sin prejuicio alguno. La narración no procede de un soñador y fabulador, sino de la maestra de todos los poetas, la vida misma. Casanova solo tiene un trabajo, el más modesto que cabe al artista, y es hacer creíble lo que parece un imposible. Toda su fuerza y todo su arte, a pesar de su francés barroco, se bastan para lograrlo. Pero ni aun en sueños habría podido pensar ese anciano achacoso y tembloroso, aquejado de gota, en su sinecura de Dux, que, sobre sus recuerdos, un día se inclinarían filósofos e historiadores de barbas blancas, como sobre el más preciado palimpsesto del siglo xviii. Y por muy vanidosa que fuera la consideración de sí mismo, el bueno de Giacomo hubiera tomado seguramente como una burda broma de su gran antagonista Feltkirchner si le hubieran dicho que ciento veinte años después de su muerte se fundaría una Société Casanovienne con el fin de someter a estudio minucioso todo papel o billetito escrito por sus manos, para poder así descubrir quiénes eran las damas tan agradablemente comprometidas cuyos nombres habían sido cuidadosamente borrados. Y demos gracias a que ese hombre tan vanidoso no adivinara el porvenir, y por tanto no abundara en su narración en el *ethos*, el *pathos* y la psicología, pues solo de forma involuntaria se alcanza semejante sinceridad despreocupada. Con su habitual descuido, el viejo jugador se arrimó a su escritorio en Dux, como si fuera la última mesa de juego de su vida, y, con una jugada final, entregó sus memorias al destino. Después se levantó, y la muerte se lo llevó prematuramente antes de que pudiera ver el efecto. Y es precisamente con esa jugada con la que se ganó la inmortalidad. Sí, ciertamente ganó la jugada ese viejo *commediante in fortuna*, el insuperable actor de su trayectoria, y contra ello no cabe oponer el *pathos* ni la protesta. Se podrá despreciar a nuestro estimado amigo por su falta de moral y de seriedad, se le podrá refutar como historiador y desaprobarlo como artista, pero lo que no se puede hacer es matarlo de nuevo, pues, a pesar de todos los escritores y pensadores, el mundo, desde entonces, no ha creado ninguna novela más novelesca que su vida, ni ningún personaje más fantástico que su figura.

Retrato del joven Casanova

¿Sabéis que sois un hombre muy atractivo?

FEDERICO EL GRANDE, 1764, en el parque
de Sanssouci, se dirige así a Casanova tras
detenerse de pronto y contemplarlo

Teatro de una pequeña ciudad, residencia real. Una cantante acaba de terminar un aria con una atrevida coloratura. De las galerías los aplausos bajan con estrépito de granizo. Ahora, durante el lento recitativo, la atención se ha ido relajando en la sala. Los dandis van de palco en palco, las damas usan sus impertinentes y comen los deliciosos *gelati* o el sorbete de naranja con cucharillas de plata. No hay por qué decir que entretanto, en el escenario, Arlequín gira vertiginosamente mientras una Colombina hace piruetas. De pronto, todas las miradas se vuelven hacia un extranjero, al que nadie conoce, que, con la desenvoltura de un hombre distinguido, entra con paso firme y despreocupado en el patio de butacas. El lujo adorna su hercúlea figura; lleva un magnífico traje de terciopelo color ceniza que, al entreabrirse, deja ver un chaleco de brocado con preciosos encajes; la pasamanería dorada orla su elegante traje oscuro desde los broches del cuello de la chorrera de Bruselas hasta las medias de seda. Su mano lleva con descuido un lujoso sombrero con pluma blanca. Un aroma suave y delicado de esencia de rosas o de algún ungüento de moda rodea al distinguido forastero, que ahora se apoya despreocupadamente sobre el antepecho de la primera fila, con una mano llena de sortijas apoyada con altivez en la empuñadura de su espada, cubierta de joyas y forjada con el mejor acero inglés. Como si no se diera cuenta de la expectación que ha despertado, el extranjero alza sus impertinentes de oro para observar con afectada indiferencia los palcos. Desde todos los asientos y bancos se levanta un murmullo: ¿Un príncipe? ¿Un rico extranjero? Se inclinan las cabezas unas hacia otras; mediante respetuosos susurros se habla de la insignia que, orlada de diamantes, pende sobre su pecho, colgada de una banda carmesí (y que ha cubierto de piedras brillantes para que nadie pueda reconocer que se trata de la miserable orden papal de la Espuela de Oro, que nada vale). En el escenario, los cantantes pronto se dan cuenta de que la atención ha disminuido, y los recitativos pierden tensión porque, por encima de violines y violas de gamba, las bailarinas se han apresurado hacia delante y atisban desde los laterales si se trata de algún duque en busca de una noche de placer.

Pero antes de que cientos de personas resuelvan la charada del extranjero y su procedencia, las señoras, desde los palcos, se han dado ya perfecta cuenta de otra cosa que reconocen casi con turbación: ¡Qué forastero tan atractivo, qué hombre tan atractivo y viril! De elevada estatura, anchos hombros, manos grandes y musculosas. No hay ni una pequeña línea de delicadeza femenina en todo ese cuerpo masculino, fuerte, tenso como el acero. Allí está con la nuca ligeramente inclinada hacia delante como un toro antes de la embestida. Visto de perfil, su rostro recuerda al de una moneda romana, tan afilada y metálica es cada línea en el cobre de su cabeza oscura. Sobre su frente, que sería el orgullo de cualquier poeta, crece su hermosa cabellera levemente ondulada y de bello color castaño. Su nariz aguileña es resuelta y su barbilla robusta. En su garganta se ve una nuez de Adán de un tamaño que dobla al de una nuez normal (en la creencia de las damas, garantía de una robusta virilidad). No hay duda de que cada rasgo de su rostro habla de empuje, conquista, decisión. Solo sus labios, carnosos y sensuales, tienen una curvatura delicada y húmeda y dejan ver como una granada entreabierta la blancura de los dientes. El atractivo caballero se gira lentamente hacia la oscura sala del teatro: bajo las cejas uniformes, tupidas y arqueadas brillan sus pupilas negras en una mirada de impaciente inquietud, mirada de cazador, mirada de águila que se prepara para lanzarse sobre su presa. Ahora sus ojos solo parpadean, aún no arden, solo son un fuego titilante que recorre los palcos y, no reparando en los hombres, examina como algo que puede estar a la venta lo cálido, lo desnudo, la blancura presente en la semipenumbra: las mujeres. Las examina una tras otra, con mirada de conocedor que hiciera su elección y se siente examinado; al hacerlo, entreabre los labios carnosos en un asomo de sonrisa y su boca meridional deja ver una dentadura fuerte, blanca como la nieve. Esa sonrisa no se dirige a ninguna mujer en particular, sino a todas ellas, a la esencia de mujer que se esconde desnuda y ardiente bajo su ropa. De pronto, descubre a una conocida en un palco: su mirada se concentra de inmediato, sus ojos, que aún escudriñan con descaro, se llenan de una luz suave, su mano izquierda deja la espada, y con el sombrero de plumas en la diestra avanza decidido mientras sus labios se llenan de unas amables palabras de saludo. Inclina con gracia su robusto cuello para besar la mano que se le ofrece y se deshace en cortesías. Cierta turbación en la dama nos dice cuán profundamente le impresiona la sonoridad de esa voz que la envuelve en galanterías; con timidez, se echa un poco hacia atrás y presenta el forastero a sus amistades: «El caballero de Seingalt». Reverencias, ceremonias, cortesías. Se le ofrece al invitado un sitio en el palco, que él rechaza con modestia, y del intercambio de cumplidos no tarda en prender la conversación. Poco a poco, la voz de Casanova va alzándose y dominando a las demás. Pronuncia las vocales suavemente, como los actores, hace sonar rítmicamente las consonantes y su voz se eleva ostensiblemente por encima del palco, porque quiere hacerse oír por los vecinos, que vean cuán ingeniosamente y con qué perfección habla el francés y el italiano y con qué oportunidad sabe citar a Horacio. Como sin darse cuenta, ha colocado su mano ensortijada sobre el antepecho del palco para que puedan ser vistos sus puños de magnífico encaje y sobre todo el enorme solitario que brilla en un dedo. Ahora ofrece rapé mexicano, abriendo su tabaquera adornada con diamantes. «Mi amigo, el embajador español, me lo envió ayer por correo» (se le oye hasta en el palco vecino). Y mientras uno de los caballeros halaga la preciosa miniatura en la caja, él, despreocupadamente, pero lo bastante alto como para ser oído por toda la sala, responde: «Un regalo de mi amigo, su alteza el príncipe de Colonia». Parece conversar sin intención alguna, pero se expresa con jactanciosa ostentación sin dejar de mirar a derecha e izquierda, como un ave de rapiña, para ver el efecto que causan sus palabras. Todos están pendientes de él; las mujeres le observan con curiosidad; él, por su parte, se siente admirado, respetado y eso precisamente es lo que le vuelve más audaz. Con un hábil giro, traslada la conversación al palco contiguo, donde se sienta la favorita del príncipe y —él lo advierte— que está escuchando con placer su auténtico francés parisino. Entonces, refiriéndose a una hermosa mujer, sabe decir una ingeniosa galantería, que pronuncia mirando fijamente a la favorita; esta se da por enterada y le devuelve una sonrisa. Y ahora a sus amigos ya no les queda otra que presentar el caballero a la noble dama. El juego está ganado. Mañana al mediodía comerá con lo más distinguido de la ciudad, mañana por la noche propondrá, en alguno de los palacios, una partida de faraón y desplumará al que se presente, mañana dormirá ya con una de esas mujeres que ha desnudado hace poco con la vista. Y todo eso será gracias a su entrada audaz, enérgica y segura, a su voluntad de llevarse el gato al agua y, sobre todo, a la hermosura varonil de su rostro, al que se lo debe todo: la risa de las mujeres y el solitario en el dedo, la cadena de diamantes de su reloj y los dorados cordones, el crédito de los banqueros y la amistad con los nobles, y algo mucho mejor que todo eso: la libertad en la infinita amplitud de la vida.

Entretanto, la *prima donna* se dispone a cantar una nueva aria. Después de una profunda reverencia, invitado ya de forma apremiante por los caballeros que admiran su conversación mundana, citado ya por la favorita para una recepción matutina, Casanova vuelve a su sitio y se sienta, su mano izquierda apoyada en su espada, la hermosa cabeza morena inclinada hacia delante para escuchar mejor el canto, como buen entendido. Detrás de él se cuchichea la misma pregunta indiscreta de palco en palco y la contestación corre de boca en boca: «El caballero de Seingalt». Nadie sabe nada de él más que eso; se ignora de dónde viene, a qué se dedica y a dónde va. Solo su nombre resuena y vibra por la oscura y curiosa sala y baila —invisible, como una llama vacilante en los labios—

hasta llegar al escenario donde están las bailarinas, poseídas también por la curiosidad. De pronto una pequeña bailarina estalla en carcajadas. «¿Caballero de Seingalt? ¡Oh, qué bribón! Si es Casanova, el hijo de la Buranella, el pequeño abate que hace ya cinco años hizo perder la virginidad a mi hermana; el bufón de la corte del viejo Bragadin. ¡Oh, fanfarrón, canalla, aventurero!». Sin embargo, diríase que la muchacha no le guarda rencor por sus tropelías, pues desde los laterales le guiña un ojo para indicarle que lo ha reconocido y acerca coquetamente la yema de los dedos a los labios. Él la observa, la recuerda después, pero no se preocupa; no lo va a molestar en absoluto y, en vez de estropearle el jueguecito que prepara en la pequeña ciudad con aquellos aristócratas mentecatos, preferirá sin duda dormir con él esa noche.

Los aventureros

¿Sabe ella que tu única fortuna es la necedad
de los hombres?

Casanova al jugador tramposo Croce

Tras la guerra de los Siete Años, se vive en Europa un tiempo de calma que perdura hasta la Revolución francesa, es decir, un cuarto de siglo escaso. Las grandes dinastías, los Habsburgo, los Borbones y los Hohenzollern, están fatigadas de guerrear. Los burgueses fuman plácidamente y echan humo de sus pipas en forma de hermosos anillos, los soldados empolvan sus coletas y limpian los fusiles que son ya solo un adorno, los países, tan castigados, pueden ahora por fin respirar un poco. Pero los príncipes se aburren sin la guerra. Todos los reyezuelos y pequeños príncipes alemanes o italianos se aburren mortalmente en sus residencias liliputienses y quieren distraerse. Para esos pobres reyezuelos y duques cuya grandeza es aparente resulta de lo más enojosa la estancia en sus palacios rococó recién construidos y todavía de una frialdad húmeda, a pesar de sus jardines, de sus fuentes e invernaderos, de sus perreras, de sus galerías, cotos de caza y cámaras para los tesoros. De puro fastidio, llegan a ser mecenas y hasta aficionados al arte. Se cartean con Voltaire y con Diderot, coleccionan porcelanas chinas, monedas medievales o cuadros barrocos, contratan comedias francesas, bailarines y cantantes italianos, y solo el señor de Weimar tuvo el acierto de reunir en su corte a unos alemanes que respondían a los nombres de Schiller, Goethe y Herder. Por todas partes hay cacerías de jabalíes y pantomimas acuáticas o divertimentos teatrales, pues siempre que el mundo está cansado cobra importancia el deseo del juego, el teatro, la moda y el baile, y aquellos príncipes se desvivían para arrebatarse con dinero o acciones diplomáticas a los individuos que más pudieran entretenerlos, los mejores bailarines, músicos, *castrati*, filósofos, alquimistas, criadores de capones y organistas. Así vemos cómo Gluck y Händel, Metastasio y Hasse son escamoteados de un príncipe a otro, igual que los cabalistas y las cortesanas, los artífices de fuegos artificiales y los adiestradores de perros para cazar jabalíes, los escritores por encargo y los maestros de ballet. Y por más que ya cuenten felizmente con maestros de ceremonias y celebraciones, con teatros, salas de ópera, escenarios y ballets, todavía les falta algo para poner en jaque al aburrimiento en la pequeña ciudad y dar a la monotonía sin esperanza de las mismas sesenta caras de los cortesanos de siempre la apariencia de una sociedad de verdad: visitas distinguidas, huéspedes interesantes, unas cuantas pasas en la levadura del hastío provinciano, un soplo de viento del gran mundo en el aire enrarecido de la pequeña corte de treinta calles.

Cuando los aventureros tienen noticias de una de esas cortes, ¡zas!, allá van disparados, camuflados de mil maneras con máscaras y disfraces, sin que nadie sepa de dónde proceden, de qué rincón o escondrijo. Pero el caso es que de la noche a la mañana aparecen allí en un coche de viaje o en un carruaje inglés. Sin andarse con regateos, alquilan las habitaciones más elegantes de las mejores hospederías. Visten fantásticos uniformes de este o de aquel ejército indostánico o mongol y lucen nombres pomposos que en verdad son piedras preciosas de imitación, tan falsas como las hebillas de sus zapatos. Saben hablar en todos los idiomas, afirman conocer a todos los príncipes y personajes insignes, y haber servido, según parece, en todos los ejércitos y estudiado en todas las universidades. Llevan los bolsillos llenos de proyectos, y la boca llena de promesas. Proyectan loterías e impuestos extraordinarios, alianzas diplomáticas y fábricas, ofrecen mujeres, condecoraciones y eunucos. Y aunque no tienen ni diez monedas de oro en el bolsillo, le susurran a todo el mundo que poseen el secreto de la *tinctura auri*. Embaucan a los supersticiosos con horóscopos, a los crédulos con proyectos, a los jugadores con cartas falsas y a los desprevenidos con un refinamiento mundano, y todo ello rodeado con un nimbo opaco de misterio y extrañeza, irreconocible y por tanto doblemente interesante. Como fuegos fatuos que arden de repente y nos conducen al peligro, parpadean y titilan en el ambiente viciado y salobre de las cortes, apareciendo y desapareciendo como fantasmas en un baile de engaños.

Se les recibe en las cortes y sirven como entretenimiento sin que se les tenga excesiva consideración. Apenas se les pregunta por su pretendida nobleza, como tampoco a sus esposas por el anillo de boda o a las muchachas que los acompañan por su virginidad. Porque no es cosa de hacer demasiadas preguntas al que viene a dar placer o a atenuar cuando menos el aburrimiento, la enfermedad más espantosa de cualquier príncipe, aunque no sea más que una hora, en esa atmósfera amoral, viciada por la filosofía materialista. Se les tolera, igual que a las prostitutas, mientras sigan divirtiendo y no roben demasiado.

A veces esa cuadrilla de artistas y timadores acaban (como pasó con Mozart) con un solemne puntapié en el trasero, cuando no pasan del salón de baile al calabozo e incluso, como sucedió con Afflisio, el director del teatro imperial, a las galeras. Los más astutos saben aferrarse a sus posiciones, se convierten en recaudadores de impuestos, en amantes de cortesanas o, incluso, como el servicial marido de una prostituta de la corte, en auténticos nobles y barones. Pero las más de las veces hacen bien en no esperar que se les queme el asado, pues todo su encanto consiste en la novedad y en el misterio. Cuando señalan las cartas con demasiado descaro, roban sin comedimiento o se establecen demasiado tiempo en la corte, puede presentarse de pronto alguien que, levantándoles la capa, ponga al descubierto el robo o las marcas del convicto. Solo un frecuente cambio de aires puede librarlos de la horca; por eso esos caballeros de fortuna van y vienen continuamente por Europa de corte en corte, como si fuesen viajantes de un oficio secreto o gitanos. Por eso durante todo el siglo XVIII gira ese alegre tiovivo de sinvergüenzas, compuesto siempre de los mismos personajes y dando vueltas continuas de Madrid a San Petersburgo, de Ámsterdam a Presburgo, de París a Nápoles. No puede llamarse casualidad la frecuencia con que Casanova se encuentra en las mesas de juego más distantes y en las cortes más modestas a Talvis, Afflisio, Schwerin y Saint Germain, pero esa eterna peregrinación no es para los adeptos un placer, sino una huida: no pueden sentirse seguros si no es a corto plazo, solo colaborando entre ellos pueden protegerse, porque todos ellos forman una sola casta, como una masonería sin signo ni contraseña, la orden de los aventureros. Donde se encuentran, sostienen la escalera; un aventurero empuja al otro hacia la alta sociedad y hay como una legitimación en el hecho de que, en la mesa de juego, uno reconozca de pronto al compañero. Se intercambian sus ropajes, sus mujeres y hasta sus nombres, y solo mantienen una cosa: su profesión. Todos esos parásitos de las cortes, actores, bailarines, músicos, mercenarios, prostitutas y alquimistas, forman en aquella época, junto con los jesuitas y los judíos, una verdadera internacional cosmopolita, entre una nobleza sedentaria, mezquina y estrecha de miras, y una burguesía aún carente de libertad y apática. Con ellos surge una época moderna, un arte nuevo del latrocinio: ya no saquean a los indefensos ni asaltan carruajes, sino que engañan a los vanidosos y despojan a los incautos. Este nuevo arte de vaciar bolsillos ajenos se ha aliado con el cosmopolitismo y con las buenas maneras; en lugar de robar con un incendio con asesinato, prefieren hacerlo marcando las cartas y traspasando letras de cambio. No tienen ya puños toscos ni caras de borracho ni los modos rudos de la soldadesca, sino que sus manos van hermosamente ensortijadas y su peluca cuidadosamente empolvada. Utilizan impertinentes y se mueven con piruetas como bailarines, hablan un *parlando* brillante como los actores y se muestran enigmáticos como filósofos. Con audacia, ocultando en sus ojos toda inquietud, saben hacer en la mesa de juego el truco necesario y hacen creer a las mujeres con su conversación ingeniosa, en sus ungüentos amorosos y sus joyas falsas.

Es innegable que en todos ellos hay un rasgo intelectual y psicológico que los hace simpáticos, y algunos de ellos llegan a lo genial. La segunda mitad del siglo XVIII constituye su época heroica, su edad de oro, su periodo clásico. Del mismo modo que antes, bajo Luis XV, se reúne una brillante pléyade de poetas franceses o, más tarde, en Alemania, tiene lugar el momento asombroso de Weimar, donde el genio creador cristaliza en algunas grandes figuras, así también, en esa época, sublimes embaucadores e inmortales aventureros forman una rica constelación que se alza brillante por encima del continente europeo. Pronto, no les basta ya con meter la mano en los bolsillos de los príncipes, sino que, empiezan a intervenir de forma grosera y ostentosa en los acontecimientos de la época y hacen girar la gigantesca ruleta de la historia del mundo. John Law, llegado de Irlanda, arruina con sus asignados la hacienda francesa; D'Eon, medio hombre, medio mujer, de dudoso sexo y reputación, dirige la política internacional; un pequeño barón de cabeza redonda, llamado Neuhoff, llega a ser rey de Córcega y después acaba en prisión por deudas; Cagliostro, un campesino siciliano que no sabía leer ni escribir, ve la realeza a sus pies y la estrangula con su célebre collar. El viejo Trenck, el más trágico de todos porque desconoce la vileza, que acaba en la guillotina y con su gorra roja representa el drama del héroe de la libertad. Saint Germain, el mago sin edad, ve al rey de Francia a sus pies y con el secreto de su nacimiento burla todavía el celo de la ciencia. Todos ellos tienen más poder en sus manos que los más poderosos, ciegan a los eruditos, seducen a las mujeres, saquean a los ricos y, sin cargo ni responsabilidad, se dedican a tirar de los hilos de las marionetas políticas. Y el último de esos aventureros, no el peor, nuestro Giacomo Casanova, es el historiador de ese gremio, pues, al describirse a sí mismo, los representa, en verdad, a todos y completa el septenario de los inolvidables de la manera más deliciosa; cada uno de esos hombres es más célebre que todos los poetas, más eficaz que todos los políticos de su tiempo, señores efímeros de un mundo condenado ya al hundimiento. Solo unos treinta o cuarenta años en total dura la época heroica de los aventureros, de esos grandes hombres del engaño y del descaro; después se destruye a sí misma al aparecer su tipo más completo, el genio más perfecto del aventurero verdaderamente demoniaco: Napoleón. El genio hace siempre las cosas con gran seriedad allí donde el talento solo juega; no se contenta con papeles episódicos, sino que exige, como escenario para él solo, el mundo entero. Cuando aquel pobre diablo corso Bonaparte se llama Napoleón, no está ocultando, a diferencia de Casanova-Seingalt o de Balsamo-Cagliostro, su origen burgués tras una máscara de aristocracia, sino que presenta, adelantándose a los tiempos, su superioridad intelectual y reclama el triunfo no astutamente, sino exigiéndolo como algo a que tiene pleno derecho. Con Napoleón, genio de todos esos talentos, el espíritu aventurero penetra ya desde la antesala de los príncipes hasta la sala del trono; al perfeccionarlo, logra culminar el ascenso de quien es ilegítimo a la cúspide más elevada del poder, y pone sobre la cabeza del espíritu aventurero la corona de Europa.

Instrucción y talento

Se dice que es literato, pero de espíritu rico en intrigas, que ha estado en Inglaterra y en Francia, que ha sabido aprovecharse indebidamente de muchas damas y caballeros, pues su arte es vivir a costa de los demás y manejar a los crédulos a su antojo y provecho [...], cuando se conoce al antedicho Casanova, se ven en él, reunidas de forma aterradora, la ausencia de fe, la mentira, la desvergüenza y la lascivia.

Informe secreto de la Inquisición
de Venecia, 1755

Casanova no niega nunca haber sido aventurero; al contrario, se vanagloria sin rodeos de no haber sido un incauto, sino de haberse aprovechado de quienes lo son; de haber sido esquilador y no esquilado en un mundo que, según los clásicos, gusta siempre de ser engañado. Lo que él no admite es que se le pueda confundir con galeotes y condenados a la horca que roban groseramente o saquean de cualquier modo, en vez de saber sacar el dinero a los tontos con elegancia y educación, como por arte de magia. En sus memorias siempre se sacude las vestiduras cuando ha de confesar algún encuentro con los fulleros

Affisio o Talvis (con los que comparte negocios en realidad), pues, si bien están en un plano parecido, proceden de mundos muy distintos. Casanova procede de arriba, de las clases cultas, y ellos, de abajo, de la nada. Así como Karl Moor, el antiguo estudiante, el jefe de bandidos impregnado de ética que nos describe Schiller, desprecia a sus compañeros de fechorías Spiegelberg y Schufterle, porque estos ejercen el oficio de bandolero de modo tosco y rudo, oficio que para Moor es un entusiasmo mal dirigido, así también vemos cómo Casanova siempre se aparta enérgicamente de esa chusma de tramposos, que restan al espléndido y divino espíritu aventurero toda nobleza y decencia. Nuestro amigo Casanova casi exige algo parecido a un título nobiliario para poderse dedicar a esas aventuras, quiere que se considere la alegría cómica del charlatán como un arte muy sutil. Escuchándolo, parecería que todo filósofo tiene en este mundo un solo deber moral, divertirse a costa de los necios, engañar a los vanidosos, estafar a los desprevenidos, aligerar la bolsa de los avaros y ponerles cuernos a los maridos; en definitiva, castigar la estupidez de este mundo, como si fuera una misión divina. El engaño no es para Casanova solamente un arte, sino también un deber supramoral, y por eso ese arrojado príncipe actúa con la conciencia limpia y con incomparable sencillez.

Casanova no cree en verdad que haya llegado a ser aventurero por falta de dinero o por pura holgazanería, sino que cree serlo por un genio irresistible, por un temperamento innato. Acostumbrado por su padre y su madre al mundo de los actores, convierte el mundo en escenario y Europa en sus bambalinas: estafar, engañar, embaucar y, como Till Eulenspiegel, tomar el pelo es algo que lleva metido en la sangre, y no podría vivir sin la alegría carnavalesca de las máscaras y la diversión. Cien veces tuvo ocasión de colocarse en una honrada y buena profesión, de situarse en empleos cómodos y seguros, pero ninguna tentación logrará detenerle ni hacerle sentar la cabeza en el mundo burgués. Aun cuando se le ofrecieran millones, cargos y dignidades, nada tomaría de todo ello y huiría ligero a su elemento natural, desarraigado e inconstante. Así es que tiene derecho a distinguirse con cierto orgullo de los otros buscadores de fortuna. Casanova es hijo de un matrimonio e incluso de familia respetable. Su madre, la Buranella, era una célebre *cantatrice*, conocida en todas las óperas de Europa; Francesco Casanova, su hermano, figura en todas las historias del arte y sus grandes cuadros de batallas están aún por los museos de la cristiandad. Sus parientes tienen todos profesiones intachables, visten toga de abogado, de notario o los hábitos de sacerdote. Como se ve, nuestro Casanova no procede del arroyo, sino de esa misma burguesía con inquietudes artísticas de donde salieron Mozart y Beethoven. Como corresponde, recibirá Giacomo instrucción en humanidades y lenguas europeas. A pesar de sus extravagancias y de su precocidad en el trato con mujeres, aprende bien latín, griego, francés, hebreo, un poco de español e inglés. Durante treinta años solo se le resiste la pronunciación de nuestro querido idioma alemán. Despunta en matemáticas y en filosofía, a los dieciséis años da su primer sermón como teólogo en una iglesia de Venecia, sabe tocar el violín y se gana el pan durante un año en el teatro de San Samuele. Si su doctorado en Derecho en Padua a los dieciocho años es verdad o no, es algo por lo que los ilustres casanovistas aún polemizan, pero es lo cierto que posee una sólida cultura académica, pues entiende de química, medicina, historia, filosofía, literatura y más aún de las ciencias más tolerables por ser más oscuras, como astrología o alquimia. Además ese guapo y ágil muchacho destaca en todas las artes palaciegas y físicas, ya sea el baile, la esgrima, la equitación o los juegos de azar, como solo un caballero muy principal. Y si sumamos a todo ese aprendizaje sólido y rápido el hecho de poseer una memoria tan prodigiosa que no ha olvidado una sola fisonomía al cabo de setenta años, ni tampoco lo que ha oído, leído, hablado u observado, todo ello le dota de un rango muy particular: el de casi un erudito, casi un poeta, casi un filósofo y casi un caballero.

Sí, pero solo casi, y ese «casi» es la marca distintiva y característica del talento múltiple de Casanova. Casi lo es todo; un poeta, pero no lo bastante; un bandido, pero no un profesional del robo. Roza las esferas espirituales más elevadas y, al mismo tiempo, roza las galeras, pero no es ni esto ni lo otro de modo exclusivo; no tiene, en fin, una vocación plena. Como el más completo y universal diletante sabe mucho de todas las artes y ciencias, más de lo que pudiera creerse, pero le faltan ciertos pequeños aspectos para ser de veras productivo: voluntad, decisión y paciencia. Si hubiese estado un año absorbido por los libros, hubiera sido el mejor jurista, el mejor historiador, podría haber sido catedrático de cualquier ciencia, pero Casanova no piensa en ningún momento en dedicarse a fondo en algo. No quiere ser nada, pues le basta con parecerlo. La apariencia es suficiente para engañar a los hombres, y él lo que anhela únicamente es engañar. Sabe de sobra que para engañar a los necios no precisa una sólida cultura; para cualquier materia en la que posea unas mínimas nociones cuenta con un poderoso auxiliar: su colosal descaro. Póngase a Casanova ante cualquier dificultad y nunca se le verá confesar no saber del asunto, sino que se las arreglará para dar una impresión de seriedad y conocimiento y, como buen farsante, sabrá salir airoso aun de las situaciones más delicadas. En París le preguntó el cardenal de Bernis si entendía algo de loterías. Naturalmente, Casanova no tenía de este asunto ni la menor idea, pero con la misma naturalidad jactanciosa responde afirmativamente y con su locuacidad inquebrantable expone ante una comisión proyectos financieros como un experimentado banquero que llevara veinte años de práctica. En Valencia falta el texto de una ópera italiana: Casanova se sienta y lo dicta sin el menor esfuerzo. Si se le hubiera pedido que escribiera la música, a buen seguro lo hubiera logrado tirando de viejas óperas. Ante la emperatriz de Rusia se presenta como reformador del calendario y astrónomo eminente; en Curlandia inspecciona las minas cual experto rápidamente improvisado; en la república de Venecia presenta un nuevo sistema para teñir la seda; en España plantea proyectos de reforma del suelo y como colonizador, y al emperador José II le presenta un amplio proyecto contra la usura. Escribe comedias para el conde Waldstein; a la duquesa de Urfé le forma el Árbol de Diana y otros trucos de alquimista; a madame Roumains sabe abrirle el arca del dinero con la llave de Salomón; compra acciones para el Gobierno francés; en Augsburgo se presenta como embajador de Portugal; en Bolonia escribe opúsculos de medicina; en Trieste escribe la historia del reino de Polonia y traduce la *Ilíada* en octavas... En resumen, no siendo experto en ninguna materia, sabe cabalgar sobre cualquier montura. Si se hojea su lista de escritos póstumos, pudiera creerse que fue un filósofo universal, un nuevo Leibniz. Deja una gruesa novela; una ópera, *Odiseo y Circe*; un ensayo acerca de la duplicación del cubo, y un diálogo político con Robespierre, y no hay duda de que si le hubieran pedido que demostrara la prueba teológica de la existencia de Dios o escribir un himno a la castidad, no hubiera vacilado ni dos minutos en ponerse con ello.

¡Qué dotes más excepcionales! Apto para cualquier camino: ciencia, arte, diplomacia, negocios, en cualquier cosa hubiera destacado enormemente. Pero Casanova dilapida conscientemente sus talentos al servicio del momento, y vemos que el hombre que lo podría ser todo prefiere no ser nada; nada excepto ser libre. Prefiere mucho más la independencia, la libertad, el vagabundeo a su aire que atarse y acomodarse a profesión alguna. «El solo pensamiento de atarme a algo me resultó siempre repulsivo; un cambio de vida para sentar la cabeza, algo del todo contrario a la naturaleza». Su verdadera profesión, así lo siente él, es no tener ninguna: probar caprichosamente todos los oficios, todas las ciencias, y entonces cambiar de ocupación como el actor cambia de vestuario y de papel. ¿Para qué atarse? Nada quiere tener ni conservar, nada quiere valer ni poseer; lo que pide su desaforada pasión es vivir, pero no una vida, sino cien vidas en una sola. «Mi mayor tesoro —proclama con orgullo— es ser mi propio dueño y no temerle al infortunio». Esa es, en verdad, una divisa varonil que dice más a favor de la nobleza de ese hombre que su título prestado de Seingalt. Nunca se preocupa de lo que los demás puedan pensar de él, sino que, con encantadora ligereza, salta por encima de todos los obstáculos de la moral. Solo en el impulso, en el movimiento, experimenta él la voluptuosidad de vivir, nunca en el reposo, en el confortable descanso. Debido a esa ausencia de escrúpulos, a su perspectiva a vista de pájaro de las cosas, los hombres honrados le parecen ridículos al permanecer atados, encerrados en una misma ocupación. Tampoco le impresionan los hombres de guerra, que con sus mostachos y portando ruidosamente su sable, también se humillan en cuanto sus generales alzan la voz. Ni los eruditos, que, como polillas, pasan de un libro a otro devorando papel. Tampoco envidia a los acaudalados, temerosamente sentados sobre bolsas de dinero sin apenas poder dormir ante sus cofres. No le atrae ninguna posición social, ningún país, ningún uniforme. Ninguna mujer logra retenerle en sus brazos, ningún rey dentro de sus fronteras, ninguna profesión en el aburrimiento: tampoco en esto se arredra ante las dificultades, arriesgando gustoso su vida antes que dejarla enmohecer, orgulloso en la fortuna e impasible en la desgracia. La valentía es el verdadero núcleo del arte de vivir de Casanova, su talento entre talentos: no trata de preservar la vida, sino que la arriesga; aquí vemos, por una vez, cómo entre los muchos, entre los precavidos, surge uno que se lo juega todo, a sí mismo, en cada ocasión u oportunidad. La fortuna ama más a los descarados que a los laboriosos, más a los impetuosos que a los pacientes, y así le da a ese hombre sin medida más que a toda una generación. A veces lo agarra y lo sube y lo baja, lo arrastra de un país a otro, lo lanza hacia arriba y lo hace caer en su salto más acrobático. Le obsequia con mujeres y lo engaña en las mesas de juego, alimenta sus pasiones e incumple sus promesas: pero jamás lo deja caer en el aburrimiento. Incansablemente, inventa cosas nuevas para ese hombre incansable, y concede a este compañero adecuado y dispuesto nuevos giros, nuevos azares. Y así su vida es rica, colorida, múltiple, variada, fantástica y heterogénea, hasta el punto de que difícilmente podrá encontrarse otra parecida en el transcurso de siglos. Y cuando se pone a relatarla, se convierte en uno de los más incomparables escritores de la existencia, y no desde luego por su voluntad, sino por la de la vida misma.

Filosofía de la superficialidad

He vivido como un filósofo.

Últimas palabras de Casanova

A una tan gran amplitud de vida corresponde casi siempre una limitada profundidad del alma. Para poder nadar tan diestramente sobre las olas, como hace Casanova, se necesita tener una ligereza de corcho. Y si prestamos atención, la peculiaridad de su tan admirado arte de vivir no reside en una virtud y una fuerza especialmente positivas, sino en algo negativo: una carencia absoluta de todo escrúpulo moral o ético. Si pudiera hacerse la disección psicológica de ese hombre tan exorbitante, tan pletórico de sangre y tan lleno de pasión, lo primero que se podría constatar es la falta absoluta de cualquier órgano moral. El corazón, los pulmones, el hígado, la sangre, el cerebro, los músculos y, por descontado, las glándulas sexuales, alcanzan en Casanova un desarrollo máximo y normal, solo en ese rincón del alma donde los principios y las convicciones morales convergen con la misteriosa estructura del carácter, sorprende encontrar en Casanova un vacío perfecto, es decir, un espacio sin aire, cero, nada. Podrían emplearse toda suerte de reactivos y de ácidos, de lancetas, microscopios y todo lo que se quiera, y no habría de encontrarse en ese robusto organismo ni un resto, ni un rudimento siquiera de esa sustancia misteriosa a la que llamamos conciencia. He ahí todo el secreto de la ligereza y el genio de Casanova: afortunado, es todo sensualidad, pero carece de alma. Para él no vale ni un escudo cuanto para otros hombres es cosa sagrada o al menos importante. Trátese de explicarle algo relativo a obligaciones morales o temporales, lo entenderá tan poco como un salvaje la metafísica. ¿Amor a la patria? Ciudadano del mundo que jamás ha poseído en sus setenta y tres años de vida ni una sola cama propia y siempre fiado al azar, el patriotismo no lo atrae en absoluto. *Ubi bene, ibi patria*, allí donde el dinero pueda entrar en sus bolsillos y las mujeres más fácilmente en su lecho, allí es donde él estirará las piernas bajo la mesa y se sentirá en su casa. ¿Respeto por la religión? Cualquiera sería buena para él si conviniera; se dejaría circuncidar o dejaría crecer su coleta como los chinos si tal acto pudiera depararle el más mínimo provecho: pues, en el fondo, ¿para qué necesita religión aquel que no cree en el más allá, sino únicamente en la vida de aquí, cálida y vibrante? «Más allá no hay probablemente nada, pero de todos modos ya lo veremos cuando llegue la hora», argumenta con indiferencia y despreocupación. ¡Así que apártense todas las telarañas metafísicas! *Carpe diem*, goza del día, aprovecha el momento, exprímelo como si fuera un racimo de uvas, y echa el bagazo a los cerdos, he ahí su única máxima. Aferrarse con firmeza al mundo sensual, a lo que se ve, lo que está al alcance, tomar de cada minuto lo que tenga de dulce y voluptuoso: esa es toda la filosofía de Casanova, y por eso puede reírse y arrojar lejos de sí todos los lastres ético-burgueses, como el honor, la decencia, el deber, la vergüenza y la fidelidad, que impiden el libre goce de lo inmediato. ¿El honor? ¿Qué ha de hacer con él Casanova? No tiene más valor para él que para el obeso Falstaff, que afirmaba de forma irrebatible que no sirve para comer ni para beber. O como aquel otro honrado parlamentario inglés que, habiendo oído hablar a menudo de la posteridad, preguntó en plena sesión qué había hecho la posteridad por la prosperidad y el bienestar de Inglaterra. El honor no puede ser gozado, y pone trabas al placer al imponer deberes y obligaciones, lo convierte en algo superfluo. Nada odia más Casanova en este mundo que los deberes y las obligaciones. No reconoce ningún otro deber ni quiere conocerlo que no sea el de suministrarle placeres a su cuerpo despierto y vigoroso, y procurarles a las mujeres la mayor cantidad posible del mismo elixir voluptuoso. Por eso nunca se pregunta si su cálido pedazo de existencia les parece bien o mal a los demás, si les sabe a miel o a vinagre, si tachan su comportamiento de deshonroso o de desvergonzado. ¡Vergüenza! ¡Qué palabra tan extraña! ¡Qué incomprensible concepto! Esa palabra no cabe en el diccionario de su vida. Con impudicia de *lazzaroni*, se baja alegremente los pantalones ante el público reunido, mostrando sus partes pudendas, y dejando salir de su boca cosas que otro no confesaría ni siquiera bajo tortura: es decir, sus bribonadas, sus fracasos, sus patinazos, sus dolencias sexuales y sus curas de sífilis, porque carece de cualquier sensibilidad para juicios éticos, de algún órgano creador de complejos morales. Si se le reprochara haber hecho trampas en el juego, habría de responder con asombro: «Sí, cierto, pero es que yo por entonces no tenía dinero». Si se le acusase de haber seducido a una mujer, se pondría a reír diciendo: «¡Bien servida la dejé!». Ni por asomo trata de disculparse por haber sustraído el dinero del bolsillo de honrados ciudadanos. Todo lo contrario; cuando desempolva entre sus recuerdos alguna bellaquería, lo hace argumentando cínicamente: «La razón justifica engañar a un necio». De nada se defiende, de nada se lamenta nunca, y en vez de mostrar arrepentimiento en su Miércoles de Ceniza por haber echado a perder su vida, una vida que acaba en la ruina completa, en la más mísera pobreza y capitulación, el viejo zorro desdentado escribe estas palabras encantadoras por su descaro: «Me tendría por culpable si hoy me encontrara rico. Pero nada tengo; lo he malgastado todo y eso me consuela y me justifica».

Toda la filosofía de Casanova cabría dentro de una cáscara de nuez. Empieza y acaba con un solo principio: vivir la vida en el presente, sin preocupaciones, espontáneamente, sin dejarse engañar por la perspectiva de un reino de los cielos que, siendo posible, es muy incierto. Un Dios extraño parece que nos ha puesto ante el mundo como si este fuera una mesa de juego y, por tanto, para divertirnos hemos de aceptar las reglas del juego *tel quel*, tal como son, sin preguntarnos si son buenas o malas. Y en verdad, Casanova no pierde ni un instante en reflexiones acerca de si las cosas de ese mundo podrían o deberían ser de otra manera. «Ame a la Humanidad —le dice a Voltaire en una conversación—, pero ámela tal como es». No nos inmiscuyamos en aquello que concierne al creador del mundo, plenamente responsable de este singular asunto, y en lugar de ensuciarnos las manos metiéndolas en la masa fermentada, hagamos algo mucho más modesto: sacar las pasas con dedos ágiles. Que las cosas les vayan mal a los necios es para Casanova perfectamente comprensible, pues verdad es que Dios no ayuda a los listos, sino que ellos deben ayudarse a sí mismos. Si el mundo es tan complicado que unos van en carruaje y con medias de seda mientras que a otros les hace ruido el estómago y visten andrajos, lo única tarea útil para una persona sensata es subir al carruaje.

Jamás se dejará arrastrar por la indignación ni dirigirá a Dios preguntas impertinentes, como Job, acerca del porqué ni el cómo: acepta cada hecho simplemente como tal —¡qué impresionante economía de sentimientos!—, sin tratar de etiquetarlo como bueno o malo. Que O'Morphi, una niña pobre holandesa de quince años, esté hoy todavía en su lecho lleno de piojos, dispuesta a vender su virginidad por dos táleros, y dos semanas después tenga su palacio en el Parque de los Ciervos por ser ya la querida del rey y, cubierta de piedras preciosas, acabe pronto como legítima esposa de un barón consentidor; o que quien ayer era todavía un pobre violinista en un suburbio de Venecia sea a la mañana siguiente el ahijado de un patricio, con diamantes en los dedos y convertido en joven rico, no dejan de ser para él curiosidades que no le alteran. ¡Dios mío! Así es el mundo, del todo injusto e impredecible, y precisamente porque siempre será así, no vale la pena empecinarse en construir leyes gravitacionales o algún complejo mecanismo en esta vida tan llena de accidentes como una montaña rusa. Lo mejor se obtiene con las uñas y con los puños, *voilà toute la sagesse* [ahí radica toda la sabiduría], cada cual es filósofo para sí mismo y no para los demás. Todo eso, en el lenguaje de Casanova, significa arrojarse valientemente, con apetencia, sin vacilar ni pensar en la hora siguiente, al oleaje del momento hasta agotar la última gota. Solo lo que respira, lo que devuelve deseo al deseo, lo que responde a la piel cálida con pasión y caricias, solo eso parece algo real e interesante para ese decidido antimetafísico.

Por eso el interés de Casanova por el mundo se reduce a lo orgánico, a las personas. Tal vez jamás en toda su vida alzara sus ojos inquisitivamente hacia el firmamento estrellado, y la propia naturaleza le deja indiferente; su corazón presuroso no se sintió nunca enardecido por su calma y grandiosidad. Si se hojean los dieciséis volúmenes de sus memorias, se ve a un hombre inteligente, despierto, que recorre los más bellos paisajes de Europa, desde Posillipo hasta Toledo, desde el lago de Ginebra a las estepas de Rusia, pero en vano buscará una sola línea de admiración ante la belleza de esos mil paisajes. Una criada sucia en un rincón de algún tugurio para la soldadesca le parece más interesante que todas las obras de arte de Miguel Ángel, una partida de cartas en cualquier cuartucho mal ventilado, más interesante que una puesta de sol en Sorrento. Casanova no aprecia la naturaleza ni la arquitectura, porque le falta el órgano que nos vincula al cosmos, porque carece absolutamente de alma. El mundo es para él únicamente las ciudades con sus galerías y paseos, donde pasan los carruajes al atardecer, esos nidos penumbrosos de bellas mujeres; agradables cafés donde espera una partida de cartas para desplumar a alguno; donde nos tientan óperas y burdeles, lugares donde es fácil proveerse de carne fresca para la noche; con fondas donde los cocineros componen poesías a base de salsas y ragú, y música a base de vinos blancos y tintos. Solo las ciudades pueden llamarse mundo para este hombre deseoso de placeres, porque allí las mujeres se presentan en la única forma posible para él, en multitud, en una pluralidad cambiante, y en las ciudades, ama con preferencia los ambientes de la corte, el lujo, porque allí la voluptuosidad se sublima hasta convertirse en algo artístico, pues, aun siendo voluptuoso, Casanova, joven robusto, no carece en modo alguno de refinamiento: le encanta un aria bien cantada, una poesía puede hacerle feliz, una conversación culta puede convenirle muy bien al vino; hablar de un libro con personas inteligentes, escuchar música desde la oscuridad de un palco junto a una mujer, todo eso hace aumentar mágicamente su placer de vivir. Pero no nos dejemos engañar con esto: el amor de Casanova por el arte no va más allá del hecho lúdico, del goce de los diletantes. Para él, el espíritu debe estar al servicio de la vida, nunca la vida al servicio del espíritu. Por eso respeta y aprecia el arte solo como un afrodisiaco, como un medio agradable para excitar los sentidos, como un preludio más fino del goce vulgar de la carne. Gustosamente, compondrá un poema dedicado a una dama que desea y se lo dará con una liga, recitará a Ariosto a fin de enardecer a una mujer, hablará ingeniosamente de Voltaire y de Montesquieu con otros caballeros para demostrar que es un intelectual y poder enmascarar hábilmente una intromisión en bolsillos ajenos. Este fogoso meridional, sin embargo, no comprende el arte o la ciencia si aspiran a ser una finalidad en sí mismas y dar sentido al mundo. Instintivamente, este jugador evita la profundidad porque solo quiere lo superficial, hombre de los instantes y de la transformación apresurada. Para él, el cambio es la «sal del placer», y este, a su vez, el único sentido del mundo.

Ligero como la efímera mosca de un día, vacío como una pompa de jabón, solo brilla tomando la luz de los acontecimientos, así revolotea en el tiempo. Es poco menos que imposible comprender el espíritu de ese ser en constante cambio, y mucho menos la esencia de su carácter. ¿Cómo es en realidad Casanova?, ¿bueno o malo? ¿Es honrado o embustero, un héroe o un canalla? Es lo que manda el momento, adopta uno u otro color al albur de las circunstancias y se transforma con los propios cambios. Cuando está bien de fondos, no hay caballero más distinguido que él; con ánimo desbordante y encantador, una grandeza radiante, amable como un alto prelado y dadivoso, va arrojando el dinero a manos llenas: «El ahorro nunca fue cosa para mí». Invita generosamente a un extraño a su mesa, cual anfitrión de alta cuna, le regala tabaqueras y rollos de ducados, le concede crédito y lo obsequia con su ingenio como si se tratara de fuegos artificiales. Pero cuando sus bolsillos de seda están vacíos, y su cartera anda repleta de deudas no satisfechas, aconsejaría yo a cualquiera no desafiar a ese *galantuomo* a una partida de cartas. No, no tiene buen ni mal carácter: es que carece de él. Casanova no obra moral o inmoralmente, sino que es amoral por naturaleza: sus decisiones saltan directamente de sus articulaciones, sus reflejos de sus nervios y sus venas, sin que en ellas tengan la menor influencia la razón, la lógica o la moral. Cuando olfatea a una mujer, la sangre le hierve en las venas y corre ciegamente hacia donde le manda su temperamento. Cuando ve una mesa de juego, la mano va inconscientemente a su bolsillo; sin que él quiera o deje de quererlo, pronto su dinero está sobre la mesa. Si le enfurecen, las venas se le hinchan como si fueran a estallar, la bilis le sube a la boca, los ojos se le ponen rojos, los puños se aprietan y él golpea ciego de cólera, golpea en la dirección de su ira *come un bue*, al decir de su compatriota Benvenuto Cellini, como un toro furioso. «Nunca fui capaz de dominar mis pasiones, ni lo seré nunca». Casanova no recapacita ni prejuzga, solo cuando está en apuros brotan de su mente ideas agudas y muchas veces geniales que le salvan, pero es demasiado impaciente para ponerse a cavilar o a calcular nada, ni el más insignificante de sus actos. Cien veces queda confirmado, en sus memorias, que las decisiones más trascendentales de su vida, ya sean sus mayores extravagancias o sus más ingeniosas estafas, salen de un estado de ánimo que explota repentinamente, jamás de un cálculo mental. De repente, un día se quita el hábito de abate; de un solo golpe de espuela, siendo soldado, envía su caballo hacia el enemigo y se entrega prisionero; va a

Rusia o a España fiado a su olfato, sin posición, sin recomendaciones, sin haberse preguntado por qué ni para qué va. Todas sus decisiones son como disparos no premeditados surgidos de sus nervios, de su humor, de su aburrimiento. Y probablemente deba agradecer a esa valerosa falta de planificación la plenitud de su manera de vivir, pues, *more logico*, con informes y cálculos no es como uno se hace aventurero, y con un sistema estratégico no hay lugar para un maestro tan fantástico de la vida.

Nada hay, pues, más disparatado que esos esfuerzos que hacen y han hecho tantos autores para atribuir a Casanova un alma despierta y reflexiva, un alma fausto-mefistofélica, cuando echan mano de este aventurero como héroe para alguna comedia o relato, pues en él su impulso e ímpetu provienen de la ausencia de toda reflexión y de un amoral descaro. Si encontraran en él aunque no fueran más de tres gotas de sentimentalidad en la sangre, si se le atribuyera conciencia y responsabilidad, no sería ya Casanova. Querer vestirlo con un traje oscuro e interesante, atribuirle conciencia, sería lo mismo que encerrarle en una piel que no fuera la suya. Porque si algo es ese tierno muchacho es, ante todo, la negación de lo demoniaco. El único demonio que encierra dentro de sí Casanova tiene un nombre muy burgués y un rostro grueso y fofo y se llama aburrimiento. Como nada produce en su interior, debe aferrarse sin cesar a algo material para llenar su vida, pero ese deseo suyo está muy lejos del deseo demoniaco de un Napoleón que codicia un país y luego otro, un reino y después otro, sediento de alcanzar lo infinito, o como un don Juan, que se siente arrastrado a seducir a todas las mujeres para ser dueño y señor del mundo de la mujer, ese otro infinito. El hombre de placer, empero, no busca esos superlativos altos como montañas, sino únicamente la continuidad del placer. No quedarse nunca solo consigo mismo, no temblar a solas en el frío del vacío, ¡nunca la soledad! Si se observa a Casanova cuando está falto de diversión, se verá como su tranquilidad se convierte enseguida en la más espantosa inquietud. Llega por la noche a una ciudad que desconoce: no permanece una sola hora en su habitación a solas consigo mismo o con un libro. Enseguida se pone a olfatear en todas direcciones, a ver si el viento azaroso le trae diversión, no vaya a ser que la criada no pueda calentarle el lecho durante la noche. Comenzará así a charlar con los huéspedes de la taberna que se hayan dejado caer por allí, jugará con presuntos tramposos en cualquier cuchitril, pasará la noche con la ramera más miserable, pero siempre veremos cómo su vacío interior lo empuja hacia los vivos, hacia los seres humanos, pues solo el roce con sus semejantes enciende su vitalidad. Cuando está a solas, probablemente es uno de los seres más tristes y aburridos que puedan imaginarse; lo cual se percibe en sus escritos —exceptuando sus memorias—, y cuando se refiere a los años solitarios en Dux, donde dice que el aburrimiento es «el infierno» que «Dante olvidó describir». Así como una peonza necesita ser continuamente impulsada para no caer lamentablemente al suelo, también el ímpetu de Casanova necesita el estímulo de un impulso externo. Es un aventurero (como tantos otros) por falta de fuerza creadora.

Por eso, cuando la tensión natural de la vida se relaja, Casanova intercala enseguida, como sustitutivo, la tensión artificial del juego. El juego reproduce en una síntesis genial la tensión de la vida; crea un peligro artificial y resume el destino: constituye así el asilo de todos los hombres que viven el momento y la eterna distracción de los ociosos. Gracias al juego, uno puede vivir como en un vaso de agua el flujo y el reflujo de los más tempestuosos sentimientos, convirtiéndose así en la ocupación insustituible de los internamente desocupados. Casanova se sometió a él más que nadie. De igual modo que no puede ver a una mujer sin desearla, tampoco puede ver cómo rueda el dinero en una mesa de juego sin que los dedos se le escapen de los bolsillos, y aunque vea que el banquero es un conocido estafador, un compañero de trampas, arriesgará Casanova sus últimos ducados, aun sabiéndolos perdidos. Nada revela más su obsesión por el juego, su desmedido e irrefrenable furor por jugar, que dejarse hacer trampas siendo él mismo un tramposo por no poder resistirse ni siquiera a la peor oportunidad. No pierde una vez, sino veinte, acaso cien, el botín laboriosamente estafado ante la oportunidad siempre renovada de que haya una partida de cartas. Y eso es lo que le pone el sello de verdadero jugador: no juega para ganar —eso sería muy aburrido—, sino que juega por jugar. Nunca busca una relajación definitiva, sino mantenerse en tensión, la aventura eterna condensada en el negro y el rojo, el rombo y el as, las oscilaciones de la suerte en las que puede sentir sus nervios y su pasión torrencial, como la sístole y la diástole, como exhalar e inhalar la materia ardiente del mundo necesita él esa brillante oposición entre la ganancia y la pérdida en la mesa de juego, la conquista y el abandono de las mujeres, el contraste entre ser rico y ser pobre, es decir, la aventura que se extiende hasta el infinito. Y como hasta una vida con tanto colorido, tan cinematográfica, presenta también intervalos sin imprevistos, sorpresas ni cambios bruscos de temperatura, necesita llenar esas pausas vacías con la tensión artificial del juego, y es gracias a sus arriesgadas jugadas como encuentra las repentinas curvas de arriba abajo, esos estrepitosos hundimientos en la nada: hoy con los bolsillos aún llenos, *grand seigneur*, dos criados a la zaga del carruaje, y mañana los diamantes vendidos precipitadamente a un judío y hasta los pantalones —no es broma, ¡encontraron el recibo!— empeñados en una casa de préstamos de Zúrich. Pero así y no de otra manera es como este infatigable aventurero quiere que sea su vida: una vida zarandeada por las explosiones repentinas de felicidad y desesperación, y para lograrlo, se juega vehementemente todo su ser como última y única apuesta ante el destino. Diez veces se bate en duelo y se pone al borde de la muerte, docenas de veces está a punto de ir a la cárcel o a las galeras, le llueven millones y se escurren sin que su mano haga el menor gesto para retener una sola moneda. Pero es precisamente porque se entrega siempre y a fondo a cada partida, a cada mujer, a cada momento, a cada aventura por lo que, muriendo cual mendigo miserable bajo techo ajeno, alcanza en definitiva lo más elevado, lo más anhelado: la infinita plenitud de la vida.

Homo eroticus

¿Acaso he seducido nunca? No, yo estaba en
el lugar cuando la naturaleza, con su graciosa
magia, empezó su obra, y tampoco abandoné
a ninguna, pues de todas quedó mi corazón
eternamente agradecido.

ARTHUR SCHNITZLER, *Casanova en Spa*

Casanova es un diletante en todas las artes. Escribe versos
ripiosos y filosofemas soporíferos, es mediocre con el violín y conversa, en el mejor de los casos, como un enciclo-
pedista. Más entendido es ya en los juegos que inventó el
diablo: faraón, naipes, biribí, dados, dominó, trapacerías,
alquimia y diplomacia. Pero como maestro y mago lo es
solo de manera indiscutible en una cosa: en el juego del
amor. Todos sus talentos dispersos y mal empleados se
reúnen, como por una química ingeniosa, para formar el
elemento puro del perfecto erotismo; en esto, únicamente
en esto posee este diletante ambiguo un genio incontestable. Su cuerpo parece ya creado para servir a Venus. Ex-
cepcionalmente dadivosa, la usualmente ahorrativa naturaleza ha cogido a manos llenas del tarro para reunir
todo lo que hay en cuanto a jugo, sensualidad, fuerza y

belleza para que las mujeres experimenten alegría con un hombre de verdad, un *mâle*, un macho o un varón, como se le quiera llamar: un ejemplar robusto y ágil, fuerte y ardiente del sexo masculino. Nos equivocaremos si imaginamos a Casanova, el conquistador, con arreglo a nuestro tipo de belleza física actual, esbelto y delgado: este *bel uomo* no es ningún efebo, en absoluto, sino un verdadero semental con hombros de Hércules, músculos de luchador romano, la belleza morena de un cíngaro, el empuje y el descaro de un *condottiere* y el ardor de un fauno de pelo revuelto. Su cuerpo es metálico y de fuerza desbordante. La sífilis cuatro veces, dos envenenamientos, una docena de puñaladas, los años grises y espantosos de cautiverio en la prisión veneciana de los Plomos y en los hediondos calabozos españoles, los repentinos viajes desde la Sicilia calurosa a las heladas de Moscú, nada reduce un ápice su potencia fálica. Le basta recibir el fulgor de una mirada, un contacto, la proximidad tan solo de una mujer, y se inflama todo entero y su sexualidad invencible se despierta.

Durante un cuarto de siglo, a pesar de su incansable actividad, ejerce como el legendario *messer sempre pronto*, el caballero de las farsas italianas siempre dispuesto a enseñar mejor las matemáticas más avanzadas a las mujeres que los más intrépidos de sus amantes, y hasta cumplir los cuarenta años solo conoce de oídas el desagradable fiasco al que Stendhal dedica todo un capítulo en su tratado *Del amor*. Su cuerpo nunca se agota. Cuando acaba un deseo se despierta otro, su deseo siempre está atento a lo femenino, su pasión, a pesar de todas sus furiosas disipaciones, no desfallece nunca; no renuncia a ninguna apuesta. En verdad pocas veces la naturaleza ha dado a un maestro un instrumento tan perfecto, una *viola d'amore* semejante para tocar toda una vida.

Pero esa maestría tan completa necesita todavía otra condición para conservar toda su fuerza innata: la entrega sin condiciones, la concentración máxima. Únicamente el que tiene un solo deseo puede llegar al máximo de la pasión; solo concentrarse exclusivamente en una única dirección puede dar el rendimiento más completo. Así como para el músico, la música, para el poeta, la forma, para el avaro, el dinero o para el atleta, el récord, así también para el perfecto erótico ha de ser lo más importante el deseo, la conquista y la posesión de la mujer; debido a los eternos celos entre todas las pasiones, debe entregarse únicamente a esta pasión, y encontrar en ella el verdadero sentido y la infinitud del mundo. Casanova, siempre infiel, permanece, sin embargo, fiel a su pasión por la mujer. Si se le ofrece el anillo de los dogos de Venecia, los tesoros de los Fugger, si se le brindan cartas de nobleza, palacios y caballerizas, glorias de general o de poeta, él arrojará todo eso lejos de sí a cambio del aroma de una piel femenina o del momento dulce e incomparable de una resistencia femenina que se quiebra y se convierte en entrega. Todas las promesas del mundo, honras, cargos, dignidades, tiempo, la salud y cualquier placer lo dejará escapar como el humo de la pipa, por una aventura; más aún, por la posibilidad de una aventura. Pues este jugador del erotismo no necesita estar enamorado para sentir un deseo invencible; la sola proximidad, la conjetura de una aventura todavía por consumar enciende su imaginación con el placer que presiente. De entre numerosos ejemplos, citaré solo uno: al comienzo del segundo volumen de sus memorias, Casanova se dirige rápidamente a Nápoles en silla de posta para un asunto urgentísimo. Por el camino, en una hospedería, en el cuarto vecino, en una cama que no es la suya, junto a un capitán húngaro, ve a una mujer hermosa. No, en realidad, ni siquiera sabe aún si es hermosa, pues no la ha visto todavía sino escondida bajo la manta. Ha oído una risa juvenil, una risa de mujer, y ya las aletas de la nariz se le agitan. Nada sabe de ella: si es tentadora, hermosa o fea, joven o vieja, propicia o reacia, libre o ya comprometida, y sin embargo deja ya su maleta y todos los planes bajo la mesa, hace desenganchar los caballos y se queda en Parma, porque ya, amante de los juegos, está enloquecido por apostar a la probabilidad minúscula, imprecisa, de una aventura. Y así se porta siempre y en todas partes Casanova: tan insensatamente y tan sabiamente al mismo tiempo. Siempre estará dispuesto a cualquier tontería por pasar una hora con cualquier mujer desconocida, sea de día o de noche, al amanecer o cuando oscurece. Cuando desea, no mira el precio; allí donde quiere conquistar, nada le frena. Cuando quiere volver a ver a aquella esposa alemana de un alcalde, que aparentemente no le interesa de un modo especial, y de la que no sabe siquiera si querrá complacerlo, se presenta sin haber sido convidado en Colonia en una reunión de sociedad, sabedor de que no es bienvenido, y lo hace sin el menor rubor. Con los dientes apretados, soporta que el dueño de la casa le eche un sermón y oye cómo los demás se ríen de él, pero ¿acaso un semental enardecido se da cuenta siquiera de los latigazos que le llueven sobre el lomo? Hambriento y aterido de frío entre ratas y pulgas, Casanova soportará una noche en un sótano helado por la posibilidad de obtener un rato de placer cuando amanezca. Docenas de veces se expone a estocadas, disparos, injurias, chantajes, enfermedades, humillaciones, y todo lo sufre no por un amor verdadero y único, por una Anadiómena, lo cual lo haría más comprensible, sino por cualquier mujer, por la primera que esté a su alcance, por el solo hecho de que es una mujer, esa especie tan diferente y para él tan deseable. El primer rufián que llega le arrancará fácilmente todas sus comodidades a este seductor de fama mundial, cualquier marido transigente o cualquier hermano complaciente le sabrá llevar al negocio más sucio si sus sentidos están excitados. ¿Y cuándo no están excitados los sentidos de Casanova? *Semper novarum rerum cupidus*, siempre ansioso de un nuevo botín, su deseo no deja de vibrar hacia lo desconocido. Como el oxígeno, el sueño o el movimiento, su cuerpo viril necesita siempre delicadas provisiones para su lecho, y sus sentidos necesitan también la tensión de la aventura. En ninguna parte es Casanova capaz de sentirse bien ni un solo mes ni una sola semana ni apenas un día sin mujeres. La continencia, en el vocabulario de Casanova, tiene una traducción muy simple: aburrimiento y hastío.

No es, pues, motivo de asombro que, con un apetito semejante y un consumo tan ininterrumpido, la calidad del elemento femenino no sea siempre lo que debiera ser. Con estómago de camello la sensualidad no puede ser la de un sibarita ni un *gourmet*, sino simplemente la de un glotón, un *gourmand*. Así, pues, el haber sido amante de Casanova no es en modo alguno una recomendación, pues no se precisa ser una Helena, ni virgen y casta, ni destacar por espiritual, educada o atractiva para que el señor se haya dignado a mostrar interés. A Casanova, tan dispuesto a dejarse seducir, le basta que sea una mujer, una hembra, sexo opuesto, vagina, formada por la naturaleza, para estimular su sensualidad. Por eso hay que desechar la leyenda de que las conquistas de Casanova forman un vasto coto romántico y estético. No, la colección de Casanova es variada, abigarrada, rica, pero Dios sabe que no es una galería de bellezas, como ocurre siempre con el crápula profesional y sin freno. Hay, es cierto, algunas figuras delicadas, dulces, muchachas de rostros adolescentes, que pudieran haber sido dibujadas por Guido Reni o Rafael, compatriotas suyos, otras podrían haber merecido el pincel de un Rubens o de un Boucher, pero junto a ellas hay verdaderas rameras de arrabal inglés, cuyas muecas obscenas solo podría reproducir el lápiz rabioso de Hogarth; no faltan viejas andrajosas, verdaderas brujas que hubiesen desafiado el furor de Goya, infectos rostros de ramera al estilo de Toulouse-Lautrec, aldeanas y criadas, un revoltijo de belleza y suciedad, de delicadeza y ordinariez. Nuestro panerótico posee nervios groseros para el gusto en lo que atañe a la voluptuosidad, y su radio de acción no desdeña lo extraño ni lo disparatado. Las aventuras de Casanova alcanzan desde muchachas cuya edad le hubiese creado en nuestra época reglamentada problemas con las leyes hasta las carroñas medio deshechas, como aquella ruina septuagenaria, la duquesa de Urfé, la hora de amor más espantosa que ningún hombre salvo Casanova se hubiera atrevido a confesar. Por todos los países, por todas las clases, se extiende esa noche de Walpurgis, no muy clásica por cierto. Las figuras más tiernas y más puras, ruborosas aún por el pudor, las damas más emperifolladas y enjoyadas se dan la mano con las rameras de los más bajos burdeles o de las tabernas de marineros, para esa danza diabólica. Aquella cínica jorobada, aquella otra pérfida coja, niñas viciosas, ancianas libidinosas, todas se dan la mano en ese aquelarre. La tía deja su lecho caliente aún para que lo ocupe la sobrina, la madre hace sitio a la hija, las celestinas empujan a sus hijas, maridos complacientes admiten en su casa a ese eterno conquistador, las putas de la soldadesca alternan con damas nobles en los placeres de una misma noche. Hay que decidirse ya a no ilustrar las hazañas amorosas de Casanova con elegantes grabados del siglo XVIII ilustrados con encantadoras escenas amorosas y detalles apetitosos; no y siete veces no. Hay que tener por fin el valor de ver el erotismo sin freno como el pandemonio de la sensualidad masculina. Una libido tan indiscriminada como la de Casanova ha de sobrepasar todos los límites, y así vemos cómo no desaprovecha nada, no deja nada atrás; lo extraordinario le atrae, pero también le atrae igualmente lo corriente; no hay ninguna anomalía que no le excite; ningún absurdo que no le haga vibrar. Camas llenas de piojos, prendas mugrientas, olores dudosos, trato con rufianes, la presencia de mirones escondidos, la explotación cruel, enfermedades comunes, todo eso no son más que pequeños detalles imperceptibles para ese toro divino que, como otro Júpiter, quiere abrazar a Europa, a todo el mundo femenino en todas sus formas y deformaciones, en cada figura y esqueleto. Su curiosidad carece de medida tanto ante lo fantástico como ante lo natural, su placer es universal y poco menos que maniaco. Pero hay algo muy característico en ese erotismo tan masculino: por más excitación que le recorra la sangre, nunca pasa un ápice de lo natural; el instinto de Casanova se detiene rotundo en la frontera de los sexos. Tiembla de asco al contacto de un castrado y golpea con su bastón al primer efebo lascivo que se le pone delante. Todas sus desviaciones y perversiones se mueven en un plan absoluto de fidelidad a lo femenino, que es, para él, su esfera innata y completa. Pero, eso sí, en ella su frenesí no encuentra límites, ni escrúpulos, ni freno. Su avidez indiscriminada e inagotable irradia de su cuerpo hacia cada nueva mujer con la embriaguez de un fauno griego. Y es precisamente ese carácter pánico, ese carácter embriagador y natural de su deseo lo que da a Casanova un poder tan monstruoso sobre las mujeres, poder que no encuentra resistencia posible. Con el instinto repentino que sube de su sangre, las mujeres adivinan en él al animal, al hombre ardiente, fogoso, totalmente entregado a ellas y se dejan poseer por él porque él está poseído por ellas. Si ellas caen ante él es porque él ya ha sucumbido, no con una sola, sino con todas, con la pluralidad, con la mujer que hay en ellas, el opuesto, el otro polo. Por fin hay aquí uno —se dicen con toda la intuición de su sexo— para el que nada hay tan importante como nosotras; no una de tantas, que, como cosa secundaria, entre sus negocios y obligaciones, apresuradamente nos desea, sino uno que se precipita hacia nosotras con todo el empuje torrencial y completo de su ser, uno que no ahorra, sino que dilapida, que no titubea ni tiene por qué elegir. Y es verdaderamente así como se entrega Casanova; para ello está dispuesto a dar la última gota de placer que hay en su cuerpo, los últimos ducados de su bolsillo, y todo para una mujer cualquiera porque es una mujer y eso satisface su sed inextinguible de lo femenino. Pues, para Casanova, el placer de todos los placeres es ver a las mujeres felices, verlas entregadas, embriagadas deliciosamente de placer, encantadas, sonrientes. Mientras tiene dinero en los bolsillos las colma de regalos exquisitos y las adula por medio del lujo y de la vanidad. Casanova gusta de vestirlas de la forma más espléndida y envolverlas en encajes, antes de desnudarlas. Le gusta darles la sorpresa de delicias nunca vistas, deslumbrarlas con arrebatos de generosidad y llamaradas de pasión. Es en verdad un dios, un Júpiter pródigo, que, al mismo tiempo que inunda a su amante con el ardor que sale de sus venas, derrama sobre ella una lluvia de oro. Y como Júpiter, también desaparece luego, fundido entre las nubes —«He amado locamente a las mujeres, pero siempre he preferido la libertad»—, lo que no solo no reduce su prestigio, su nimbo, sino que lo aumenta, pues precisamente por lo impetuoso de su irrupción y su desaparición es por lo que les queda a ellas un recuerdo imborrable de ese extraordinario e irrepetible aventurero magnífico, y así la pasión no se agota, como con los otros, por la fuerza de la costumbre y el coito banal. Cualquier mujer adivina que ese hombre extraordinario no podría ser nunca un esposo: y lo recuerda siempre con toda la fuerza de su sangre como al amante, como al dios de una noche de pasión. Aunque las va abandonando a todas, ninguna le querría de otro modo que como es, como ha sido: por eso a Casanova le basta con ser tal como es, sincero en su pasión infiel, y se las ganará a todas.

Acabo de decirlo: «sincero» puede parecer una palabra fuera de lugar al hablar de Casanova, pero así es: en su modo de amar hay que reconocer que ese gran tramposo, ese truhan, tenía una especie de honradez. La relación de Casanova con las mujeres es siempre honrada, porque es algo que sale directamente de su sangre, de sus sentidos. Da rubor el decirlo, pero lo cierto es que la falta de honradez en el amor nace siempre tan pronto como intervienen en él otros sentimientos más elevados. El cuerpo robusto de Casanova no miente nunca, no exagera jamás su excitación ni sus anhelos más allá de lo que dicta su naturaleza. Solo cuando el espíritu y los sentimientos se mezclan, los cuales ingrávidos apuntan a lo infinito, se exagera la pasión y fantasea con relaciones terrenales que aspiran a la eternidad. Casanova, que nunca va más allá de lo corporal, puede fácilmente mantener lo prometido con las magníficas reservas de su sensualidad: placer a cambio de placer, un cuerpo a cambio de otro cuerpo, y no deja nunca pendientes deudas sentimentales. Por eso, las mujeres no se consideran engañadas *post festum* con expectativas platónicas, pues precisamente este amante aparentemente frívolo solo les reclama los espasmos del placer, y en ningún caso les habla de sentimientos eternos, y precisamente por eso ellas no se verán nunca desilusionadas. Cada uno podrá llamar a esa clase de erotismo como quiera: amor vulgar, sexual, epidérmico, carente de alma o animal, pero lo que no podrá negar es su sinceridad. Y, en efecto, ¿no obra ese libertino calavera más francamente, más rectamente con las mujeres que los amantes románticos? En el camino de la vida de Goethe o de Byron quedan atrás un sinnúmero de mujeres destrozadas, deshechas, justamente porque aquellas naturalezas intelectuales ponen en tal tensión la espiritualidad femenina que ellas, las mujeres, al dejar de compartir esa elevada espiritualidad, no encuentran ya su forma terrenal, en Casanova su exaltación resulta en verdad menos dañina para el espíritu. No provoca hundimientos ni desesperación. Casanova hizo feliz a muchas mujeres, pero a ninguna la volvió histérica. De su aventura puramente sensual, todas regresan ilesas a su vida cotidiana y dispuestas al amor de sus maridos o de sus amantes. Pasa sobre ellas solo como un viento tropical y ellas florecen con una nueva sensualidad más ardiente. Las hace arder, pero no las quema, las conquista, pero no las destruye, las seduce, pero no las daña, y como su erotismo no profundiza más allá de la epidermis y no llega, por tanto, al alma, sus conquistas no resultan jamás una catástrofe.

Su pasión, simplemente erótica, no conoce el éxtasis de la pasión extrema y única. No hay que preocuparse, pues, cuando está terriblemente desesperado porque le ha abandonado Henriette, la hermosa portuguesa; no empuñará ninguna pistola y dos días después le encontraremos abrazado a otra o en un burdel. Cuando la monja C. C. no pueda acercarse al casino desde Murano, y aparece en su lugar la hermana M. M., él se consolará con una rapidez inaudita, la una sustituye a la otra. Lo cual da una idea de que él, hombre erótico por excelencia, nunca llegó a estar verdaderamente enamorado de una de sus muchas mujeres, sino que siempre su pasión se dirigía a la eterna condición de todas ellas, al cambio incesante, a la variedad de la aventura. En una ocasión hasta llega a escapársele una frase peligrosa: «Ya entonces sentía yo vagamente que el amor es solo una curiosidad más o menos viva». Y esa definición del amor puede servir para la comprensión de Casanova, y entiéndase la palabra «curiosidad»: un anhelo siempre incesante de lo nuevo, de nuevas aventuras, de nuevas mujeres siempre. El individuo no lo excita, sino sus variaciones, las inagotables combinaciones nuevas en el tablero de ajedrez del eros. Tan evidentes y naturales como tomar aire y soltarlo son para él la conquista y el abandono, y ese placer puramente funcional explica por qué Casanova, como artista, nunca logra plasmar el alma de ninguna de sus miles de mujeres; es más, hablando francamente, las descripciones que nos da de ellas nos hacen sospechar que Casanova no llegó a fijarse mucho en sus rostros, sino que las contemplaba solo hasta *certo punto*, desde una perspectiva que no ahondaba demasiado en ellas. Lo que entusiasma a Casanova, lo que le «inflama», según su esencia meridional, son siempre las mismas cosas crudamente sensuales de la mujer, cosas palpables, que saltan a la vista. Habla una y otra vez (hasta la saciedad) de los «senos de alabastro», de los «divinos hemisferios», del «cuerpo de Venus», de los «encantos más secretos» que gracias al azar acaban por ser descubiertos, es decir, lo mismo que excita las pupilas de un estudiante de bachillerato cachondo cuando ve a la criada. Así, de sus innumerables Henriettes, Irenes, Babettes, Mariuccias, Ermelinas, Marcolinas, Ignacias, Lucías, Esthers, Saras o Claras (¡todo el santoral podría ser citado!), no queda mucho más que el recuerdo de una gelatina de color carne de cuerpos femeninos tibios y voluptuosos, una confusión báquica de cifras y números, de conquistas y exaltaciones; sin duda la descripción que haría un borracho al amanecer que, tras despertarse con la cabeza pesada, no sabe ya qué estuvo bebiendo la noche anterior, ni dónde ni con quién. A todas las ha gozado solo con la piel, a todas las ha sentido solo en la epidermis, solo las ha conocido carnalmente. Y así es como el arte revela mejor que la vida la enorme diferencia que hay entre lo simplemente erótico y el verdadero amor, entre aquel que todo lo gana y nada conserva y aquel que poco alcanza, pero sabe convertir con la fuerza de su espíritu ese momento fugitivo en algo duradero. Un solo episodio de Stendhal —ese triste héroe del amor— encierra más sustancia espiritual a través de la sublimación que tres mil noches de Casanova, y los dieciséis volúmenes de sus memorias dan menos idea de cómo el espíritu de Eros se abisma en los éxtasis del infinito que un poema de Goethe de cuatro estrofas. Mirando desde un punto de vista más elevado, las memorias de Casanova son antes una relación estadística que una novela, unas notas de campaña que un poema, un código erótico, un *Kamasutra* occidental, una *Odisea* de la carne y sus viajes, una *Ilíada* del imperecedero ardor masculino en busca de la eterna Helena. El valor de las mismas estriba en la cantidad, no en la calidad, en sus variaciones más que en los casos aislados, en su multiplicidad, pero nunca en su importancia espiritual.

Pero es precisamente a causa de esa plenitud, de esa plétora de acontecimientos y de tanta hazaña física, por lo que el mundo, tan apegado a registrar un récord y tan desentendido de la fuerza espiritual, ha elevado a Giacomo Casanova a la categoría de símbolo del triunfador fálico y ha coronado su nombre dándole fama y convirtiéndolo en proverbial. Ser un casanova significa hoy en todos los idiomas europeos ser un caballero irresistible, un mujeriego devorador, un maestro de la seducción y, como símbolo, representa para el mito masculino lo que Elena, Friné o Ninon de Lenclos para el femenino. La humanidad, para poder crear el tipo inmortal entre tantos millones de larvas, necesita siempre forjar a partir del caso general una síntesis y darle una cara, y así es como ese veneciano, hijo de cómicos, alcanza la honra inesperada de ser la encarnación del héroe amoroso de todos los tiempos. Cierto es que tal honor debe compartirlo con otro personaje legendario: don Juan, su rival español, el hidalgo de noble cuna, más oscuro y más demoniaco. Ya se ha mostrado a menudo el contraste latente entre esos dos maestros de la seducción masculina, y así como es inagotable la antítesis espiritual entre Leonardo y Miguel Ángel, Tolstói y Dostoievski, o entre Platón y Aristóteles, porque cada generación repite esa comparación, lo es también la comparación de esos dos prototipos del erotismo. Si bien ambos se mueven en igual dirección, como halcones a la caza de mujeres que atacan siempre el rebaño asustado impetuosamente, su condición espiritual nos los muestra de manera completamente distinta, de una raza diferente. Don Juan es hidalgo, noble, español y, aunque se rebela, católico en el fondo de sus sentimientos. Como español de pura sangre, todo su pensamiento y su sentir giran en torno del concepto del honor y, como católico medieval, obedece siempre, aun inconscientemente, a la concepción de la Iglesia de que todo lo carnal es «pecado». Todo amor fuera del matrimonio significa, según perspectiva trascendente del cristianismo, algo diabólico, contrario a Dios, prohibido (en ello está su doble encanto); y lo femenino, la mujer, el instrumento del pecado. Todo su ser, su misma existencia son una tentación y un peligro, y hasta la apariencia de una completa virtud en la mujer es, al fin y cabo, solo apariencia, engaño, un escondrijo de la serpiente. Don Juan no cree en la pureza ni en la castidad de nadie perteneciente a ese sexo diabólico; sabe que dentro de sus vestidos están desnudas, dispuestas a la seducción, y esa fragilidad de la mujer es lo que quiere demostrar ante sí mismo, ante el mundo y ante Dios en *mille e tre* ejemplos, que todas esas esquivas doñas, todas esas esposas fieles en apariencia, todas esas jovencitas soñadoras, todas esas esposas cristianas, que todas sin excepción pueden ser arrastradas al lecho, que todas son *anges à l'église et singes au lit*: ángeles en la iglesia y monas libidinosas en el lecho. Esto y solo esto azuza a ese forofo de la mujer incansablemente a la seducción, repetida una y otra vez apasionadamente.

Nada más absurdo que presentar a don Juan, el enemigo del sexo femenino, como el amoroso, el amante o el amigo de la mujer. Porque nunca le mueven el amor o el afecto verdaderos por una de ellas, sino que el odio ancestral de su masculinidad le empuja diabólicamente contra la mujer. Su conquista no es nunca para sí, sino que es solo el triunfo de conseguir quitar a la mujer su bien más preciado: la honra. Su placer no irradia, como en el caso de Casanova, de sus glándulas sexuales, sino que es cerebral, pues ese hombre, ese sádico espiritual, quiere, con cada mujer, humillar, avergonzar y ofender a toda la feminidad. Su placer sucede de forma indirecta, un adelanto del otro placer fantástico que ha de seguir después al ver deshonrada y desesperada a la mujer que sedujo. Para Casanova, el aliciente mayor es la rapidez con que la mujer se decide a despojarse de sus ropas; para don Juan, al contrario, la defensa, la dificultad aumentan enormemente su goce; cuanto más inaccesible es una mujer, mayor valor dará a su tesis su triunfo definitivo. Donde no hay resistencia, don Juan pierde todo aliciente: imposible sería que pensara siquiera, como Casanova, en una prostituta o en un burdel; él, que solo disfruta con el acto diabólico de la humillación, del pecado, el acto único e irrepetible del adulterio o de la seducción de una monja. Cuando ha poseído a una, ha terminado ya su experimento y la seducida es ya solo una cifra, un número en su registro, una especie de contabilidad de la que se encarga Leporello. Nunca siente la ternura de volver a mirar los ojos de la mujer que fue su amante la noche anterior, pues como el cazador ante la presa, este seductor profesional tampoco se quedará tras el experimento contemplando a la víctima, sino que seguirá y seguirá en pos de una nueva presa, tantas de ellas como sea posible, porque su instinto primordial —que eleva su figura luciferina a demoniaca— lo empuja hacia una misión y una pasión inacabables, demostrar una y otra vez a todas las mujeres y así al mundo la debilidad de la mujer. El erotismo de don Juan no busca ni encuentra descanso ni placer; como en un furor de su sangre, siente la necesidad de librar una guerra implacable contra la mujer y, para esta lucha, ha recibido del diablo el armamento más completo: riqueza, juventud, nobleza, belleza corporal y lo más importante: una ausencia de sentimientos total y heladora.

Y así, tan pronto como han sucumbido a la fría técnica de don Juan, las mujeres piensan en él como si fuera el diablo, le odian con toda su alma y, con la misma fuerza que ayer le amaron, ven en él al enemigo mortal que ya a la mañana siguiente arruina su pasión con gélidas sonrisas burlonas (eso lo ha inmortalizado Mozart). Ellas se avergüenzan de su debilidad, se ponen furiosas, montan en cólera, muestran una ira impotente contra el bribón que las ha engañado, traicionado y estafado, y odian con él a todo el sexo masculino. Cualquier mujer —doña Ana, doña Elvira, todas ellas, las mil que han sucumbido a su fría estrategia—, sienten su feminidad envenenada para siempre. Las mujeres que se entregan a Casanova, por el contrario, le recuerdan como a un dios y rememoran con placer su aventura, porque no solamente no ha dañado sus sentimientos en lo tocante a su feminidad, sino que ha hecho que se sientan más seguras con respecto a sí mismas. Justamente aquello que el satánico español don Juan las fuerza a despreciar como un momento diabólico, la resplandeciente unión de los cuerpos, la entrega ardorosa, es lo que Casanova, el delicado *magister artium eroticarum*, les enseña a reconocer como el verdadero sentido, el más delicioso deber primordial de su naturaleza femenina. Con mano ligera y amorosa, Casanova les quita, al mismo tiempo que los vestidos, todo temor, toda timidez en esas mujeres aún no completas —lo serán tras haberse entregado—. Las hace felices al ser él feliz y, con su éxtasis de placer borra todo temor de culpa en su compañera de lecho. Pues el goce de Casanova es completo solo cuando es compartido y sentido con los nervios y la sangre por la mujer que se le entrega: «Cuatro quintas partes de mi placer han sido siempre hacer gozar a las mujeres». Necesita que su placer sea correspondido con placer, así como otro necesita que su amor sea correspondido, y sus fuerzas hercúleas no ansían tanto complacer a su propio cuerpo como agotar de felicidad a la mujer extasiada. Mientras que al hidalgo español le interesa la ruda y deportiva posesión, a Casanova, por el contrario, el haberse entregado. Y así toda mujer que se le entrega se siente más mujer que antes, porque se ha vuelto más experta, más voluptuosa y ha perdido muchos prejuicios, y por eso ellas no tardan en buscar también a nuevas creyentes de ese delicioso culto: la hermana acompaña a la hermanita más joven hasta el altar para ese dulce sacrificio; la madre lleva a su hija ante el tierno maestro; cada amante anima a otra para que vaya enseguida al rito y al baile de ese dios generoso. El mismo instinto irrenunciable de fraternidad femenina que en don Juan lleva a la que ha sido seducida a advertir de tan terrible enemigo a otra mujer pretendida por él —¡siempre en vano!—, cuando se trata de Casanova, cada mujer que él ha poseído se lo recomienda a otra sin celos, como al verdadero divinizador de su sexo, y así, del mismo modo que él, al amar a una mujer en particular, ama al conjunto de la feminidad, aman ellas más allá de él al hombre apasionado y al maestro en su totalidad.

Los años de oscuridad

Muy a menudo he hecho cosas en mi vida que me repugnaba hacer y que no llegaba a comprender. Lo hacía forzado por un poder misterioso al que no podía oponer la menor resistencia.

Casanova en sus memorias

En justicia, no podemos nunca reprochar a las mujeres el haber sucumbido sin resistencia a ese gran seductor; nosotros mismos, al encontrárnoslo, sentimos también la tentación de sucumbir a su atractivo y fogoso arte de vivir. Pues no es fácil para ningún hombre leer las memorias de Casanova sin sentir una profunda envidia. Muy a menudo, en momentos de impaciencia e insatisfacción, nos parece que la extraordinaria vida de ese aventurero, su manera de gozar al máximo, el epicureísmo que lo caracteriza por entero, son más sabios y más reales que nuestras efímeras divagaciones intelectuales, y su filosofía más vital que todas las enseñanzas desabridas de Schopenhauer o la fría dogmática del patriarca Kant. Pues, en tales segundos de inquietud, ¡cuán pobre nos parece nuestra existencia tan encuadrada, tan limitada, tan llena de renuncias, si la comparamos con la de Casanova! Tenemos toda clase de prejuicios, arrastramos tras de nosotros las pesadas cadenas de la conciencia; somos presos de nosotros mismos y, por eso, nuestros pasos son pesados, mientras que Casanova, ligero, alado, logra todas las mujeres, recorre todos los países y, llevado por el soplo del azar, pasa raudo por todos los cielos y todos los infiernos. Por eso, no hay ningún hombre real, sería inútil negarlo, que lea las memorias de Casanova sin sentirse torpe ante el ilustre maestro del arte de vivir, y a veces, no, cien veces preferiría ser Casanova, que Goethe, Miguel Ángel o Balzac. Al principio, uno se sonríe con frialdad ante las pillerías y bribonadas de ese granuja con aires de filósofo, pero cuando se ha llegado al sexto, al décimo o al duodécimo volumen, uno ya está inclinado a tomar su filosofía de la superficialidad como la enseñanza más inteligente y encantadora que podamos aprender, y a Casanova como el más sabio de los hombres.

Pero, afortunadamente, el propio Casanova evita que caigamos en esta admiración prematura. Pues su arte de vivir tiene una flaqueza peligrosa: no tiene en cuenta la edad. Una técnica epicúrea para el goce como la suya, que busca el placer de la sensualidad, se asienta únicamente en la sensibilidad de la juventud, en la savia y la fuerza corporal. Y tan pronto como la llama comienza a no brillar con tanto vigor en la sangre, toda la filosofía del placer se evapora, convirtiéndose en una papilla insípida e imposible de comer: solo con músculos fuertes, con dientes blancos y sanos se puede dominar la vida, pero, ¡oh, dolor!, tan pronto como comienzan a caerse los dientes y los sentidos ya no responden, tampoco responde ya la filosofía del placer y la autocomplacencia. Para el rudo hombre sensual, la curva de la existencia acaba por descender siempre, pues el que derrocha no tiene reservas, arde con todo su calor en el momento. El hombre intelectual, al contrario, aunque aparentemente va renunciando, acumula fuerzas en sí mismo de forma abundante. El que se ha entregado al espíritu experimenta cuando caen las sombras, a menudo incluso a una edad avanzada (Goethe, por ejemplo), transformaciones y sublimaciones; de su sangre, ya fría, irradian nuevas iluminaciones y sorpresas intelectuales, y si bien pierde vigor, se compensa por un atrevido juego en el terreno de las ideas. Sin embargo, el hombre puramente sensual, que se mueve solamente por la fuerza de los acontecimientos, se queda inerte, como la rueda de un molino en un arroyo seco. Envejecer es, para él, un descenso hacia la nada, en vez del paso hacia algo nuevo. La vida, implacable acreedora, siempre exige, con intereses, la devolución de cuanto los indomables sentidos hayan tomado demasiado pronto o demasiado precipitadamente. Así termina también la sabiduría de Casanova junto con su felicidad, y esta con su juventud; Casanova solo parece sabio mientras es hermoso, victorioso y lleno de vigor. Si lo hemos envidiado en nuestro fuero interno hasta verle cumplir cuarenta años, desde esa fecha nos mueve la compasión.

El carnaval de Casanova, el carnaval más colorido entre los de Venecia, acaba prematuramente en un triste Miércoles de Ceniza. Poco a poco, van introduciéndose furtivamente sombras en el relato tan ameno de su vida, como las arrugas en un semblante que envejece; cada vez tiene menos éxitos y más disgustos que contar. Cada vez más a menudo —por supuesto siempre de manera inocente— se ve implicado en feos asuntos de letras impagadas, de billetes falsos, de joyas empeñadas, se le van cerrando las puertas de las cortes principescas. Debe huir de Londres por la noche pocas horas antes de ser detenido y enviado a la horca; en Varsovia lo buscan como a un criminal; es expulsado de Viena y de Madrid; en Barcelona pasa en la cárcel cuarenta días; es expulsado de Florencia; se ve obligado a huir de inmediato de su amada ciudad de París porque se ha extendido una *lettre de cachet* [una orden para detenerle]. Nadie quiere ya a Casanova; todos le esquivan o se lo quitan de encima como a un piojo. Uno se pregunta asombrado qué habrá hecho este hombre para que el mundo que antes tanto le mimó se le muestre ahora tan severo y tan moralista. ¿Se ha vuelto malvado, falso, acaso ha perdido su proverbial galantería y por eso todos le vuelven la espalda? No, él sigue siendo el mismo, y siempre lo será; un farsante y un charlatán, divertido y ocurrente hasta el último suspiro; lo que le pasa es que empieza a faltarle un elemento que le daba un impulso tan extraordinariamente poderoso: la seguridad en él mismo, el sentimiento de su vigor juvenil. Es castigado precisamente allí donde había pecado más: las mujeres son las que le abandonan primero; una pequeña y lastimosa Dalila, pobre diabla, una Charpillon de Londres, es la que da la puntilla a ese Sansón del Eros. El episodio, el más espléndido de todas sus memorias por ser el más auténtico, el más humano, supone un punto de inflexión. Por primera vez una mujer engaña al experimentado seductor, y no se trata de una mujer noble e inaccesible que se le niega por virtud, sino de una joven y astuta meretriz que lo enloquece hasta sacarle todo el dinero que lleva en los bolsillos, y de cuyo sucio cuerpo nada obtiene a cambio. Un Casanova, a pesar de haber puesto todo su dinero, que es rechazado despectivamente, un Casanova despreciado que tiene que ver cómo esa ramera de tres al cuarto se entrega al mismo tiempo y gratuitamente a un aprendiz de barbero y lo hace feliz mientras Casanova fracasa a pesar del dinero, a pesar de toda su astucia y de todo su deseo. Ese es el golpe mortal para la confianza en sí mismo que tenía Casanova; desde este momento su paso firme de triunfador se vuelve vacilante e inseguro. Prematuramente, a los cuarenta años advierte con sorpresa que el motor que lo impulsaba victorioso por el mundo falla ya alguna vez, y por vez primera se le ocurre el pensamiento angustioso de que pueda detenerse: «Con la mayor aflicción tuve que comprender que estaba dando comienzo esa falta de energía que habitualmente va unida a la vejez. No poseía ya aquella confianza despreocupada que dan la juventud y la conciencia del propio vigor». Pero ¿qué queda de Casanova si se le quita la confianza en sí mismo, su acometividad incansable con las mujeres?; ¿si se le quita la belleza, la potencia, el dinero y ese aire audaz, pleno de confianza y victorioso como el favorito del falo y de la fortuna? ¿Qué es Casanova si pierde ese triunfo en el juego de la vida? «Un caballero de cierta edad —nos dice él mismo con melancolía— del que ni la Fortuna ni las mujeres quieren saber ya nada». Un pájaro sin alas, un hombre sin virilidad, un amante sin felicidad, un jugador sin dinero, un cuerpo triste y aburrido sin hermosura ni fuerza. Y, al deshincharse todas las fanfarrias del triunfo y la sabiduría única del goce, se introduce en su filosofía, por primera vez, una palabrita peligrosa: «renuncia». «Ha pasado ya el tiempo en que enamoraba a las mujeres; ahora, he de renunciar a ellas o comprar sus favores». «Renunciar», palabra que carecía de todo sentido para Casanova, se ha vuelto espantosamente real, pues, para comprar mujeres, necesita dinero, pero el dinero lo obtenía siempre de las mujeres: el círculo maravilloso se interrumpe, termina el juego, comienza la aburrida seriedad también para el maestro de los aventureros. Y así, el viejo Casanova, el pobre Casanova, pasa de ser gozador a parásito, de hombre con curiosidad por el mundo, a espía, de jugador, a estafador y mendigo, de alegre y sociable, a solitario libelista.

¡Conmovedor espectáculo! Casanova se desarma. El viejo héroe de innumerables hazañas se vuelve precavido y modesto, el descarado elegido por los dioses y jugador sin freno se retira sin hacer ruido, en silencio, *commediante in fortuna*, del escenario de sus éxitos. Se quita los ropajes fastuosos «que no correspondían ya a mi posición», y deja, con sus sortijas y hebillas de diamantes, su espléndida altivez; arroja su filosofía como un naipe inútil bajo la mesa; envejeciendo, baja el cuello ante la implacable ley de la vida, una ley que convierte a las rameras marchitas en celestinas, a los jugadores, en tramposos, y a los aventureros, en lamedores de platos. Desde que la sangre no le circula con el ardor de antes, el antiguo *citoyen du monde* comienza a sentir frío en la inmensidad que tanto amaba del mundo y anhela sentimentalmente volver a su patria. Aquel orgulloso de antes —¡pobre Casanova, que no supo llegar a su final noblemente!— se humilla para pedir al *governo* veneciano que le perdone: escribe informes aduladores a los inquisidores, publica un libelo patriótico, una refutación a los ataques que se habían dirigido al gobierno de Venecia, en el cual no se avergüenza al decir que los Plomos, donde él había languidecido, son «habitaciones ventiladas» y poco menos que un paraíso de humanidad. Ya no queda rastro de todos esos episodios, los más tristes, en sus memorias; terminan de pronto sin contar nada de aquellos años ignominiosos. Se retira a la oscuridad tal vez para ocultar su bochorno, y uno casi se alegra de ello, pues ¡qué triste parodia es ese gallo desplumado, ese cantor desprovisto de voz de aquel al que, alegre y triunfador, tanto tiempo hemos envidiado!

Después, durante dos años, va y viene por la Mercería un señor grueso y sanguíneo, no muy bien vestido, y escucha muy atento lo que dicen los venecianos, se sienta en las tabernas para poder así observar a los sospechosos, y después, al llegar la noche, escribe largos informes de espionaje dirigidos a la Inquisición. Las nauseabundas informaciones están firmadas por Angelo Pratolini. Es el falso nombre que oculta a un indultado y celoso espía que por un par de monedas de oro mete a otras personas en aquellas prisiones que él conoció cuando joven y cuya descripción le hizo célebre. De aquel caballero de Seingalt, pulcro, atildado, de aquel favorito de las mujeres, del irresistible seductor, de Casanova, en fin, ha surgido este Angelo Pratolini, vil delator. Aquellas manos, antaño adornadas de piedras preciosas, hurgan hoy en turbios negocios y están salpicadas del veneno de tinta y bilis que destila a diestro y siniestro este alborotador litigante, hasta que la misma Venecia acaba por darle un solemne puntapié. No hay ninguna noticia de los años que siguieron y nadie sabe por qué mares navegó ese pecio humano hasta encallar en las costas de Bohemia. Se sabe solamente que recorrió como un gitano Europa, cortejando a los aristócratas, lisonjeando a los ricos, tratando de ejercer sus antiguas artes: trampas en el juego, maquinaciones y alcahuetería. Pero los dioses propicios de su juventud, el descaro y la confianza, le han abandonado ya, las mujeres se ríen con sarcasmo de él ante sus arrugas, ya no se atreve a llevar la frente orgullosamente alta, se las apaña como puede; es secretario (y probablemente de nuevo espía) al servicio del embajador de Viena, libelista, indeseable por la policía y huésped intruso en todas las capitales de Europa. En Viena quiere casarse con una ninfa de la peor condición social para asegurar su vida hasta cierto punto con los interesantes ingresos de ella; pero hasta eso le sale mal. Finalmente, el acaudalado conde Waldstein, adepto de las ciencias ocultas, lee

poète errant de rivage en rivage
Triste jouet des flots et rebut de naufrage

[poeta errante de orilla en orilla,
triste juguete del mar, despojo del naufragio]

en un letrero en París, donde Casanova vive como un
parásito, y se apiada de él; le divierte la conversación de
ese cínico charlatán ya acabado, pero agradable aún, y
se lo lleva a Dux, como bibliotecario, entiéndase bufón
de la corte. Mil florines anuales de salario, si bien siempre destinados de antemano para sus acreedores; ese es el
precio, no exagerado en verdad, por ese curioso ejemplar. Allí, en Dux, vive, mejor dicho, muere durante trece años.

En Dux reaparece su figura, en sombras durante
años, Casanova, es decir, algo que recuerda vagamente a
Casanova, su momia, seca, enjuta, consumida, conserva-
da en su propia bilis, un ejemplar digno de un museo que
el señor conde se precia de poseer y mostrar a sus visitantes. Un cráter apagado, en opinión de ellos, un hombrecillo gracioso, inofensivo, con su temperamento colérico
meridional, que se muere lentamente de aburrimiento en
ese rincón de Bohemia. Pero, una vez más, el viejo mentiroso engaña al mundo entero. Pues cuando todos le creen
acabado y en espera tan solo del cementerio y el ataúd, el
viejo Casanova, reuniendo sus recuerdos, reconstruye
su vida y, en su último gesto de audaz aventurero, se
adentra en la inmortalidad.

Retrato del viejo Casanova

Altera nunc rerum facies, me quaero, nec adsum,
Non sum, qui fueram, non putor esse: fui.

[Ahora ha cambiado el aspecto del mundo; me busco y no me encuentro. No soy quien era, no se me considera tal: fui].

Epígrafe en su retrato de vejez

1797-1798. La escoba sangrienta de la Revolución ha barrido el siglo galante; las cabezas de sus católicas majestades el rey y la reina están en la cesta de la guillotina, y un pequeño general corso ha mandado a los diablos a diez docenas de príncipes y reyezuelos y, con ellos también, a los señores inquisidores de Venecia. Ya no se lee la *Enciclopedia*, ni a Voltaire, ni a Rousseau, sino los boletines a golpe de martillo del escenario de la guerra. El Miércoles de Ceniza ha descendido sobre Europa; han terminado los carnavales y ha pasado ya el rococó de las grandes casacas y las pelucas empolvadas, las hebillas de plata y los encajes de Bruselas. Ya no se llevan los lujosos trajes de terciopelo: o se lleva uniforme o se va vestido de burgués.

Pero cosa extraña, hay un hombrecillo muy viejo que se ha olvidado del tiempo; está en el rincón más oscuro de Bohemia: como el caballero Gluck de la leyenda de E. T. A. Hoffmann, marcha por el pedregoso sendero que conduce desde el castillo de Dux hacia la aldea. Es un personaje extraño; lleva chaleco de terciopelo con botones dorados, cuello de encaje amarillento y raído, medias de seda, ligas de color y un sombrero adornado con una pluma blanca. Según la antigua costumbre, este curioso individuo lleva redecilla, aunque el cabello mal empolvado (¡nuestro hombre no tiene criado!); su mano, ya temblorosa, se apoya solemnemente en un bastón como los que se usaban antaño, con puntera dorada como los que, allá por 1730, se veían en el Palais Royal. Es Casanova, es decir, su momia; sigue viviendo aún a pesar de su miseria, de su exasperación, de su sífilis. Su piel es ya como de pergamino; su nariz se encorva como un pico de águila sobre una boca temblorosa y salivante; sus pobladas cejas son blancas e hirsutas. Toda su persona es ya pura vejez y podredumbre, bilis y polvo. Solamente sus ojos negros como el azabache conservan la vieja inquietud, penetrantes y maliciosos, miran entre los párpados medio cerrados. Verdad es que no se fija mucho en lo que le rodea; va murmurando y gruñendo, pues el viejo Casanova no está de buen humor, ya nunca lo está, desde que la suerte le arrastró hasta ese sucio rincón de Bohemia. ¿Para qué mirar? No vale la pena el esfuerzo de mirar a todos esos papanatas, comedores de patatas de la Bohemia alemana, que nunca han visto más allá de ese estercolero de aldea y ni siquiera le han saludado una sola vez como es debido a él, al caballero de Seingalt, que, en sus buenos tiempos, alojó una bala en el vientre al mariscal de la corte de Polonia y recibió de manos del papa la Orden de la Espuela de Oro. Y lo que es aún más intolerable: ni siquiera las mujeres le respetan, sino que se ponen la mano delante de la boca para reprimir su risa pueblerina. Y saben de qué se ríen; las criadas le han contado al párroco que a ese viejo gotoso le gusta meter mano por debajo de la falda y, con su modo de hablar medio incomprensible, soltarles las cosas más peregrinas al oído. Y aun así esa chusma es mejor que la servidumbre canalla a cuya merced se encuentra en la casa, esos asnos de quien ha de aguantar las coces. Sobre todo ese Feltkirchner, el mayordomo, y Widerholt, su satélite. ¡Los muy canallas! Ayer mismo, adrede, volvieron a echarle sal en la sopa y le quemaron los macarrones; han arrancado el retrato de su obra para colgarlo en el retrete; y se han atrevido, los miserables, a golpear a su perrita de manchas negras Melampyge, un regalo de la condesa de Roggendorf, y todo porque el tierno animalito ha hecho una necesidad muy natural en una de las habitaciones. ¿Dónde están aquellos buenos tiempos en que se prendía a toda esa chusma y se los molía a palos en lugar de tener que soportar sus insolencias? Pero hoy, gracias a Robespierre, los canallas campan a sus anchas. Los jacobinos lo han ensuciado todo y nuestro hombre ya solo es un pobre perro viejo al que le faltan los dientes. ¿De qué sirve estar todo el día quejándose, refunfuñando y murmurando? Mejor lanzar un escupitajo a toda esa plebe y retirarse a la habitación a leer a Horacio.

Pero hoy no es día para mostrarse enfadado. Esa pobre momia se agita como una marioneta y va incansablemente de un cuarto a otro. Se ha puesto la antigua casaca, ha limpiado bien la condecoración y se ha cepillado cuidadosamente, pues hoy ha anunciado el señor conde su llegada. Su Gracia regresa desde Teplice en compañía del príncipe de Ligne y de otros miembros de la nobleza. A la mesa se hablará en francés y toda esa patulea de criados envidiosos tendrá que servirle haciendo rechinar los dientes y presentarle los platos con la espalda encorvada servilmente, y no como ayer, cuando le tiraron un plato de bazofia como quien da de comer los huesos a un perro. Hoy al mediodía, se sentará a la mesa con los caballeros austriacos, personas que aún saben apreciar una conversación refinada y escuchar respetuosamente cuando habla un filósofo, a quien el mismo Voltaire escuchó con toda atención y que fue recibido por emperadores y reyes. Probablemente, tan pronto como las damas se hayan retirado, el señor conde y el señor príncipe me rogarán insistentemente que les lea algo de cierto manuscrito, sí, señor Feltkirchner, granuja, y el señor conde Waldstein y el mariscal de campo príncipe de Ligne me rogarán que les lea en voz alta algún capitulito de mis muy interesantes memorias; y yo, tal vez lo haga, ¡tal vez!, porque no soy el criado del señor conde y no estoy obligado a prestarle obediencia; no pertenezco a esa servidumbre canalla: soy un huésped, soy bibliotecario, y mi trato con ellos es de igual a igual. Eso vosotros no podéis ni comprenderlo, ¡chusma jacobina! Pero sí que les contaré un par de anécdotas, *¡cospetto!*, un par de deliciosas anécdotas al estilo de mi maestro, el señor Crébillon, o alguna historieta picante al estilo veneciano… Sí, nosotros somos personas nobles y cuando hablamos apreciamos los matices. Se reirá y se beberá un borgoña oscuro y recio como en la corte de su católica majestad; se hablará de la guerra, de alquimia, de libros y, sobre todo, se escuchará lo que un viejo filósofo pueda decir del mundo y de las mujeres.

Excitado, va y viene por los salones, como un pequeño pajarraco viejo y arisco, con los ojos centelleando de orgullo. Abrillanta las piedras de imitación (las verdaderas piedras preciosas hace tiempo que se las llevó un judío inglés) que adornan la insignia de su orden, se empolva cuidadosamente el cabello y practica reverencias y cortesías, al viejo estilo de la corte de Luis XV delante del espejo, porque allí, entre esos ganapanes, uno llega a olvidarse hasta de las buenas maneras. Verdad es que su espalda está ya encorvada; no en vano ese viejo cuerpo de setenta y tres años ha ido y venido en toda suerte de coches de posta varias veces por toda Europa, y Dios sabe la cantidad de su propia savia que ha repartido entre las mujeres. Pero en su cabeza persiste todo su ingenio; aún sabrá divertir a los señores y mostrar su valía. Con letra ampulosa y redonda, un poco temblorosa, escribe una poesía de bienvenida en lengua francesa para la princesa de Recke sobre una hoja de papel de tina; añade una pomposa dedicatoria en su nueva comedia para el teatro de aficionados; sí, también aquí en Dux hay un caballero que sabe hacer las cosas y acoger como es debido una interesante reunión de personas con inclinaciones literarias.

Y así sucede: cuando llegan las carrozas y él desciende con sus pies aquejados de gota retorciéndose por las escaleras, entonces el señor conde y sus invitados entregan sus capas, sus sombreros y sus pieles a los criados, y a él le abrazan al estilo de los nobles y es presentado a los invitados como el célebre Chevalier de Seingalt, se alaban sus dotes literarias y las damas se lo disputan para tenerlo a su lado en la mesa. Todavía sin haber retirado los platos y mientras las pipas van pasando de mano en mano, el príncipe, como él había supuesto que sucedería, se interesa por el progreso de sus escritos, la narración incomparablemente fascinante de su vida, y, al unísono, caballeros y damas le suplican que les lea un capítulo de esas memorias que sin duda están llamadas a ser célebres. ¿Cómo negarle un deseo a su protector, al más gentil de los condes? Presuroso, el bibliotecario sube a su cuarto, y entre los quince legajos coge uno dispuesto con una cinta de seda: el fragmento principal y la pieza maestra: uno de los pocos que se pueden leer en presencia de las damas: la fuga de la prisión de los Plomos de Venecia. Cuántas veces y ante quiénes habrá leído ya ese incomparable episodio de su vida: al príncipe de Baviera, al de Colonia, ante lo mejor de la aristocracia inglesa y en la corte de Varsovia, pero han de ver esos señores que Casanova sabe contar las cosas de un modo muy distinto al de ese prusiano soso y seco, el señor Von der Trenck, de cuyas *Prisiones* tanto se habló. Hace poco ha introducido en sus memorias algunos giros, unas complicaciones sorprendentes y, para finalizar, una cita muy adecuada del divino Dante. Al terminar la lectura hay aplausos entusiastas, el conde le abraza y le desliza en el bolsillo, sin que nadie lo vea, unos cuantos ducados que le van a servir de mucho: porque, bien lo sabe el demonio, aunque todo el mundo le ha olvidado, sus acreedores le persiguen hasta ese lugar tan distante. Ahora vemos que, de verdad, un par de lágrimas le corren por las mejillas cuando la princesa le felicita bondadosamente, y todos beben a su salud y para que pronto termine la obra maestra que está escribiendo.

Pero al día siguiente los caballos piafan impacientes en el patio con sus arreos, las calesas esperan junto a la puerta porque los distinguidos señores parten a Praga, y aunque el señor bibliotecario ha dejado caer sutilmente hasta tres veces que él también tiene asuntos que despachar en Praga, no lo invitan a subir a ningún coche. Así que debe quedarse en el gigantesco y frío castillo de piedra de Dux, entregado a la servidumbre canalla que, apenas el polvo de los coches se ha posado de nuevo en el camino, empieza de nuevo con su estúpida y nada sutil sonrisa burlesca. Rodeado de bárbaros, sin nadie con quien poder hablar en francés o en italiano y discutir acerca de Ariosto o de Jean-Jacques Rousseau. No siempre se pueden escribir cartas al señor Opiz de Czaslau ni a un par de bondadosas señoras que aún se cartean con él. El aburrimiento, como una nube fría y húmeda, penetra otra vez en las grandes salas resonantes, y la gota, casi olvidada ayer, vuelve a morder hoy sus piernas con redoblado furor. Refunfuñando se quita Casanova su traje de gala, y poniéndose la bata de gruesa lana turca sobre los huesos helados, se vuelve a su único refugio, el de sus recuerdos, y se encamina a su mesa de trabajo: allí le esperan las plumas ya cortadas junto a los blancos folios de papel, que parecen aguardar con impaciencia. Y tras sentarse suspirando, escribe y escribe con su mano temblorosa —¡bendito sea el aburrimiento que le llevó a escribir!— la historia de su vida.

Porque detrás de una frente de aspecto cadavérico, de una piel arrugada y seca, se conserva, fresca y floreciente, como la almendra blanca dentro de su leñosa cáscara, una memoria genial. En ese pequeño espacio comprendido entre la frente y el occipucio está todo intacto y bien ordenado: todo aquello que vieron sus ojos centelleantes, todo lo que respiraron las anchas aletas de la nariz y todo lo que tocaron sus manos fuertes y ávidas en mil aventuras, y los dedos aquejados por la gota no dejan la pluma de ganso durante trece horas al día («trece horas diarias que me parecen trece minutos»), y recuerdan todavía todos los tersos cuerpos femeninos que acariciaron voluptuosamente. Sobre la mesa están, revueltas, las cartas medio amarillentas de sus primeras amantes, notas, rizos, facturas, recuerdos, y así como cuando se apaga el fuego permanece aún un humo plateado, flota aquí una nube invisible producida por los delicados aromas de los recuerdos desvanecidos. Cada abrazo, cada beso, cada entrega desfila en fantástica fantasmagoría; no, semejante evocación del pasado no es un trabajo, sino un placer: «*Le plaisir de se souvenir ses plaisirs*» [el placer de acordarse de los placeres]. Al anciano gotoso le brillan los ojos, los labios le tiemblan por el empeño y la emoción, murmura palabras entrecortadas, reconstruye diálogos medio olvidados; involuntariamente, trata de imitar las voces que oyó un día y se ríe de las bromas que él mismo se hace. Se olvida de comer y de beber, de su pobreza, de su miseria, de su humillación, de su impotencia, de todas sus calamidades y hasta de lo horrible que es la vejez, rejuvenecido con sus recuerdos ante el espejo como en un sueño. Henriette, Babette, Thérèse se acercan como flotando sonrientes, sombras conjuradas, y él goza en su presencia nigromántica quizá más que de la vivida. Y escribe y escribe, y revive a través de los dedos y la pluma las aventuras que un día vivió su ardoroso cuerpo, avanza a tientas, recita, ríe y se olvida de sí mismo.

Desde la puerta le acechan los necios criados que se miran con ironía: «¿Con quién se está riendo ahí dentro ese viejo chiflado italiano?». Sonriendo con sarcasmo, burlándose de sus extravagancias, se llevan un dedo a la frente para indicar que está loco, bajan las escaleras con estrépito en busca de vino y dejan al anciano solo en su buhardilla. Nadie sabe ya nada de él en el mundo; ni los que están próximos ni los que están lejos. Casanova malvive, el viejo halcón airado ha anidado en la vieja torre del castillo de Dux, como si fuera la punta de un iceberg, ignorado y desconocido de todos. Cuando a finales de junio de 1798, su corazón agotado deja al fin de latir, y entierran su pobre cuerpo, al que abrazaron con ardor miles de mujeres, en el registro parroquial se desconoce su verdadero nombre. Escriben solamente «Casaneus, veneciano», un nombre que no es el suyo, y «ochenta y cuatro años», una edad equivocada, tan desconocido es para los que le rodean. Nadie se preocupa de su tumba, nadie cuida de sus escritos, su cuerpo se pudre en el olvido, sus cartas, lo mismo. Los volúmenes de sus obras van y vienen entre manos muy poco honradas e indiferentes, y desde 1798 hasta 1822, un cuarto de siglo, nadie parece estar más muerto que él, el más vivo de todos los vivos.

La maestría del autorretrato

> Todo depende de tener el suficiente valor.
>
> (Del prólogo)

Si aventurera fue su vida, aventurera fue también su resurrección. El 13 de diciembre de 1820 —¿quién se acuerda aún de Casanova?—, el prestigioso librero y editor Brockhaus recibe una carta de un desconocido señor Gentzel preguntando si querría publicar *Historia de mi vida hasta el año 1797*, escrita por un igualmente desconocido *signor* Casanova. El librero, por si acaso, solicita que le hagan llegar los folios, los cuales serán leídos con detenimiento por especialistas: podemos imaginar el entusiasmo que despertó su lectura. El manuscrito es adquirido de inmediato y traducido, probablemente tergiversado de forma grosera; lo llenan de púdicas hojas de parra y lo adaptan a las buenas costumbres. Cuando se ha llegado al cuarto volumen, el éxito es ya clamoroso, hasta el punto de que un astuto pirata parisino traduce la edición alemana de la obra francesa otra vez al francés —con ello se produce una doble desfiguración—; eso pone celoso a Brockhaus, y por ello lanza seguidamente una traducción francesa a partir de la alemana. En definitiva, Giacomo, devuelto a la vida y rejuvenecido, está tan vivo como siempre en todos los países y ciudades que guardan memoria de él, únicamente su manuscrito permanecerá solemnemente enterrado en el arca de hierro del señor Brockhaus, y quizá solo Dios y Brockhaus saben qué avatares y latrocinios han sufrido los volúmenes en veintitrés años, cuánto se ha perdido, mutilado, castrado, falseado o alterado. Como correspondía a una herencia de Casanova, este ha sido un asunto lleno de misterios, aventuras, fraudes y negocios turbios, pero ¡qué agradable milagro el que poseamos ahora la novela de aventuras más descarada y pletórica de todos los tiempos!

Ni el mismo Casanova creyó nunca seriamente en la publicación de semejante monstruo. «Desde hace siete años no hago otra cosa que escribir mis recuerdos», confiesa en una ocasión, el reumático ermitaño, «y se ha convertido para mí en una necesidad cada vez mayor concluir el asunto, por más que lamente mucho haber comenzado. Pero escribo con la esperanza de que mi historia jamás llegue al público, porque además de que la vil censura, que ahoga el espíritu, jamás consentiría su publicación, de igual modo espero yo en mi postrera enfermedad ser razonable y ordenar que se quemen todos mis cuadernos delante de mis ojos». Afortunadamente Casanova se mantuvo fiel a sí mismo, y nunca se volvió razonable, y su «segundo sonrojo», como él lo llama en una ocasión, es decir, el sonrojo por no sonrojarse, no le impidió sujetar con decisión la pluma y durante doce horas un día tras otro, con su bella caligrafía redonda, seguir fabulando y llenando pliegos. Esos recuerdos eran ciertamente «el único remedio saludable para no volverse loco o morirse del disgusto, del disgusto por los inconvenientes y las molestias diarias por parte de los envidiosos canallas que se hospedan conmigo en el castillo del conde Waldstein».

Se podrá decir que escribir unas memorias para espantar el aburrimiento o como remedio saludable para no fosilizarse intelectualmente es un motivo harto modesto, pero, ¡por Zeus!, no despreciemos el aburrimiento como impulso e ímpetu creador. Debemos el *Quijote* a los tediosos años de reclusión de Cervantes, y las mejores páginas de Stendhal, a sus años de exilio en los pantanos de Civitavecchia. Solo en la cámara oscura, en un espacio artificialmente penumbroso, surgen las imágenes con mayor color de la vida. Si el conde Waldstein se hubiera llevado a nuestro buen Giacomo a París o Viena, si le hubiese alimentado bien y le hubiese dado la posibilidad de olfatear piel de mujer, entonces le hubiesen hecho los honores en los salones y sus divertidos relatos no hubieran sido escritos con tinta, sino contados entre tazas de chocolate y copas de sorbete. Pero el viejo pájaro se hiela solo en aquel alejado rincón de Bohemia, y así puede escribir, como quien mira las cosas desde el reino de la muerte. Sus amigos han muerto, sus aventuras se olvidaron, nadie le profesa ya respeto o admiración, nadie le escucha, y así Casanova, el viejo hechicero, para probarse a sí mismo que vive todavía, o que por lo menos ha vivido («*vixi, ergo sum*»), se dedica al arte de la cábala, para así invocar a las figuras del pasado. Los hambrientos se alimentan con el olor del asado, los heridos de guerra y del Eros con el relato de sus propias aventuras. «Renuevo el placer al recordarlo. Y me río de los padecimientos que pasé, pues ya no los siento». Casanova se limita a observar esa cámara oscura del pasado, ese juguete de anciano, quiere olvidar un presente de miseria acudiendo a sus recuerdos llenos de color. No pretende otra cosa, y justamente esa completa indiferencia ante todo y ante todos confiere a su obra un valor psicológico singular como autorretrato. Pues todo el que cuenta su vida lo hace casi siempre con algún fin, y en cierto modo teatralmente; se sitúa en un escenario ante los espectadores; inconscientemente, adopta una postura especial, un carácter interesante. Los hombres célebres nunca pueden ser espontáneos en sus biografías, pues la imagen de su vida se confronta desde el principio con la que innumerables personas tienen de ellos, ya sea en la fantasía o en las vivencias, y por eso se ven forzados, contra su voluntad, a estilizar el retrato de sí mismos para que encaje con la leyenda ya formada. Los hombres célebres deben tener en consideración, en bien de su propia gloria, su patria, sus hijos, la moral, el respeto y el honor, tienen muchas ataduras por pertenecer ya a muchos. Casanova, por el contrario, se puede permitir el lujo de no tener trabas ni miramientos de ninguna clase, sin preocupaciones familiares, éticas u objetivas. Sus hijos andarán por ahí en nidos ajenos, como los huevos del cuco. Las mujeres con quienes se acostó llevan ya tiempo pudriéndose bajo tierra italiana, española, inglesa o alemana. Él mismo carece de patria, de una patria chica o religión. ¡Qué diablos, pues! ¿Con quién debería tener miramientos? ¡Consigo mismo! Todo lo que cuenta de nada puede servirle ya, tampoco puede perjudicarle. «¿Por qué —se pregunta al respecto— no he de ser sincero? Uno no se engaña nunca a sí mismo, y yo escribo solo para mí».

Ser sincero no significa para Casanova indagar profundamente dentro de sí mismo ni hacer introspección, sino algo mucho más simple: no tener escrúpulos ni consideración ni vergüenza. Se quita las ropas, se acomoda y se desnuda, sumerge de nuevo su cuerpo envejecido en la corriente tumultuosa de la sensualidad, se zambulle y chapotea alegremente en sus recuerdos sin cuidarse de si hay o no espectadores. No cuenta sus aventuras para su propia gloria, como un general, un literato o un poeta, sino que lo hace como un bribón que cuenta sus trastadas, o como recuerda sus enredos amorosos una vieja y melancólica *cocotte*, es decir, sin la menor sombra de escrúpulos o consideración. «*Non erubesco evangelium*», no me sonrojo por mi confesión; el lema de su *Précis de ma vie* [*Historia de mi vida*]. Ni se pavonea ni se arrepiente pensando en el futuro, sino que va contando las cosas sin artificio. No hay que extrañarse, pues, de que ese libro sea uno de los más crudos y naturales de la historia del mundo; de una franqueza antigua en su amoralidad. Quizá pudiera ser demasiado descarado en su sensualidad, y, para ciertas almas sensibles, tal vez se vean demasiado los músculos fálicos que ostenta con cierta vanidad de atleta satisfecho de sí mismo; pero esa exhibición desvergonzada es mil veces preferible a un torpe escamoteo o a una galantería carente de vigor *in eroticis*. Compárense los demás tratados eróticos de su época, esas frivolidades rosadas y dulzonas de un Grécourt, un Crébillon o *Los amores del caballero de Faublas*, donde Eros va vestido como un pastor harapiento y el amor parece un jueguecillo galante que no provoca sífilis ni engendra hijos, con las descripciones tan directas y concretas como desbordantes de placer de Casanova, y nos daremos cuenta de su humanidad y su naturalidad sin adornos. En Casanova, el amor masculino no es un delicado meandro azul, de aguas cristalinas y puras, que sirve para que las ninfas se mojen los pies, sino que es una corriente tumultuosa que deja reflejar el mundo entero en su superficie y que arrastra en sus revueltas aguas todo el fango y la suciedad de la tierra. Ningún otro narrador de su propia vida describe como Casanova la potencia y la naturaleza salvaje del impulso sexual masculino. Finalmente hay uno que tiene el valor de mostrar esa mezcla de carne y de espíritu que es el amor de un hombre, no solo los asuntos sentimentales o los amoríos de cara a la galería, sino también las aventuras con las rameras de las calles, la sexualidad pura y descarnada, todo ese laberinto del sexo por el que cualquier hombre ha de pasar. No significa eso que los otros grandes autobiógrafos, como Goethe o Rousseau, no fueran realmente sinceros en el retrato que se hicieron de ellos mismos, pero no hay duda de que no hay sinceridad en contar las cosas a medias o en callárselas, y ambos omiten consciente o inconscientemente los episodios puramente sexuales de sus vidas amorosas, para, en cambio, extenderse prolijamente en sus amoríos espirituales o pasionales con sus Claritas o Margaritas. Con ello, aunque de forma inconsciente, subliman la verdadera imagen del erotismo del hombre: Goethe, Tolstói y hasta el mismo Stendhal, que no es, en verdad, mojigato, pasan de puntillas, con mala conciencia, por encima de sus aventuras de lecho o sus encuentros con la *Venus vulgivaga*, sus episodios de amor terrenal, demasiado terrenal, y si no fuera por ese Casanova, sinceramente descarado, magníficamente desvergonzado, que levanta todos los velos, faltaría en la literatura universal una imagen completamente honesta y sumamente compleja de la sexualidad masculina. En Casanova se ve por fin todo el mecanismo sexual de la sensualidad en marcha, el mundo de la carne incluso allí donde es pringoso, fangoso, pantanoso. Casanova dice cuando habla de sexo no solo la verdad, sino —¡diferencia inmensa!— toda la verdad; su mundo amoroso es por sí solo tan verdadero como la realidad misma.

¿Casanova verdadero? Ya oigo esa exclamación de los filólogos escandalizados alzándose de sus sillones. Si precisamente, en los últimos cincuenta años, han dirigido sus ametralladoras contra Casanova y han descubierto algunas mentiras descaradas. Pero, conviene ir despacio. No hay duda de que ese aventurero, ese vagabundo embustero, nos ha hecho también algún hábil truco de baraja en sus memorias, como hizo en la mesa de juego; *il corrige la fortune* y da alas a un azar a menudo torpe. Casanova adorna, guarnece, arregla, pone pimienta y condimenta su afrodisiaco ragú con todos los ingredientes de una fantasía forjada por la privación, y lo hace tal vez inconscientemente. No, no debe buscarse en Casanova a un fanático de la verdad ni a un historiador fiable, y cuanta más atención presta la ciencia al bueno de Casanova, peor parado sale. Pero todas esas pequeñas inexactitudes, errores cronológicos, mistificaciones y fanfarronadas, esos olvidos voluntarios y muchas veces por buenas razones nada significan junto a la verdad monstruosa de la totalidad de su vida en esas memorias. No hay duda de que Casanova, como artista, se ha valido de su incuestionable derecho a comprimir el espacio y el tiempo para relatar los hechos de un modo más sensual, pero ¿qué significa eso junto al modo honrado, franco y claro con que él contempla la totalidad de su vida y de su época? No es él solo, sino que todo un siglo brilla con gran viveza en el escenario, con episodios dramáticos, con sus contrastes frenéticos y electrizantes, y todas las capas sociales y estamentos de la sociedad, de las naciones, todos los paisajes y ambientes se mezclan abigarradamente: un cuadro inigualable de costumbres y de inmoralidades. Pues ese defecto aparente de no querer profundizar demasiado es lo que hace que su visión tenga una importancia cultural extraordinaria. Casanova no trata de sacar grandes conclusiones de lo que ve, no, sino que deja que todo fluya libre y desordenadamente, en el puro realismo del azar, sin clasificaciones ni concreciones. Todo tiene para él el mismo nivel de importancia si sirve para divertirse, ¡el único juicio de valor de su mundo! No distingue lo grande de lo pequeño ni lo real de lo moral, tampoco entre el bien y el mal. Por eso, no describe su conversación con Federico el Grande con más detalle o con más emoción que diez páginas antes una charla con una prostituta cualquiera. Describe con la misma objetividad y precisión un burdel de París que el Palacio de Invierno de la emperatriz Catalina. Tan importante le parece a Casanova citar cuántos ducados ha ganado en el faraón o cuántas noches triunfó con la Dubois o con Hélène, como recoger para la historia de la literatura su conversación con Voltaire; para él, nada tiene peso estético o moral; por eso su mundo mantiene siempre un equilibrio natural tan maravilloso. De ahí que las memorias de Casanova no posean más valor intelectual que las notas de un viajero inteligente que atraviesa los paisajes más interesantes de la vida, pero, si no son una fuente de filosofías, sí son en cambio un verdadero Baedeker histórico, un Cortigiano del siglo XVIII, una divertida crónica escandalosa, una completa muestra representativa de lo cotidiano de una época. Por nadie mejor que por Casanova puede conocerse la vida cotidiana y cultural del siglo XVIII: sus bailes, teatros, cafés, fiestas, fondas, salas de juego, burdeles, cacerías, conventos y fortalezas. Por él se sabe cómo se viajaba, se comía, se jugaba, se bailaba, se vivía, se amaba y se divertía la gente, las costumbres, las maneras, el modo de hablar y el modo de vivir. Esa fenomenal abundancia de hechos, de realidades prácticas objetivas, se ve enriquecida por un verdadero tumulto de figuras que bastarían para escribir veinte novelas y que serían una fuente inacabable no para una, sino para diez generaciones de novelistas. Qué abundancia: soldados y príncipes, papas y reyes, vagabundos y tahúres, comerciantes y notarios, *castrati*, alcahuetes, vírgenes y prostitutas, escritores y filósofos, sabios y necios…, la humanidad más divertida y variada que alguien haya podido reunir nunca en un libro. Centenares de novelas y dramas deben sus mejores personajes y situaciones a la obra de Casanova, una mina todavía sin agotar: así como del Foro romano se han sacado piedras durante diez generaciones para hacer nuevas construcciones, así también las memorias del gran derrochador Casanova darán material aún a muchas generaciones literarias.

Por eso de nada sirve fruncir el ceño por lo ambiguo de su talento o condenarlo moralmente debido a su conducta terrenal ilícita, ni criticar de forma pedante sus trivialidades filosóficas; no sirve de nada todo eso, absolutamente de nada. Giacomo Casanova forma parte de la literatura universal como el ahorcado Villon y toda clase de otras vidas oscuras, y será más duradera su fama que la de muchos poetas y jueces llenos de moralidad. Como en la vida, también con sus memorias, *post festum*, redujo al absurdo todas las leyes en vigor de la estética, arrojó sin miramientos el catecismo de la moral bajo la mesa, y la solidez de su fama nos hace comprender que no importa no haber sido especialmente talentoso, laborioso, decente, noble ni sublime para acceder a los lugares sagrados de la inmortalidad literaria. Casanova nos ha demostrado que se puede escribir la novela más divertida del mundo sin ser novelista, la imagen más perfecta de la época sin ser historiador, pues lo que importa en última instancia no es el camino, sino el resultado, no la moral, sino la intensidad. Cualquier sentimiento fuerte puede ser productivo: la vergüenza y la desvergüenza, el carácter y la inconstancia, la maldad y la bondad, la moralidad y la inmoralidad; lo decisivo para alcanzar la posteridad no dependerá nunca de la forma del alma, sino de la plenitud del ser humano. Solo la intensidad perdura, y cuanto más vital, más fuerte, más singular, más compacta sea la vida de un hombre, más perfectamente se manifiesta.

Porque la inmortalidad nada sabe de lo moral o lo inmoral, de lo bueno o lo malo; solo mide las obras y su fuerza, pide unidad pero no pureza, pide ejemplo y carácter propio. Para la inmortalidad, la moral no es nada, la intensidad lo es todo.

Stendhal

Qu'ai-je été? Que suis-je? Je serais bien embarrassé de le dire.

[¿Qué he sido yo? ¿Qué soy? No me resulta nada fácil decirlo].

Stendhal, *Henri Brulard*

El placer de la mentira y la alegría de la verdad

> Lo que más quisiera, sería llevar máscara y cambiar mi nombre.
>
> (De una carta)

Pocos hay que hayan mentido tanto, y con más pasión burlado al mundo, como lo hizo Stendhal, pero pocos hay también que hayan dicho más profundamente la verdad.

Sus disfraces y falsedades forman verdaderos regimientos. Antes de abrir uno de sus libros, ya salta una en la cubierta o en el prólogo, porque nunca se conoce al autor, Henri Beyle, simplemente por su verdadero nombre. A veces se adjudica un título de nobleza; otras, se disfraza con el nombre de César Bombet o añade a sus iniciales H. B. unas misteriosas A. A. tras las que nadie podría adivinar que se oculta un *ancien auditeur*, es decir, un antiguo auditor del Estado. Solo en el seudónimo, en el nombre falso, se siente seguro. Una vez se presentó como pensionista austriaco, en otra ocasión, como *ancien officier de cavalerie* [antiguo oficial de caballería], y preferiblemente como Stendhal, un nombre enigmático para sus compatriotas (y que es el nombre de una peque-

ña ciudad prusiana que se haría célebre por su carnaval).
Cuando cita una fecha, puede asegurarse que no es exacta. En el prólogo de *La cartuja de Parma* dice que el libro fue escrito en 1830 a mil doscientas millas de París, una travesura porque en realidad la novela fue escrita en 1839 y en el mismo París. En los hechos que menciona las contradicciones chocan continuamente unas con otras. En una autobiografía afirma pomposamente que estuvo en las batallas de Wagram, Aspern y Eylau; nada de eso es cierto, pues su propio diario prueba irrefutablemente que en ese tiempo estaba instalado cómodamente en París. Alguna vez nos habla de una larga e importante conversación que hubo de sostener con Napoleón, pero, ¡qué fatalidad!, en el volumen siguiente se lee una confesión mucho más creíble: «Napoleón no hablaba con necios como yo». Así que ante cualquier afirmación que haga Stendhal hay que ser muy precavido, y más si cabe con sus cartas, que, al parecer por temor a la policía, llevan siempre fechas falsas y están firmadas con uno u otro seudónimo cada vez. Si está paseando tranquilamente por Roma, fecha sus cartas en Orvieto; si escribe al parecer desde Besanzón, seguramente estaba en Grenoble. A veces es falso el año de la fecha, las más de las veces ocurre lo mismo con el mes, y casi siempre con la firma. Pero eso no lo hacía solamente, como han supuesto algunos, por miedo a ser encarcelado por la policía austriaca, sino más bien por un innato placer por farolear, sorprender, disimular, esconderse. Stendhal hace revolotear falsedades y seudónimos como si empuñara magistralmente un resplandeciente florete por encima de su cabeza, solo para que nadie se le aproxime demasiado, y nunca ha disimulado esa apasionada inclinación suya por el engaño y la intriga. En cierta ocasión en que un amigo le culpaba con amargura en una carta de haberle engañado vilmente, él escribe con

toda tranquilidad una nota, en el margen del escrito acusatorio, que dice *vrai*, «cierto». Con pillería y placer irónico, mezcla falsos años de servicio en sus certificados oficiales, expresa sentimientos de lealtad ya contra los Borbones, ya contra Napoleón; en todos sus escritos, públicos o privados, pululan las inexactitudes como las huevas de peces en una charca. Y la última de sus mentiras, ¡récord asombroso de todas las falsedades!, se encuentra tallada en mármol, por disposición testamentaria suya, sobre su lápida en el cementerio de Montmartre. Allí se puede leer todavía hoy el engaño: «*Arrigo Beyle, milanese*», en el lugar de reposo de quien bautizaron en buen francés como Henri Beyle y (¡para gran disgusto suyo!), nacido en la triste ciudad provinciana de Grenoble. Hasta ante la muerte quiso presentarse con una máscara: también para ella se disfrazó románticamente.

Pero, a pesar de todo eso, pocos hombres han dicho al mundo tantas verdades acerca de sí mismos como lo hizo ese artista del fingimiento. Stendhal sabía, cuando llegaba el caso, ser sincero con la misma perfección con la que le gustaba mentir. Con un desparpajo que haría no ya incomodar, sino más bien estremecer y luego abrumar, se ha atrevido a contar sin rodeos, como nadie lo ha hecho nunca, sus más íntimas vivencias y observaciones sobre él mismo, confesiones que otros se apresuran a cubrir con un velo o escamotean tan pronto como afloran en su conciencia. Stendhal tiene tanto valor, tanto descaro diríamos, para la verdad como para la mentira; tanto en la una como en la otra, salta con enorme aplomo por encima de todos los obstáculos de la moral social y traspasa todas las fronteras y los límites de la censura interior. Insociable en la vida, tímido en su trato con las mujeres, se vuelve valiente tan pronto como toma la pluma en su mano; ahí deja de haber «escrúpulos», todo lo contrario:

cuando encuentra resistencias en sí mismo, las aborda, las extrae para inspeccionarlas anatómicamente con la mayor objetividad. Precisamente aquello que más le inhibía en la vida, es lo que más domina en la psicología. Intuitivo, puso al descubierto ya en 1820 algunos de los más complicados cerrojos de la mecánica del alma que solo cien años después ha sido posible descomponer y reconstruir con el psicoanálisis por medio de sus ingeniosos y complejos mecanismos; su valentía innata y hasta gimnástica para la psicología se adelanta un siglo a una ciencia que progresa pacientemente. Y para ello Stendhal no tiene más laboratorio que su propia observación; para su salto maravilloso no tiene el apoyo de ninguna teoría: su único instrumento es y sigue siendo siempre una curiosidad afilada y mordaz. Observa lo que siente, y eso que siente lo dice con sinceridad y sin rodeos, y tanto mejor cuanto más atrevido sea, con mayor pasión cuanto más íntimo sea. Sus sentimientos más desagradables, los más ocultos son los que más le interesa investigar; recuerdo ahora cuán a menudo y con qué vehemencia se vanagloria del odio que sentía por su padre, cuán irónicamente describe que, durante un mes, se esforzó en sentir pena cuando tuvo noticia de su muerte. Las confesiones más penosas de sus inhibiciones sexuales, sus continuos fracasos con las mujeres, la crisis de su ilimitada vanidad, todo eso lo expone tan detalladamente, tan exactamente ante el lector, como si fuera un mapa militar; así que, en Stendhal, encontramos confesiones de la más íntima y sutil sinceridad descritas con frialdad clínica; nadie antes de él se había atrevido a exponerlas ni a confiarlas a la indiscreción de imprimirlas. Y esa fue su hazaña: gracias al cristal transparente claro, egoísta y gélido de su inteligencia, han quedado cristalizados para siempre algunos de los más valiosos conocimientos del alma para la posteridad. Sin ese admirable maestro del fingimiento, sabríamos ciertamente muchas menos verdades del mundo de los sentimientos y sus recovecos más ocultos. El que una vez ha sido sincero consigo mismo, lo ha sido ya para siempre. El que ha adivinado su propio secreto, lo ha descubierto para todos.

Retrato

Eres feo, pero tienes carácter.

El tío Gagnon al joven Henri Beyle

Anochece en una pequeña buhardilla de la rue Richelieu. Dos velas arden sobre una mesa de escritorio. Desde el mediodía, Stendhal está trabajando en su novela. Deja caer la pluma de pronto: ¡basta por hoy! Ahora, refrescarse, salir, comer bien, animarse socializando, conversando alegremente y codeándose con mujeres.

Se dispone a salir, se pone la levita, se pasa el peine: ¡ahora una rápida ojeada en el espejo! Se observa y, enseguida, un pliegue de sus labios le da una expresión sardónica; no, no se gusta a sí mismo. ¡Qué cara tan tosca y grosera! Parece la de un bulldog; redonda, rojiza, burguesa. ¡Qué gruesa y bulbosa esa nariz repulsiva y chata en medio de su cara pueblerina! Los ojos, en verdad, tal vez no serían tan feos; pequeños, negros, con el brillo de la inquietud, pero se ven diminutos metidos profundamente bajo unas cejas gruesas que limitan su frente ancha y cuadrada. En el regimiento ya se burlaban de él y le llamaban *le Chinois*, el Chino. ¿Qué tiene de bueno ese rostro? Stendhal se contempla con rabia. Nada es agradable, nada hay delicado, espiritualmente vibrante en su rostro; todo es basto y vulgar, todo espantosamente burgués; quizá su cabeza redonda y delimitada por una barba castaña sea lo mejor que hay en ese cuerpo tan molesto. Justo debajo del mentón, su cuello es demasiado corto, y más abajo prefiere no mirar, porque odia su estúpida panza abultada y las piernas demasiado cortas y feas, forzadas a llevar trabajosamente el cuerpo voluminoso de Henri Beyle, razón por la que sus camaradas en la escuela ya le apodaban la «torre ambulante». Stendhal, frente al espejo, parece buscar algún consuelo. Las manos, en todo caso, sí, pueden valer; son de líneas delicadas, suaves, flexibles y con las uñas bien cuidadas, sus manos transmiten algo de espiritual, de noble, y también la piel, suave y delicada como la de una muchacha, revela una naturaleza tierna, un poco de nobleza y delicadeza. Pero ¿quién lo ve, quién va a fijarse en esos pequeños detalles femeninos tratándose de un varón? Las mujeres se fijan siempre en la cara y en la figura, y ambas son, él lo sabe cumplidos ya los cincuenta, plebeyas sin remedio. Augustin Filon le llamó «cabeza de tapicero» y Monselet «diplomático con cara de droguero», pero esos apelativos se le antojan a él demasiado amistosos cuando Stendhal se dice, mirándose fijamente al implacable espejo con disgusto: «*Macellaio italiano*»: el semblante de un carnicero italiano.

¡Si por lo menos ese cuerpo enorme y obeso fuese brutal, masculino! Hay muchas mujeres que ponen gran confianza en unas espaldas anchas y robustas y, a ciertas horas, desean más bien a un cosaco que a un dandi. Lo terrible, él lo sabe, es que sin embargo ese cuerpo vulgar y rústico, ese fulgor rojo de la sangre, no son en su caso más que apariencia, una falsa impresión de la carne. Porque bajo ese hombre colosal centellea y vibra un manojo de nervios de una sensibilidad más que sutil, casi enfermiza; los médicos le han calificado de *monstre de sensibi-lité* [monstruo de sensibilidad]. Y, sin embargo, ¡qué fatalidad!, su psique de mariposa se ve encerrada en ese cuerpo gordo y corpulento: algún espectro de la noche debió cambiar en la cuna el alma y el cuerpo, pues su psique enfermizamente sensible tiembla y se estremece continuamente con cada emoción bajo la tosca envoltura. Una ventana se abre en la habitación de al lado y ya siente escalofríos, un portazo y sus nervios saltan de estremecimiento, un mal olor y le dan mareos, la proximidad de una mujer le confunde, se vuelve temeroso o, a veces, de puro nerviosismo, grosero e indecente. ¡Qué combinación tan incomprensible! ¿Para qué tanta carne, tanta grasa, tanta panza, para qué ese cuerpo de carretero con una sensibilidad tan fina y delicada? ¿Para qué esa mole de cuerpo con un alma tan complicada y sensible?

Stendhal se aparta del espejo. Su aspecto no tiene remedio, lo sabe desde que era joven. De nada sirve que el sastre sea un verdadero artista que le ha puesto bajo el chaleco una faja que le levanta el vientre, o los magníficos pantalones de seda de Lyon que disimulan sus piernas ridículamente cortas; de nada sirve el tinte para el cabello que da un viril color castaño a sus patillas ha tiempo encanecidas; de nada la elegante peluca que protege la cabeza calva; de nada el uniforme consular con ribetes dorados ni sus uñas cuidadas y pulidas. Todas esas cosas no sirven de mucho; disimulan tal vez la vejez, la obesidad, pero, a pesar de todo, ninguna mujer se volverá para mirarlo en los bulevares, ninguna lo hará con un éxtasis emocionado, como madame de Rênal miraba a su Julien o madame de Chasteller a su Lucien Leuwen. No, nunca una mujer se fijó en él, ni aun cuando era teniente, y mucho menos lo ha de hacer ahora en que su alma se alberga en un saco de grasa y la vejez ha marcado su frente. ¡Se acabó, ha perdido! Con esa cara no cabe encontrar la felicidad de una mujer, ¡y no existe ninguna otra en el mundo!

Solo queda una cosa: ser ingenioso, hábil, intelectualmente atractivo, interesante y trasladar la atención de su cara hacia su interior; deslumbrar y seducir por la sorpresa y la palabra. *«Les talents peuvent consoler de l'absence de la beauté»*, los talentos pueden mitigar la ausencia de la belleza. Con tal rostro, uno debe conquistar a las mujeres por medio del alma, ya que no es posible despertar sus sentidos estéticamente. Así pues, hay que hacerse el melancólico con las sentimentales, el cínico con las frívolas y a veces lo contrario, siempre alerta e ingenioso. *«Amusez una femme et vous l'aurez»* [Divertid a una mujer y la tendréis]. Hay que aprovecharse hábilmente de cada debilidad, fingir arrebato cuando uno está frío y frialdad cuando uno está ardiendo, hacer cambios para causar desconcierto, siempre procurar demostrar que uno es diferente de los demás. Y aprovechar siempre cualquier ocasión, no temer al fracaso, pues a veces las mujeres olvidan la cara de un hombre, la misma Titania, en una extraña noche de verano, besó una vez la cabeza de un asno.

Stendhal se pone un sombrero a la moda, toma sus guantes amarillos y ensaya una sonrisa fría y burlona ante el espejo. Sí, así debe presentarse en casa de madame de T. hoy por la tarde, irónico, cínico, frívolo y glacial: hay que asombrar, interesar, deslumbrar, que las palabras sean como una máscara que oculte esa fea fisonomía. Causar una fuerte impresión, llamar la atención desde el primer momento, es lo mejor, ocultar el desánimo interior por medio de algunas estridentes bromas. Cuando baja por la escalera, ya ha ideado una entrada triunfal: hoy se hará anunciar por los criados como el señor César Bombet, comerciante, y al entrar imitará a un comerciante de lana charlatán y ruidoso, no dejará que nadie tome la palabra y hablará de sus negocios imaginarios con brillantez y desparpajo hasta haber logrado despertar la curiosidad divertida de todos los presentes y que las mujeres se acostumbren a su rostro. Después un buen puñado de anécdotas que alegren y relajen los sentidos, un rincón penumbroso que oscurezca su hermosura, un par de vasos de ponche, y así, quizá, quizá, cuando llegue la medianoche, las mujeres acaben por encontrarlo hasta encantador.

La película de su vida

1799. El coche de posta que va de Grenoble a París se detiene en Némours para cambiar los tiros. Hay grupos excitados, carteles, gacetas: el joven general Bonaparte ha dado ayer la puntilla a la República y, después de dar un puntapié a la Convención, se ha proclamado cónsul. Todos los viajeros discuten animadamente; solo un muchacho de unos dieciséis años, ancho de espaldas, rubicundo, parece prestar poca atención. ¡Qué le importan a él la República o el Consulado! Va a París con la excusa de estudiar en la Escuela Politécnica, pero en realidad lo que hace es huir de la ciudad provinciana para vivir en París, ¡París, París! Solo ese nombre le sugiere ya un río de fantasías y de sueños. París, es decir, lujo, elegancia, animación, antiprovincianismo, libertad y sobre todo mujeres, muchas mujeres. De repente podrá conocer de manera novelesca a alguna mujer joven, bonita, delicada, elegante (tal vez parecida a aquella Victorine Cably, actriz de Grenoble a la que él amó tímidamente desde lejos), él la salvará deteniendo audazmente los caballos desbocados de su carruaje, y la sacará de entre los restos del coche. Sueña con hacer algo grande por ella, que se convertirá en su amada.

El coche sigue fatigosamente hacia delante y el ruido

de las ruedas distrae esos sueños precoces. Apenas mira el muchacho el paisaje, apenas dirige una palabra a sus acompañantes. El coche se detiene, por fin, ante la barrera. Las ruedas marchan con estrépito por las calles bacheadas adentrándose en los callejones estrechos y sucios, con olor de comida rancia y de miseria sudorosa. Con espanto, mira decepcionado la ciudad de sus sueños. Eso también es París, «*ce n'est donc que cela?*», ¿París no es más que eso? Esa frase la repetirá más tarde en diferentes ocasiones: en su primera batalla, en el paso del ejército por el San Bernardo, en la primera noche de amor. A ese romántico insaciable, la realidad siempre le resultará poca cosa e insípida comparada con sus sueños exaltados.

Lo dejan en un hotel cualquiera de la rue Saint-Dominique. Allí se hospeda solo durante unas pocas semanas el pequeño Henri Beyle, en una buhardilla del quinto piso, con una claraboya en vez de ventana, en una habitación pequeña, oscura, un buen lugar para que aflore una melancolía furiosa. Ni siquiera echa un vistazo a sus libros de matemáticas. Durante horas enteras deambula por las calles, mirando a las mujeres: ¡Qué seductoras están con esa moda neorromana de la desnudez! ¡Cómo bromean complacientes con sus admiradores! ¡Con qué encanto y ligereza saben sonreír! Él, sin embargo, no se atreve a acercarse a ninguna, un chico torpe y tonto con un abrigo verde provinciano, muy poco elegante y todavía menos atrevido. Ni siquiera se atreve con las muchachas que por la noche se le ofrecen por poco dinero junto a los faroles de aceite, y envidia amargamente a los camaradas que son más decididos que él. No tiene amigos ni vida social ni trabajo: de mal humor, sigue soñando con aventuras novelescas por las calles sucias, tan ensimismado que a veces corre serio peligro de ser atropellado por un carruaje.

Finalmente, fatigado, necesitado de conversación, de calor familiar y de confianza, hace una visita a sus parientes, los ricos Daru. Le reciben bien, le invitan, le abren su hermosa casa, pero —¡pecado original para Henri Beyle!— son provincianos y eso él no se lo perdona; viven como burgueses, muy acomodados, mientras él tiene la bolsa exhausta, y eso le irrita. Malhumorado, taciturno, torpe, su enemigo secreto, se sienta a la mesa con ellos, disimulando con un descaro fingido su anhelo de ternura: los viejos Daru tuvieron que llevarse la impresión de que era un mal tipo, desagradable y desagradecido. Por la noche llega del Ministerio de la Guerra a la casa, cansado, rendido y sumido en cavilaciones el héroe de la familia, Pierre (más tarde fue conde) Daru, que es la mano derecha del todopoderoso Bonaparte. Según sus más íntimas inclinaciones, ese soldado preferiría ser colega de ese pequeño poeta (al cual, tan obcecado en su mutismo, cree un tonto y sobre todo un completo ignorante); porque él, en sus ratos de ocio, gusta de traducir a Horacio, escribir disquisiciones filosóficas y, cuando un día abandone el uniforme, escribirá una historia de Venecia; ahora, sin embargo, tiene tareas más importantes a la sombra de Bonaparte. Infatigable, pasa día y noche en el gabinete secreto del Estado Mayor, trazando planos, redactando informes, escribiendo cartas, nadie sabe para qué. El pequeño Henri le odia porque Daru quisiera ayudarle a abrirse paso y él no quiere abrirse paso, sino encontrarse a sí mismo.

Pero un día, Pierre Daru llama a ese holgazán para que acuda sin demora al Ministerio de la Guerra; tiene un puesto para él. Bajo el látigo de Daru, el pequeño Henri debe escribir cartas y más cartas, ponencias e informes, desde las diez de la mañana hasta la una de la madrugada, hasta que los dedos se le agarrotan. No sabe aún con qué fin hay que escribir tanto, pero el mundo lo sabrá pronto. Sin sospecharlo, está colaborando en la campaña de Italia que empezó en Marengo y acabó en un imperio; al fin desvela el *moniteur* [instructor] el secreto: la guerra se ha declarado. El pequeño Henri respira entonces, ¡bendito sea Dios! Por fin este pelmazo tendrá que retirarse al cuartel general, basta de escribir aburridas cartas. Respira; mejor la guerra que seguir con esas dos cosas por las que siente tanta aversión: el trabajo y el aburrimiento.

Mayo de 1800. Retaguardia del ejército italiano de Bonaparte en Lausana.

Dos oficiales de caballería marchan a caballo el uno junto al otro; van riendo de tal modo que los penachos de sus chacós se agitan temblorosos. Una escena ridícula: un joven gordo, con las piernas menudas, medio civil, medio militar, sentado sobre un jamelgo terco al que se aferra torpemente como un mono y está haciendo esfuerzos desesperados para no besar el suelo, como sería el deseo de su montura. Su sable, atravesado, golpea la grupa del caballo y fustiga al pobre animal hasta que este se encabrita y acaba en un galope involuntario que lleva al triste jinete por encima de campos y fosos.

Los oficiales se divierten inconteniblemente. El capitán Burelvillers acaba por decir compadecido a su ordenanza: «Ve allá y ayuda a aquel pobre diablo». El ordenanza sale galopando, da varios golpes de fusta al indomable jamelgo, lo domina, a continuación coge las riendas y arrastra al novato, que tiene la cara roja de rabia y vergüenza. «¿Qué quiere usted de mí?», le pregunta exasperado al capitán. La fantasía le hace pensar ya en arrestos o en un duelo, pero el capitán, antes tan burlón, se vuelve cortés tan pronto como se entera de que se trata de un primo del poderoso Daru; le ofrece su amistad y le pregunta al dudoso recluta por dónde había estado anteriormente. Henri se llena de rubor; no es cosa de confesar a esos patanes que uno ha estado con los ojos llenos de lágrimas ante la casa de Ginebra donde nació Jean-Jacques Rousseau. Se hace el audaz y el descarado, e interpreta al hombre atrevido con tan poco acierto que acaba gustando a todos. Los oficiales le enseñan, como buenos camaradas, el noble arte de sostener como es debido las riendas, entre los dedos segundo y tercero de la mano, a ponerse bien el sable y varios otros secretos del oficio militar. Henri Beyle se siente enseguida soldado y héroe.

Se siente héroe o por lo menos no permite que nadie dude de su valor. Antes se dejaría arrancar la lengua que hacer una pregunta ridícula o dejar que escape de sus labios un suspiro de temor. Después del celebérrimo paso por el San Bernardo, se vuelve con desenfado sobre su silla y le hace al capitán poco menos que desdeñosamente su eterna pregunta: «¿Eso era todo?». Cuando oye tronar algunos cañones en Fort Bard, vuelve a fingirse sorprendido: «No es más que eso la guerra?». Sea como fuere, ha olido ya la pólvora por primera vez y ha perdido una especie de virginidad ante la vida. Espolea con impaciencia el caballo, apresurándose en dirección a Italia, por delante de los otros, y tras dejar pronto atrás la aventura de la guerra, correrá al encuentro de las infinitas aventuras de Eros.

Milán, 1801. Porta Orientale.

La guerra ha liberado a las mujeres piamontesas de su limitada vida. Desde que los franceses ocupan el país, van y vienen en sus carrozas bajas por las calles luminosas bajo el cielo azul, se detienen, charlan con sus amantes o con quienes las cortejan, sonríen gustosas a los oficiales mirándolos a los ojos, y hacen coqueterías con el abanico o con las flores.

Bajo una estrecha sombra, un suboficial de diecisiete años mira a las elegantes mujeres con deseo. Sí, Henri Beyle es ya un suboficial en el sexto regimiento de Dragones sin que para ello haya tenido que tomar parte en ninguna batalla: si uno es primo del omnipotente Daru puede alcanzar cualquier cosa. Sobre su frente ondea la cola de crin negra de los dragones franceses; detrás de su casaca blanca de caballería pende poderoso el gran sable, y en los tacones de sus botas tintinean las espuelas; en verdad tiene un aspecto marcial aquel muchacho obeso y pequeño de antaño.

En realidad, en vez de estar aquí en el Corso callejeando, golpeando con su sable las aceras y mirando a las mujeres con deseo, debería estar con su compañía persiguiendo a los austriacos hasta más allá del Mincio. Pero a ese muchacho de diecisiete años no le gusta lo vulgar, ha descubierto ya que «no es necesario tener mucho espíritu para manejar un sable». Cuando uno tiene un primo que se llama Daru, se está mejor en la retaguardia resplandeciente de Milán que atado a las peripecias del servicio; pues en el vivac no hay hermosas mujeres a quien galantear ni hay ninguna Scala, la divina Scala donde se dan óperas de Cimarosa y donde hay bailarinas sublimes. Es allí donde Henri Beyle establece su cuartel general, y no en una tienda de campaña en alguna zona pantanosa de la parte más septentrional de Italia. Siempre es el primero que ocupa su puesto en el palco cuando por la noche se encienden las luces de la Scala; las damas van entrando *più che seminuda*, más que semidesnudas, en sus vestidos livianos de seda, y los uniformes relucientes les hacen reverencias. ¡Qué hermosas son las señoras italianas! ¡Qué amables! ¡Qué agradables! ¡Cómo les gusta que Bonaparte haya mandado a Italia a cincuenta mil jóvenes para martirio, o para alivio, de los maridos de Milán!

Desgraciadamente, ninguna ha pensado en elegir entre esos cincuenta mil jóvenes a ese Henri Beyle de Grenoble. ¿Cómo podía saber la exuberante Angela Pietragrua, la hija regordeta del comerciante de telas que gusta tanto de enseñar el blanco escote a sus invitados y que sabe calentar sus labios en los bigotes de los oficiales, que ese muchacho bajito de cabeza redonda con sus menudos ojillos negros —il Cinese, el Chino, como lo llaman en broma y con cierta desconsideración— está enamorado de ella y piensa día y noche como si fuera un ídolo inaccesible, en ella, que no es una mujer de corazón duro...? ¿Cómo podía pensar una rolliza esposa de burgués que ese amor romántico la hará inmortal? Todas las noches va a su casa a jugar con los otros oficiales, se sienta silencioso en un rincón y palidece cuando ella le dirige la palabra. Pero ¿es que acaso él le ha tomado la mano alguna vez o ha dejado rozar su rodilla o cuando menos le ha escrito una carta o susurrado un mi piace? Acostumbrada a otras familiaridades con los oficiales de los dragones franceses, la exuberante Angela apenas se ha fijado en el pequeño suboficial, y él, pobre desgraciado, no aprovecha la oportunidad, sin sospechar siquiera que ella, muy complaciente, sabe compartir su amor con los que lo solicitan. Pues, a pesar de su gran sable y de sus botas de montar, Henri sigue siendo tan tímido como lo era en París y es un don Juan cohibido todavía completamente virgen. Todas las noches decide lanzarse al asalto; escribe cuidadosamente en sus libros de notas las enseñanzas que recibe de sus camaradas más veteranos acerca de cómo se vence la virtud de una mujer, pero, apenas está cerca de la amada, de la divina Angela, el pobre Casanova teórico se queda cortado, aturdido y se ruboriza como una muchacha. Para ser un verdadero hombre, decide al fin perder su virginidad. Una profesional cualquiera de Milán («He olvidado quién era y cómo era», escribe en sus notas) se ofrece como altar para el sacrificio, pero, a esa primera ofrenda, responde ella con otra ofrenda menos delicada y devuelve al francés la enfermedad que, según la leyenda, introdujo en Italia la gente del condestable de Borbón y que desde entonces se llama el «mal francés». Y así ese servidor de Marte que ansiaba el gentil servicio de Venus, durante algunos años habrá de hacer sacrificios al severo dios Mercurio.

1803. París.

Otra vez en una buhardilla del quinto piso; otra vez de paisano. Se ha quitado el sable, las borlas, las espuelas y los cordones y ha quedado en un rincón el grado de teniente. Está ya cansado de jugar a los soldados. *J'en suis soûl* [estoy harto]. Apenas los necios han comenzado a excederse pidiéndole hacer servicios de guarnición en cualquier pueblucho, almohazar su caballo y obedecer, Henri Beyle ha emprendido la retirada. No, obedecer fielmente no es cosa apropiada para ese muchacho obstinado. Su mayor placer es «no mandar ni ser mandado». Por eso ha escrito una carta al ministro con su dimisión y, al mismo tiempo, ha dirigido otra a su muy avaro padre, para ver si le saca algún dinero, y el padre, a quien Henri ha calumniado extensamente en sus libros (y que probablemente ame a su hijo de la misma manera torpe y reprimida en que este amaba a las mujeres), el *father*, el *bâtard* [bastardo], como Henri lo llama burlonamente en sus anotaciones, le envía todos los meses algún dinero. No mucho, en verdad, pero el suficiente para que pueda hacerse un traje pasable, comprar corbatas elegantes y papel blanco para escribir comedias, pues ha tomado una nueva decisión: Henri Beyle no quiere estudiar matemáticas, sino que quiere ser autor dramático.

Empieza por ir a la Comédie Française para aprender de Corneille y de Molière. Después viene otra cosa muy importante para un futuro dramaturgo: hay que conocer bien a las mujeres, amar, ser amado, encontrar una *belle âme*, un alma bella, una *âme aimante* [un alma amante]. Para eso empieza por hacer la corte a la pequeña Adèle Rebouffet y saborea a fondo el deseo romántico del amante desdichado; afortunadamente, la exuberante madre (así lo escribe en su diario) le da consuelo de un modo muy terrenal algunas veces por semana. Eso es divertido e instructivo, pero no es el amor de verdad, el amor pasional, el gran amor. Por eso sigue buscando sin descanso el ídolo sublime. Por fin, una joven actriz de la Comédie Française, Louason, le apasiona y ella le admite sus galanterías, sin consentirle al principio más que eso. Pero Henri nunca ama mejor que cuando se le niega una mujer, pues ama solo lo inalcanzable, y así el joven de veinte años pronto arde en la pasión.

Marsella, 1803. Sorprendente cambio, increíble casi. ¿Se trata verdaderamente de Henri Beyle, antiguo teniente del ejército napoleónico, dandi parisiense y ayer todavía poeta? ¿Es ese dependiente con delantal negro que está sentado en el pupitre de un escritorio en la estrecha planta baja de la Casa Meunier & Cie, comerciantes al por mayor y al detalle de artículos coloniales, en ese cuarto lleno de olor a aceite y a higos, en un sucio callejón del muelle de Marsella? ¿Se trata acaso de aquella alma sublime que ayer todavía ponía sus sentimientos en verso y que hoy anda metido en café, pasas, azúcar y harina, escribe recordatorios de pago a los clientes y regatea con los funcionarios de las aduanas? Sí, él es, el de cabeza redonda y dura. ¿No se disfrazó de mendigo Tristán para poder aproximarse a Isolda, y muchas hijas de reyes se han vestido de paje para seguir al caballero al que amaban hasta las cruzadas? Él, Henri Beyle, ha obrado heroicamente: se ha hecho dependiente de una tienda de comestibles y ayudante de panadero para poder acompañar a su Louason, a la que han contratado en un teatro de Marsella. ¿Qué importa ensuciarse los dedos con el azúcar o la harina durante todo el día si por la noche se puede ir a recoger a una bailarina al teatro y conducirla al lecho del enamorado?

¡Tiempos deliciosos, gozosa plenitud! Desgraciadamente, nada hay más peligroso para un romántico que aproximarse demasiado a su ideal. Se comprende pronto que Marsella, la ensoñada ciudad mediterránea, en realidad, más allá de los ruidosos gestos meridionales, no es menos provinciana que Grenoble, y que sus calles están tan sucias y despiden tan mal olor como las de París. Y aun cuando uno viva con la reina de su corazón, puede sufrir la decepcionante experiencia de que, si bien esa diosa es siempre hermosa, también es tonta de capirote, y así es como uno empieza a aburrirse. Hasta acabará por alegrarse el día en que despiden en el teatro a la diosa, que desaparece como una nube de regreso a París: se curará así de una ilusión para enfermar incansablemente de otra al día siguiente.

Brunswick, 1806. Cambio de vestuario.

Otra vez el uniforme, pero ya no el de suboficial, que solo encuentra aceptación entre tenderas, criadas y modistillas. Ahora, los notables alemanes se quitan el sombrero para saludar con toda ceremonia cuando se encuentran al representante del intendente del Gran Ejército, monsieur l'intendant Henri Beyle, que pasea por las calles con el señor Von Strombeck o con algún otro miembro ilustre de la sociedad de Brunswick. Pero, en realidad, ya no se trata de Henri Beyle; se ha creído pertinente hacer una pequeña corrección, y así, desde que está en Alemania ocupando tan elevado cargo, se hace llamar Henri von Beyle, Henri de Beyle. A decir verdad, no es que Napoleón le haya concedido algún título de nobleza; tampoco se le ha conferido ninguna Legión de Honor ni nada que le permita adornarse con algún distintivo. Pero Henri Beyle, observador ágil, se percata de que los buenos alemanes se entusiasman por los títulos como las moscas por la miel, y que no hay que presentarse en la buena sociedad como un burgués cualquiera y más si se tiene en cuenta que allí hay toda clase de mujeres rubias y apetitosas con quienes bailar. Esas pocas letras antes de su apellido sirven para revestir de una aureola especial el pomposo uniforme.

Herr Beyle, tiene dificultosas misiones que cumplir; ha de extraer siete millones como contribución de guerra a un distrito ya saqueado, mantener al mismo tiempo el orden y organizarlo; al parecer, cumple con destreza el cometido con la mano izquierda; la derecha la reserva para jugar al billar o manejar la escopeta de caza o para placeres más delicados. Porque también en Alemania hay mujeres muy agradables. Con Minchen, rubia y aristócrata, puede él satisfacer sus necesidades de amor platónico; para las más terrenales se satisface con la amiga complaciente de un amigo, la cual tiene el bonito nombre de Knabelhuber y consuela sus noches; así es como Henri ha logrado vivir de nuevo cómodamente. Sin sentir la menor envidia hacia los mariscales y generales que comen rancho bajo el sol en Austerlitz y Jena, prefiere estar sentado a la sombra de la guerra, leyendo libros, haciéndose traducir versos del alemán y escribiendo hermosas cartas a su hermana Pauline, cada vez más sabio, cada vez más entendido en el arte de vivir, turista rezagado en todos los campos de batalla, intelectual diletante en todas las artes, cada vez más libre y más cerca de sí mismo, a medida que va conociendo el mundo va aprendiendo mejor a observarlo.

1809. Viena, 31 de mayo. Iglesia de los Escoceses, penumbrosa y medio vacía, de madrugada.

En el primer banco están arrodillados algunos hombres y mujeres con humildes prendas negras de luto: son los parientes de Rohrau de «Papá» Haydn. Que los obuses franceses hayan caído sobre Viena ha hecho morir de miedo al pobre anciano encorvado y tembloroso: el compositor del himno nacional ha muerto patrióticamente exclamando a duras penas: «¡Dios salve a Francisco el emperador!». Su cuerpo, liviano como el de un niño, ha sido traído apresuradamente desde su pequeña vivienda del arrabal de Gumpendorf al cementerio, en medio del tumulto del ejército en su avance. Después, los músicos de Viena celebran en la iglesia de los Escoceses la misa de difuntos en honor de su maestro. Muchas personas se han atrevido a salir de sus casas ocupadas para honrar su memoria; tal vez entre ellas esté ese individuo raro de piernas cortas con una melena de león desgreñada e inquieta, el señor Van Beethoven; entre los chicos del coro quizá esté cantando un muchacho de doce años de Lichtental que se llama Franz Schubert. Pero ahora nadie se fija en los demás, porque de pronto entra quien parece ser un alto oficial francés completamente uniformado, acompañado de un segundo caballero con un traje de gala bordado de la academia. Todos se sobresaltan inmediatamente. ¿Querrán acaso prohibir los intrusos franceses que se rinda un último homenaje al buen y bondadoso padre Haydn? No, en absoluto: el señor de Beyle, auditor de la Grande Armée, viene a título completamente particular; ha oído decir en algún lugar de su barrio que se ha programado el *Réquiem* de Mozart para esa ceremonia. Y para escuchar a Mozart o a Cimarosa, este soldado más bien sospechoso sería capaz de cabalgar cien millas, pues cuarenta compases del amado maestro valen más que una pomposa batalla histórica con cuarenta mil muertos. Con el mayor cuidado accede a los bancos de la iglesia y se pone a escuchar la música que ya ha dado comienzo lentamente. El *Réquiem* no le gusta especialmente, le parece demasiado «ruidoso», no es «su» Mozart, su Mozart ligero, despreocupado. Cada vez que el arte sale de la línea clara y melódica, cuando se eleva por encima de la voz humana hacia lo salvaje y desenfrenado de los elementos eternos, se le hace ajeno. También por la noche, en el Teatro de la Puerta Carintia, le cuesta entender el *Don Giovanni*, y si el vecino de la sala el señor Van Beethoven (del que nada sabe) dejara una vez caer sobre él el viento huracanado de su temperamento, Stendhal no se asustaría menos de ese caos sagrado que su gran hermano para la poesía en Weimar, el señor Von Goethe.

Ha terminado la misa. Con gesto risueño, con su uniforme resplandeciente y una alegría desbordante, Henri Beyle sale de la iglesia y pasa junto a la tumba. Le parecen encantadores tanto la hermosa y limpia ciudad de Viena como sus habitantes, que saben hacer música tan bien y de una manera no tan ruidosa y estridente como los alemanes del norte. Ahora debiera ir a su trabajo y cuidar del abastecimiento de la Grande Armée, pero eso no tiene la menor importancia para él. El primo Daru trabaja como un mulo y Napoleón ha de vencer de todas maneras. Alabado sea Dios por haber creado a esos tipos encantados de trabajar; gracias a ellos se puede vivir bien. Así, el primo Beyle, que desde su juventud se ha ido ejercitando como un virtuoso en el diabólico arte de la ingratitud, ahora prefiere dedicarse más cómodamente a consolar en Viena a madame Daru de la adicción al trabajo de su marido. ¿Qué mejor modo de corresponder a un bienhechor que dispensando a su mujer sentimiento y ternura? Salen juntos a cabalgar por el Prater y comparten toda suerte de intimidades en una casa de citas acribillada a balazos. Visitan los museos, las cámaras donde se guardan los tesoros y los magníficos castillos de la nobleza en el campo; en buenas calesas llegan hasta Hungría, mientras los soldados luchan en Wagram y el bravo marido Daru suda tinta. Las tardes se dedican al amor y las noches al Teatro de la Puerta Carintia, preferiblemente Mozart y siempre la música: ese hombre singular con uniforme de intendente va dándose cuenta poco a poco de que para él el sentido y el encanto de la vida están en el arte.

1810-1812. París. Esplendor del Imperio.

Todo va mejor que nunca. Con dinero y sin trabajo. Sin merecerlo, ¡Dios lo sabe bien!, gracias a las delicadas manos de una mujer, es ya miembro del Consejo de Estado y administrador de los bienes de la Corona. Napoleón no necesitaba, sin embargo y afortunadamente, a sus consejeros, que tienen tiempo libre y pueden irse mucho a pasear, en carruaje naturalmente. Así que Henri Beyle, con la bolsa bien llena gracias a ese repentino dinero por su condición de funcionario, lleva ahora su propio cabriolé muy bien pintadito, come en el Café de Foy, contrata a su primer sastre, tiene una relación con su prima y mantiene —ideal de su juventud— a una bailarina llamada Bereyter. Es extraño que a los treinta años se tenga más suerte con las mujeres que a los veinte, inexplicable que las mujeres se vuelvan más pasionales cuanto más fríamente se las trate; París, que tan espantosa le pareció al estudiante, empieza ahora ya a gustarle: en verdad, la vida se vuelve hermosa. Y lo que es mejor: hay dinero y hay tiempo, tanto tiempo que hasta le sobra para poder escribir, por placer, para recordar su querida Italia, un libro de ese mundo: *Historia de la pintura en Italia*. ¡Ah!, escribir libros de historia del arte es un placer tan agradable, tan libre, sobre todo si se hace a la manera de Henri Beyle, que consiste en limitarse a copiar de otros libros tres cuartas partes y aderezarlo con unas cuantas anécdotas y curiosidades: pero qué placer es ya acercarse a lo intelectual, aunque solo sea como sibarita. Tal vez piense Henri Beyle que, cuando sea viejo, tendrá más tiempo para escribir libros que unan en un mismo recuerdo el tiempo perdido y las mujeres, pero ¿para qué hacerlo ahora? ¡La vida sigue siendo demasiado rica, espléndida y hermosa para desperdiciarla sentado a la mesa de un escritorio!

1812-1813. Pequeño inconveniente: Napoleón vuelve a estar en guerra, esta vez a varios miles de millas de distancia. Pero Rusia, tierra lejana y extraordinaria, atrae al turista siempre curioso: y se presenta una buena ocasión para ver el Kremlin y a los moscovitas, viajando hacia el este a costa del Estado, naturalmente siempre en la retaguardia, cómodamente y sin peligro, de la misma manera que ya ha viajado en su momento por Italia, Alemania y Austria. Recibe una gruesa carpeta de María Luisa, llena de cartas destinadas a su gran esposo; le encargarán formalmente que lleve ese correo secreto a Moscú sirviéndose de carruajes rápidos y de bien abrigados trineos. Como la guerra, vista de cerca, es mortalmente aburrida —Beyle lo sabe por propia experiencia—, se lleva algunas cosas suyas para distraerse: una copia de los doce volúmenes manuscritos de su *Historia de la pintura* encuadernada en marroquín verde, y su comedia, empezada ya hace años, pues ¿dónde se puede trabajar mejor que en el cuartel general? Después de todo, Talma y la Gran Ópera irán a Moscú, no se aburrirá tanto, y además habrá otro elemento: las mujeres polacas y rusas...

Beyle hace solo paradas donde hay representaciones teatrales: ni aun estando en guerra ni de viaje puede prescindir de la música: el arte ha de acompañarlo en todas partes. Pero en Rusia le espera un espectáculo aún más asombroso: Moscú, una metrópolis mundial, en llamas, un panorama no visto por ningún artista con mayor grandiosidad desde los tiempos de Nerón. Pero Beyle no escribe ninguna oda movido por ese espectáculo y sus cartas no son muy extensas acerca de ese desagradable suceso. Hace ya tiempo que para este sutil sibarita de la vida, la guerra significa mucho menos que diez compases musicales o un libro inteligente; un corazón palpitante le emociona mucho más que los cañonazos de Borodino, y no siente gran interés por otra historia que no sea la de su propia vida. Del gran incendio salva un libro de Voltaire lujosamente encuadernado y decide llevárselo como recuerdo de Moscú. Pero esta vez la guerra, con sus piernas de hielo, perseguirá incluso a los entusiastas de la retaguardia. En la Berésina el auditor Beyle aún tiene tiempo de afeitarse impecablemente (es el único oficial de su ejército que aún piensa en esas cosas), pero después hay que pasar por el puente que está por derrumbarse lo más rápidamente posible. En manos de los cosacos quedan su *Historia de la pintura en Italia*, el hermoso tomo de Voltaire, el caballo, la manta y demás equipaje. Llega a Prusia para salvarse, con las ropas hechas jirones, sucio, agobiado, con la piel cortada por el frío. Y su primer respiro es volver a la ópera; así como otros hubieran tomado un baño, él acude a la música para refrescarse. Así, para Henri Beyle, la campaña de Rusia, la destrucción de la

Grande Armée, no es más que un *intermezzo* entre dos veladas de ópera: *Clemenzia di Tito*, al llegar a Königsberg en su regreso, y *El matrimonio secreto*, en Dresde, justo antes de partir a los campos de batalla.

1814 a 1821. Milán.

De vuelta a la vida civil, Henri Beyle no quiere saber nada más, definitivamente, de guerras. Una batalla, vista de cerca, es igual que cualquier otra, en ambas se ve lo mismo, «es decir, nada». Está ya cansado de misiones y cargos, de patriotas, de carnicerías, de papeleos y de oficiales. Que Napoleón, en su *courromanie*, en su belicismo irrefrenable, conquiste una vez más Francia si le place; que lo haga, pero, de hoy en adelante, tendrá que hacerlo sin la ayuda del auditor Henri Beyle, que solo desea no mandar a nadie ni ser mandado por nadie, que solo aspira a lo más natural y, sin embargo, tan difícil: vivir por fin, por fin, su propia vida.

Hacía ya tres años, entre dos de las habituales guerras napoleónicas, con dos mil francos en el bolsillo, feliz y contento como un niño, que había salido con permiso hacia Italia; ya ha empezado la nostalgia de su juventud, que no ha de abandonar nunca más a Beyle, y su juventud se llama Italia: Italia y Angela Pietragua, que él amó tímidamente cuando aún era un suboficial bisoño y en quien ahora ya no puede dejar de pensar cuando su coche va marchando por los antiguos pasos de montaña. Por la noche llega a Milán. Rápidamente se quita el polvo del camino de la cara y de las manos, cambia de traje y se va a la patria de su corazón, a la Scala, a escuchar música. Y en verdad, según sus propias palabras: «la música despierta el amor».

A la mañana siguiente va a visitarla; se hace anunciar, ella aparece, todavía es hermosa. Le saluda cortésmente, pero sin conocerle. Él se presenta, Henri Beyle, ella no recuerda ese nombre. Él empieza a recordárselo; le habla de Joinville y otros camaradas. Por fin, aquel rostro amado con el que ha soñado mil veces se ilumina y ríe: *«Ah, ah, egli è il Cinese»* («ah, es el Chino»). El maldito apodo es todo lo que Angela Pietragrua recuerda de su romántico enamorado. Ahora Beyle ya no tiene diecisiete años: con audacia y avidez le confiesa su amor de entonces y de ahora. Ella se queda asombrada: «¡Oh! ¿Por qué no me lo dijo usted?». Ella le hubiera concedido gustosísima esa nadería, que cuesta tan poco a una mujer generosa, pero afortunadamente aún hay tiempo, y muy pronto, con once años de retraso, podrá el romántico grabar en sus tirantes la fecha victoriosa de su amor: 21 de septiembre, a las once y media de la mañana.

Después, le han llamado para regresar a París. Otra vez, la última, 1814, debe administrar provincias para ese corso belicoso, defender la patria, pero afortunadamente los tres emperadores marchan sobre París —sí, afortunadamente, pues Henri Beyle, mal francés, está loco de alegría de que la guerra acabe aunque sea con una derrota de los franceses—. Ahora puede irse por fin y definitivamente a Italia, libre para siempre de cargos y de patriotismo. Magníficos años, dedicados completamente a la música, a las mujeres, a escribir y al arte. Años con amantes que a decir verdad lo engañan escandalosamente, como la excesivamente generosa Angela, o que se le niegan por castidad, como la hermosa Mathilde. Pero años, al cabo, en los que se encuentra a sí mismo; en los que baña su alma en cada velada musical en la Scala, disfruta a veces de la conversación del mayor poeta de su época, lord Byron, y se solaza con todas las bellezas del país y todos los tesoros del arte entre Nápoles y Rávena. A nadie sometido, sin nadie que se interponga en su camino, amo de sí mismo y pronto su propio maestro: ¡Inolvidables años de libertad! *«Evviva la libertà!»*.

1821. París. *Evviva la libertà?*

Ya no sale a cuenta hablar de libertad en Italia. Esa palabra hace estornudar a los señores y a las autoridades de Austria. Tampoco se deben escribir libros, pues aun cuando sean puros plagios, como *Cartas sobre Haydn*, o copiados en sus tres cuartas partes de otros autores, como la *Historia de la pintura en Italia* y *Rom, Neapel und Florenz*, aun así, sin querer, se esparce bastante sal y pimienta entre las páginas, lo cual irrita la nariz de las autoridades austriacas. Y pronto el severo censor Wabruschek (no se podría inventar un nombre mejor, pero así se llama en realidad) informará al ministro de la policía Sedlnitzky en Viena de «innumerables elementos censurables» en las obras. Así que, en tanto que librepensador, corre fácilmente el peligro de que los austriacos lo tomen por un carbonario y los italianos por un espía, así que lo mejor es, aun sacrificando una ilusión, poner tierra de por medio. Además, para ser libre hace falta una cosa también: dinero, y el bastardo de su padre (Beyle raramente se refiere a él en términos más amables) ha demostrado definitivamente su profunda estupidez cuando no le ha dejado a su hijo ni una pequeña renta. ¿Adónde ir? En Grenoble se asfixia uno, han pasado ya por desgracia aquellos paseos hermosos y cómodos en coche en la retaguardia de los ejércitos desde que las caras de pera de los Borbones adornan, alegre y perezosamente, las monedas. De modo que otra vez a París, otra vez a la buhardilla, y ahora para hacer por dinero lo que antes se había hecho por puro placer y diletante satisfacción: escribir libros, libros, libros.

1828. París. Salón de madame de Tracy, esposa del filósofo.

Medianoche. Las velas se están acabando de consumir. Los caballeros juegan al whist, mientras madame de Tracy, una señora ya entrada en años, sentada en el sofá, conversa con una marquesa y su amiga. Pero no atiende completamente a la conversación, su oído está atento e intranquilo. Al fondo, desde la otra habitación con chimenea, llegan toda clase de ruidos sospechosos, una risa fuerte de mujer y la voz sonora y oscura de un hombre, luego exclamaciones escandalizadas, *«Mais non, c'est trop!»* [¡De ningún modo, es demasiado!], después irrumpe de nuevo y se detiene rápidamente esa peculiar risa. Madame de Tracy se está poniendo nerviosa: seguramente se trata otra vez de ese horrible Beyle, que se entretiene en obsequiar con pimienta a las damas. Alguien inteligente y delicado por lo demás, extravagante y divertido, pero que se ha pervertido debido a su trato con actrices, y sobre todo con esa italiana madame Pasta. Se disculpa, se levanta y va allí a suplicar un poco de decencia. En efecto, allí está Beyle, al amparo de la sombra de la chimenea, probablemente para ocultar su obesidad, con un vaso de ponche en la mano y contando anécdotas que harían enrojecer a un mosquetero. Las damas parecen a punto de marcharse corriendo, ríen y protestan, pero se quedan, atraídas por el famoso narrador, movidas siempre por la curiosidad y la excitación. Parece un sileno, rubicundo, obeso, con los ojos brillantes, bonachón y agudo. Al ver a madame de Tracy que se acerca, interrumpe su charla bruscamente y las damas aprovechan tan buena ocasión para emprender la retirada.

Las luces no tardan en apagarse, los criados alumbran, con candelabros de cera que gotean, a los invitados que bajan por la escalera. Fuera, esperan tres o cuatro coches: las damas suben a ellos en compañía de sus esposos; Beyle se queda solo, malhumorado. Ninguna dama le invita a subir con ella, ninguna le invita. Es un buen contador de anécdotas, pero eso es todo, a las señoras no les interesa nada más. La condesa Curial lo ha mandado a paseo, para sostener a una bailarina como hacía antes le falta dinero; poco a poco se va haciendo viejo. Malhumorado, bajo una lluvia de noviembre, se dirige a su casa en la rue Richelieu. Qué importa que se le manche el traje. De todos modos aún no se lo ha pagado al sastre. Beyle suspira hondamente; lo bueno de la vida ya ha pasado, en realidad, lo mejor sería acabar ya. Enfurruñado, sube lentamente la escalera (ahora a veces le falta el aire) hasta el piso superior, enciende la luz, revuelve unos papeles, mira unas cuentas. ¡Triste balance! Agotado el capital, de los libros no saca nada; después de años, solo ha vendido veintisiete ejemplares de *Del amor* («parece un libro sagrado, nadie se atreve a tocarlo», le había dicho ayer cínicamente su editor. Le quedan cinco francos de renta diaria, tal vez lo suficiente para un joven atractivo y saludable, pero una miseria para un señor obeso, más entrado en años y al que le gustan las mujeres y la libertad. Mejor sería terminar. Beyle toma una hoja de papel por cuarta vez ese melancólico mes y escribe su testamento: «Yo, el abajo firmante, dejo a mi primo Romain Colomb lo que poseo en mi residencia, en el 71 de la rue Richelieu. Deseo que se me traslade directamente al cementerio, los gastos de entierro no han de sumar más de treinta francos». Y al final añade: «Ruego a Romain Colomb perdone todas las inconveniencias que le causo, y le pido, ante todo, que no esté triste ante este suceso inevitable».

«Ante este suceso inevitable». Mañana los amigos comprenderán esa frase cautelosa cuando los llamen y la bala no esté en el revólver del ejército, sino entre los huesos del cráneo. Pero afortunadamente Beyle está muy fatigado y decide aplazar todavía un día su suicidio, y a la mañana siguiente llegan los amigos y le levantan el ánimo. Al ir y venir por su habitación, uno de ellos ve una hoja de papel blanco sobre la mesa que dice: «Julien». Entonces pregunta con curiosidad qué es aquello. «¡Ah! —contesta Stendhal—, quería escribir una novela». A los amigos les entusiasma la idea, le ayudan a superar su melancolía, y él se decide a empezar a escribir. Borra el nombre de Julien y lo sustituye por un nuevo título, un título que se ha hecho inmortal: *Rojo y negro*. El hecho es que Henri Beyle murió aquel día en el que empezó a vivir otra persona para durar eternamente: se llama Stendhal.

1831. Civitavecchia. Nuevo cambio.

Las cañoneras disparan solemnemente una salva, ondean con premura los gallardetes, cuando un señor obeso, vestido con el pomposo uniforme diplomático francés, desciende del vapor. ¡Honores! Ese señor con casaca bordada y pantalones galoneados es el cónsul de Francia, el señor Henri Beyle. Un levantamiento, en este caso la Revolución de Julio, le ha sido propicio como se lo fue antes la guerra. Ahora encuentra la recompensa en haber sido liberal y por haberse opuesto ininterrumpidamente a esos necios Borbones. Gracias a diligentes recomendaciones femeninas, ha sido nombrado cónsul en ese sur que tanto ama, en realidad en Trieste, pero, desgraciadamente, el señor Von Metternich lo ha declarado allí *persona non grata* por ser autor de libros desagradables y le ha denegado el visado. Por eso, no tan placenteramente, ha tenido que ir como representante de Francia a Civitavecchia; pero al fin y a la postre eso es Italia, y además hay quince mil francos de sueldo.

¿Hay que ruborizarse por no saber exactamente dónde está Civitavecchia en el mapa? En absoluto; de todas las poblaciones italianas es tal vez el poblachón más miserable, una caldera espantosa del color blanco de la cal donde uno se cuece con todas las fiebres bajo un sol africano, un puerto angosto cubierto de arena para las embarcaciones a vela de la antigua Roma, una ciudad devastada, yerma, tediosa y vacía donde «uno estalla de aburrimiento». Lo que más le gusta a Henri Beyle en esta estación para deportados es la carretera que va a Roma, porque solo tiene diecisiete millas y Beyle decide utilizarla tantas veces como se lo permita su dignidad. En realidad tendría trabajos que hacer, garrapatear informes, urdir manejos diplomáticos, estar en su puesto; pero los asnos del ministerio de exteriores no leen sus informes; ¿para qué, entonces, devanarse los sesos? Así, pues, mejor endosarle todos esos trabajos al bribón de Lysimachus Caftangliu Tavernier, su subordinado, una bestia feroz que le odia y a quien se ve obligado a procurar que le den la Legión de Honor para que calle el pico sobre sus muchas ausencias. Porque Henri Beyle entiende que también aquí es preferible tomarse el servicio a la ligera: engañar a un Estado que manda a un escritor como él a un lugar putrefacto como ese es, a su parecer, un deber de honor para un verdadero egoísta. ¿No es en verdad mejor visitar los museos de Roma en compañía de personas distinguidas, ir a París con el menor pretexto, que languidecer aquí miserablemente? ¿Es posible que uno tenga que limitarse a ir siempre a casa del anticuario, ese tal señor Bucci, y charlar allí con los mismos representantes de una nobleza de medio pelo? No, mejor es hablar con uno mismo. Compra algunos tomos de crónicas sacados de viejas bibliotecas y escribe las más hermosas de ellas en forma de novelas cortas; y, a sus cincuenta años, ahora que ya es un hombre mayor, narra cómo su alma ha podido permanecer joven. Sí, eso es lo que hay que hacer: para olvidar el tiempo, nada hay como mirar atrás la vida que ha pasado y, tan lejano parece el cónsul de gruesas carnes de aquel muchacho tímido, al que describe, que mientras escribe le parece «estar haciendo descubrimientos de otra persona». Así escribe Henri Beyle, alias Stendhal, su juventud en clave para que nadie adivine quién haya podido ser ese H. B., ese Henri Brulard, y lo hace en cuadernos gruesos y se olvida de sí mismo, al que ya todos han olvidado, en el juego artificioso, entre consolador y engañoso, de rejuvenecerse.

1836-1839. París.

¡Otra vez! Es maravilloso. Resurrección, vuelta una vez más a la luz. Dios bendiga a las mujeres, pues todo bien viene de ellas; tanto se lo han elogiado al famoso conde de Molé, actual ministro, que este ha acabado por resignarse a cerrar los ojos ante el hecho contrario al Estado de que el señor Henri Beyle, cónsul de Civitavecchia, ha ido prolongando descaradamente y discretamente el permiso de tres semanas de que estaba disfrutando hasta hacerlo durar tres años, y que no piensa aún en regresar a su puesto. Sí, tres años hace que el cónsul vive cómodamente en París en vez de estar en aquella ciénaga; deja a aquel bribón griego en su lugar y él cobra el sueldo. Tiene ahora tiempo y está de buen humor, puede frecuentar la sociedad nuevamente y hasta buscar como siempre tímidamente una relación amorosa. Puede hacer lo que le plazca y, sobre todo, puede hacer lo que para él es lo mejor de la vida: pasearse en la habitación de su hotel dictando una novela: *La cartuja de Parma*. Pues sin tener que trabajar y con un buen sueldo puede uno darse el gusto de escribir a contracorriente una novela ni azucarada ni con fragancias de reseda, es decir, escribir libremente. Y para Henri Beyle no hay en el mundo otro cielo que la libertad.

Pero ese cielo se hunde pronto. El honrado e indulgente conde de Molé, su protector, que bien merecería un monumento, es cesado. Al Ministerio de Exteriores llega un nuevo faraón, el mariscal Soult, que nada sabe de un tal Stendhal y que solo encuentra el nombre del cónsul Henri Beyle en el escalafón, a quien Francia paga para que la represente ante los Estados Pontificios, y que en lugar de eso se deja ver alegremente desde hace tres años en todos los teatros de París. Tras quedarse asombrado, el mariscal se indigna con ese empleado haragán que se dedica a vivir en vez de desempeñar sus funciones. Así que emite un edicto rotundo que obliga al funcionario, sin la menor dilación, a partir a su destino. Malhumorado, el escritor Stendhal se pone otra vez el uniforme y vuelve a ser Henri Beyle. Cansado, a regañadientes, tiene que partir a su destierro con cincuenta y cuatro años en pleno bochorno estival; y presiente que es la última vez.

1841. París, 22 de marzo.

Un corpulento y pesado caballero se arrastra fatigosamente por su amado bulevar. Pero ¿dónde están aquellos buenos tiempos en que por allí mismo miraba él a las mujeres y marchaba coqueteando empuñando como un dandi su bastoncillo liviano? Ahora su mano temblorosa se apoya a cada paso en el grueso bastón. ¡Qué viejo se ha vuelto el pobre Stendhal en esos últimos años! Sus ojos, antaño chispeantes, están ahora apagados bajo unos párpados pesados y con sombras azules, un tic nervioso vuelve temblorosos sus labios. Hace unos meses le dio un ataque de apoplejía, recuerdo sombrío de aquel regalo que el amor le hizo en Milán. Le han sangrado, le han atormentado con ungüentos y pócimas, y finalmente el ministerio ha decretado darle permiso al enfermo para regresar desde Civitavecchia. Pero ¿de qué le sirve ahora París, de qué el entusiasmo de Balzac por *La cartuja de Parma*? Estériles son esos brotes que anuncian la gloria de un hombre al que «ya roza la nada» y al que la muerte ya está alcanzando con sus huesudos dedos. Tristemente se desliza su sombra de vuelta a casa sin dirigir apenas una mirada a los lujosos carruajes, ni a los paseantes que charlan animadamente, ni a las *cocottes* que pasan ligeras: una mancha negra de tristeza que se desplaza con lentitud en el juego de luces resplandecientes de la calle llena de gente al atardecer.

De pronto, la gente corre, se arremolina curiosa; el obeso señor ha caído precisamente frente a la Bolsa y yace en el suelo, los ojos hinchados y fijos, el rostro azulado: le ha dado un segundo ataque, esta vez mortal. Apenas respira y le quitan el cuello postizo, que le oprime; lo llevan a una farmacia y después lo suben a la habitación de su hotel, repleta de papeles, de notas, de obras a medio escribir y de cuadernos de su diario. En uno de esos cuadernos hay la siguiente frase, extrañamente profética: «No encuentro en absoluto ridículo morir en plena calle, mientras no se haga intencionadamente».

1842. El cajón.

Un gran cajón de madera, enviado con un transporte barato, va dando tumbos de Civitavecchia a Francia, pasando por toda Italia. Se lo llevan a Romain Colomb, primo de Stendhal y su albacea, que, movido por la piedad (¡quién habría de preocuparse aún por un difunto al que los periódicos han despachado con una necrológica de seis líneas escasas!) quisiera publicar una edición de las obras completas de ese individuo singular. Hace abrir el cajón. ¡Dios mío, qué cantidad de papeles y qué escritura tan confusa, llena de cifras y de signos misteriosos! ¡Qué batiburrillo el de ese aburrido escritor! Pesca, entre todo ello, un par de trabajos que están mejor escritos y de modo más inteligible y empieza a copiarlos, pero incluso este, el más leal, se cansa pronto. Sobre la novela *Lucien Leuwen* escribe con resignación *«rien à faire»* (nada que hacer); la autobiografía *Henri Brulard* es arrinconada igualmente por imposible y así seguirá durante décadas. ¿Qué hacer ahora con todo ese revoltijo? Colomb lo vuelve a guardar todo en el cajón y se lo envía a Crozet, amigo de juventud de Stendhal. Crozet, a su vez, lo envía todo a la biblioteca de Grenoble como destino final. Allí, conforme a las inveteradas prácticas bibliotecarias, cada fascículo es etiquetado, sellado y catalogado: *Requiescat in pace!* Sesenta volúmenes de legajos: todo el trabajo de su vida y la misma vida de Stendhal quedan allí enterrados, en la gran cámara mortuoria destinada a los libros, y pueden empezar a cubrirse de polvo. Porque durante cuatro décadas a nadie se le ocurre ensuciarse los dedos con esos legajos durmientes.

1888, París. Noviembre.

La población aumenta. La ciudad crece hacia el horizonte. París cuenta ya con ocho millones de piernas que no están dispuestas a ir siempre a pie; por eso la compañía de omnibuses proyecta establecer una línea que vaya a Montmartre. Hay desgraciadamente un molesto obstáculo en el camino, el *cimetière*, es el cementerio de Montmartre. La tecnología sabe cómo solucionar el inconveniente: construir un puente sobre los muertos para que puedan pasar los vivos; para ello es imprescindible desplazar algunas sepulturas y, al hacerlo, se encuentran en el número 11 de la cuarta fila una tumba completamente abandonada y deteriorada con una curiosa inscripción: «*Arrigo Beyle, Milanese, visse, scrisse, amò*» [Arrigo Beyle, milanés, vivió, escribió, amó]. ¿Un italiano en este cementerio? ¡Qué extraña inscripción! Pero alguien pasa por allí por casualidad y, al leerla, se acuerda de que hubo un escritor francés, llamado Henri Beyle, que quiso poner en su sepultura una inscripción falsa. De inmediato se forma un comité, se reúne un poco de dinero destinado a adquirir una nueva losa de mármol para la vieja inscripción. Y así, en 1888, después de cuarenta y seis años de olvido, el nombre vuelve a brillar nuevo sobre el cuerpo ya deshecho.

Y por una curiosa coincidencia, el mismo año en que se recuerda su sepultura y sacan el cadáver que estaba bajo tierra, un joven polaco profesor de lenguas llamado Stanislas Stryieński que está en Grenoble, para matar su aburrimiento acude a la biblioteca, descubre en un rincón unos folios manuscritos, viejos y polvorientos, y comienza a leerlos y a descifrarlos. Cuanto más lee, tanto más le interesa la lectura; busca un editor y lo encuentra; el diario, la autobiografía *Henri Brulard*, *Lucien Leuwen* salen a luz, y con ellos por vez primera el verdadero Stendhal. Con entusiasmo, sus verdaderos contemporáneos reconocen a un alma gemela, pues no era para sus coetáneos de verdad para los que él destinaba su obra, sino para los de la generación siguiente: «*Je serai célèbre vers 1880*» [Seré célebre hacia 1880], leemos repetidas veces en sus libros, por entonces una frase sin peso arrojada al vacío, ahora una verdad sorprendente. En el mismo momento en que su cuerpo era exhumado, su obra se alzaba de las sombras del pasado. Hasta el año de su resurrección supo anunciar quien por lo demás no era muy fidedigno. Poeta siempre y en cada una de sus palabras, en esto también profeta.

Un yo y el mundo

Il ne pouvait plaire, il était trop différent.

[Él no podía gustar. Era demasiado diferente].

La duplicidad creadora que había en Henri Beyle era algo innato en él, algo que debía ya a sus padres; ya en ellos se ven dos mitades distintas que no pueden avenirse. Chérubin Beyle —no se piense, ¡por Dios!, en Mozart al oír este nombre—, el padre, el *bâtard* [bastardo], como le llama su mortal enemigo Henri, es decir, su hijo, representa completamente al burgués provinciano: tosco, avaro, contumaz, cristalizado alrededor de su dinero, el tipo al que Flaubert y Balzac han descrito con mano colérica en sus obras. De su padre hereda Henri no solo el físico, su estatura, su corpulencia y obesidad, sino también esa egoísta obsesión consigo mismo hasta lo más hondo de su ser. Henriette Gagnon, su madre, es originaria del novelesco sur, y, considerada desde un punto de vista psicológico, es también novelesca. Hubiera podido ser cantada por Lamartine en sus poemas o representada en sus sentimientos por Jean-Jacques Rousseau: era una naturaleza meridional tierna, musical, sensible y sensual. Murió pronto, y a ella debe Henri su apasionamiento amoroso, su exuberancia sentimental y una sensibilidad nerviosa casi femenina. Llevado siempre por esas dos tendencias de su sangre, ese hombre extraordinario oscila durante toda su vida entre la herencia paterna y la herencia materna, entre el realismo y el romanticismo; siempre será el futuro escritor ambivalente y perteneciente a dos mundos.

En sus simpatías, el pequeño Henri toma partido muy pronto. Ama a su madre (y la ama de una manera precozmente pasional, peligrosa, a decir suyo); odia y desprecia a su *father* con un odio español, frío, cínico, inquisitorial: casi en ningún lugar como en las primeras páginas de la autobiografía de Stendhal, *Henri Brulard*, puede encontrarse una descripción literaria más perfecta del complejo de Edipo. Pero esa pasión precoz queda destrozada, pues la madre muere cuando él cuenta siete años, y el muchacho considera a su padre como si estuviera ya muerto cuando deja Grenoble en una diligencia a los dieciséis años; desde esta fecha, le cubre de odio, de silencio y de desdén, como si lo hubiera enterrado. Pero, aunque cubre su recuerdo con la cal del desprecio, el padre de Beyle, duro, frío y pragmático, permanecerá vivo bajo la piel y en la sangre de Henri Beyle durante cincuenta años. Cincuenta años de lucha incesante dentro de Henri de las dos almas antagónicas, los Beyle y los Gagnon, el espíritu realista y el romántico, y ninguna de esas dos fuerzas logra triunfar plenamente sobre la otra. Por un minuto Stendhal es el hijo perfecto de su madre, en el siguiente, a menudo en el mismo minuto, es hijo de su padre; ora es tímido y miedoso, ora duro e irónico; ora romántico y soñador, ora desconfiado y calculador. Incluso en el instante que transcurre de un segundo a otro se alternan el calor y el frío. El sentimiento anega la razón y, de pronto, el intelecto desaloja de un golpe al sentimiento. Ese escenario contradictorio jamás se decanta enteramente por una esfera ni por la otra; nunca el intelecto y el sentimiento han librado batallas más hermosas que en esa gran pugna psicológica que llamamos Stendhal.

Pero esas batallas no son decisivas ni destructoras. Stendhal no es vencido nunca, nunca es desgarrado por la oposición de sus contrarios; hay en él una indolencia ética, una curiosidad observadora fría y despierta que protegen su naturaleza epicúrea de un destino verdaderamente trágico. Durante toda su vida, su espíritu esencialmente vigilante evita cuidadosamente todas las fuerzas demoníacas y destructivas, pues el primer mandamiento de su inteligencia es siempre la propia conservación, y así como en las guerras reales, napoleónicas, siempre logró permanecer en la retaguardia, lejos del alcance de las balas, así también en el campo de su batalla interior prefiere adoptar el punto de vista seguro del observador en lugar de adoptar el del luchador decidido a vencer o morir. Carece completamente de aquella renuncia moral definitiva de un Pascal, un Nietzsche o un Kleist, que hace que cualquier conflicto se convierta siempre en algo decisivo para su vida. Él, Stendhal, aquejado de la lucha interior, se contenta con observarla como si fuera un espectáculo estético para preservar su serenidad espiritual. Por eso esas luchas no llegan nunca a perturbar profundamente su ser, y esa es la causa de que nunca odiara esa duplicidad de su espíritu, de que hasta le gustara. Le gusta su intelecto preciso y afilado como un diamante y lo considera un tesoro, porque le hace ver bien las cosas del mundo. Pero Stendhal también adora poseer esa exuberancia de los sentimientos, su hipersensibilidad, porque, gracias a ella, puede abstraerse de la estupidez y del embrutecimiento de la vida cotidiana. Claro es que también conoce Stendhal el peligro de ambas tendencias que pugnan por imponerse a la otra; sabe el peligro de un intelecto que enfría y destruye los más sublimes momentos, y conoce también el del sentimiento, porque, arrebatador, lo lleva a uno demasiado lejos, lo seduce con la mentira y destruye así la claridad que a él le resulta tan necesaria para la vida. Así que querría que cada una de esas almas aprendiera las propiedades de la otra; no deja Stendhal de esforzarse para que sus sentimientos sean más clarividentes y la razón más apasionada. Es decir, toda una vida de intelectual romántico y de romántico intelectual en una misma piel apasionada y sensible.

Toda fórmula de Stendhal tiene siempre una dualidad de dos cifras, nunca es una unidad redonda: solo en esa duplicidad de mundos se encuentra a sí mismo completamente. Los momentos más intensos se los debe siempre a la mezcla, al contacto de esa contradicción originaria. *«Lorsqu'il n'avait pas d'émotion il était sans esprit»* [Cuando no había emoción, carecía de chispa], dijo en una ocasión de sí mismo: no puede pensar bien si no está excitado por la emoción, pero tampoco puede sentir bien si no mide enseguida el latido de su corazón. Adora sus ensoñaciones como lo más preciado de su vida sentimental: *«Ce que j'ai le plus aimé, était la rêverie»* [Lo que más he amado son mis fantasías], pero al mismo tiempo no puede vivir sin su contrario, la visión clara de las cosas: *«Si je ne vois pas clair, tout mon monde est anéanti»* [Si no veo claro, todo mi mundo se viene abajo]. Así como Goethe confesó una vez que lo que generalmente se llama placer es siempre, para él, «algo que oscila entre la sensualidad y la inteligencia», así también Stendhal solo percibe toda la belleza del mundo gracias a esa mezcla ardiente de sangre y de espíritu. Sabe que solo el roce constante de esos dos contrastes produce la electricidad espiritual, ese cosquillear y centellear de sus nervios, esa vivacidad vibrante que aún podemos advertir nosotros cuando tomamos en nuestras manos un libro, una página de Stendhal. Gracias a esa chispa de vitalidad que salta de un polo a otro, puede gozar él de la potencia creadora de luz de su ser, y su instinto de superación de sí mismo le hace poner toda su pasión en conservar siempre esa tensión anímica. Entre sus extraordinarias y numerosas observaciones psicológicas, expresó en una ocasión de manera excelente que, así como nuestros músculos necesitan ejercitarse para no debilitarse, también nuestras fuerzas psíquicas necesitan ser siempre ejercitadas, trabajadas y desarrolladas plenamente. Ese trabajo de perfeccionamiento lo realizó Stendhal consecuentemente y con perseverancia más que ningún otro. Aprecia y cuida esos dos polos de su ser en su deseo permanente de conocimiento, con el mismo amor que el soldado cuida de sus armas o el músico de su instrumento; jamás deja de ocuparse de su yo espiritual. Para conservar latente la tensión de su espíritu, su *érectisme morale*, cultiva su capacidad de expansión todas las noches en la ópera por medio de la música, y ya entrado en años no deja de agitarse poderosamente con nuevos amoríos. Para lograr la mayor precisión posible en la memoria, en la que percibe signos de debilidad, cuida sus dotes de percepción lo mismo que afila su navaja de afeitar cada mañana, y para ello, se observa a sí mismo. Cuida también de lo que se pudiera llamar el diario abastecimiento de «un par de cubos de nuevas ideas» por medio de libros o conversaciones; procura llenarse, excitarse, tensarse y dominarse al mismo tiempo para llegar a una intensidad sutil; incesantemente, agudiza su inteligencia, incesantemente, suaviza sus sentimientos.

Gracias a esa refinada e inteligente táctica del autoperfeccionamiento, logra Stendhal un grado inaudito de sensibilidad intelectual y sensual. Sensibilidad emocional. Se debe retroceder muchas décadas en la historia literaria mundial para poder encontrar una sensibilidad tan fina y aguda como la de Stendhal y un caso semejante de sensualidad tan a flor de piel, junto con una inteligencia tan clara y tan fría. Pero no es posible tener impunemente unos nervios tan agudos y sensibles bajo la piel; la sutileza significa siempre vulnerabilidad, y lo que es una gracia para el arte es un gran peligro para el artista. ¡Cómo sufre ese ser tan organizado en el mundo que le rodea! ¡Cuán extraño se encuentra en medio de su época ruidosa y patética! Un tacto intelectual así toma como injuria cualquier falta de espiritualidad, y un alma tan romántica como la suya siente sobre sí, como una pesadilla, toda la insensibilidad, toda la pereza ética de la masa. Igual que sentía la princesita del cuento un guisante bajo cien colchones, así también siente Stendhal toda palabra falsa, todo gesto fingido. Todo el falso romanticismo, toda exageración grosera, toda confusión obran sobre su sabio instinto como el agua fría en un diente enfermo. Pues su sentimiento hacia la sinceridad y la naturalidad, su erudición intelectual sufren a la vez por el demasiado mucho y el demasiado poco con cada sensación extraña: «*mes bêtes d'aversion, ce sont le vulgaire et l'affecté*» [mis bestias repulsivas son la vulgaridad y la afectación], por lo banal igual que por lo precioso. Una sola frase azucarada en extremo, o hinchada patéticamente, puede echarle a perder todo un libro, y cualquier movimiento desacertado, la más bella aventura erótica. En una ocasión, contempla emocionado una batalla napoleónica: el mortal desbarajuste, acompañado del tronar de los cañones, iluminado todo por un juego de luces en una puesta del sol entre nubes rojizas, obra sobre su alma de artista una atracción irresistible. Allá está temblando de excitación. Entonces, desafortunadamente, se le ocurre a un general que está junto a él dar a ese espectáculo sobrecogedor un calificativo grandilocuente: «¡Una batalla de gigantes!», le dice satisfecho a su vecino e, instantáneamente, esas palabras toscamente patéticas rompen todo el encanto para Stendhal y le hacen perder cualquier posibilidad de sentir. Se aleja presuroso, maldiciendo a ese zoquete, enfadado, decepcionado, como si se le hubiera engañado. Siempre que su paladar hipersensible nota el más mínimo regusto en una palabra o una falsedad en la expresión de un sentimiento se descompone su sensibilidad. Todo pensamiento confuso, toda charla pomposa, toda afectación o distorsión del sentimiento produce enseguida repugnancia estética a ese genio de la sensibilidad; por eso no puede disfrutar leyendo a sus contemporáneos, excepto muy pocos, porque todo se adorna entonces con un romanticismo dulzón como en Chateaubriand o con un pseudoheroísmo como en Hugo; por eso soporta a tan pocas personas. Pero esa hipersensibilidad excesiva no es menor cuando se trata de sí mismo. Siempre que descubre en sí mismo el menor fingimiento, un *crescendo* inútil o una sensiblería, una falta de honradez o de sinceridad, en fin, se golpea los dedos como haría cualquier maestro de escuela severo. Su inteligencia siempre despierta e implacable le sigue aun en sus fantasías más extravagantes y sin la menor consideración le arranca todo velo pudoroso, toda insinceridad. Pocas veces un artista se ha educado tan severamente en la honradez; pocas veces también, un observador del alma ha vigilado tan cruelmente todos los subterfugios y laberintos más misteriosos.

Como se conoce bien, Stendhal sabe mejor que nadie que su exceso de sensibilidad en sus nervios y su espíritu es su genio, su virtud, pero también su peligro. *«Ce que ne fait qu'effleurer les autres me blesse jusqu'au sang»*: lo que a los demás solo les roza, a él le lastima profundamente. Y por eso, instintivamente, desde su juventud «los otros», *«les autres»*, le parecen a Stendhal el polo contrario a su «yo», como si fueran almas pertenecientes a un mundo diferente. Ese modo de ser diferente lo percibe ya muy pronto Stendhal, cuando es aún el muchacho desgarbado que vive en Grenoble, cuando veía saltar a sus condiscípulos con despreocupada alegría; y aún más dolorosamente lo sigue observando ya como suboficial en Italia, cuando, envidioso e impotente, admiraba a los otros oficiales que se atrevían con las mujeres de Milán y sabían blandir jactanciosamente el sable. Pero en aquella época aún se avergonzaba de su timidez, de sus sonrojos, de su laconismo, de su confusión y su delicadeza de sentimientos porque los consideraba un defecto en un hombre, que lo desmerecían miserablemente. Durante años trató —ridícula, inútilmente— de dominar su modo de ser, imitar a esa chusma ruidosa y esforzarse por adquirir ese gesto de fanfarrón a fin de ser igual que sus compañeros e infundirles respeto. Pero poco a poco, muy despacio, con dolor, descubre el emotivo un encanto melancólico en ser distinto de los demás: despierta el psicólogo. Gradualmente, Stendhal comienza a interesarse por sí mismo y empieza a descubrirse. Primero se da cuenta de que es diferente a la mayoría, más organizado, más sensible, de oído más fino. Nadie a su alrededor siente de modo tan apasionado, nadie tiene tanta claridad de pensamiento, nadie está constituido de un modo tan peculiar como él, capaz de sentir hasta lo más sutil en todos lados y, sin embargo, incapaz de alcanzar lo más mínimo en el terreno práctico. No hay duda de que debe de haber otros hombres de esa misma especie curiosa de *être supérieur* [ser superior], pues si no, ¿cómo podría comprender a

Montaigne, ese hombre profundo para todo lo grande y de espíritu despectivo para todo lo tosco y grosero, si no hubiera afinidad entre ellos? ¿Cómo podría sentir a Mozart si no le gobernase la misma ligereza del alma? Así que a los treinta años, Stendhal empieza a darse cuenta por primera vez de que no es un ejemplar humano defectuoso, sino por el contrario uno singular, perteneciente a la rara raza de los *êtres privilégiés* [seres privilegiados] que, esparcidos aquí y allá en los diferentes países, razas y tierras patrias, manifiestan su presencia como piedras preciosas en conglomerados comunes. Empieza a sentirse paisano de esos pocos (no paisano de los franceses; arroja esa pertenencia, como si fuera un traje que se ha vuelto pequeño, lejos de sí), en otra patria invisible de hombres con órganos de sensibilidad mucho más sutiles y nervios inteligentes, que nunca se amontonan formando estúpidas muchedumbres, sino que, de cuando en cuando, mandan un mensaje a su época. Por encima de su propio siglo, solo escribe sus libros para ellos, para esos *happy few* [los pocos afortunados] —dice en una ocasión—, que saben ver y oír, que saben comprender rápidamente, que pueden leer sin subrayados y comprender cada guiño y cada mirada guiados por el instinto de su corazón, solo a ellos les enseña en el espejo de la escritura los secretos de sus sentimientos. ¿Qué le importa, ahora que ha aprendido a despreciarlos, qué le importa la plebe loca y charlatana que está a su alrededor y que no sabe leer nada si no está escrito con grandes letras de colores chillones, a la que solo le gusta comer guisos sobrecargados de especias y empalagosos? *«Que m'importent les autres!»*, ¡qué me importan los demás!, dice orgullosamente por boca de su Julien. No, no hay que avergonzarse de no tener éxito en ese mundo acanallado y vulgar; *«l'égalité est la grande loi pour plaire»* [la igualdad es la gran ley para complacer]; se ha de estar en un nivel igual para poder agradar a esa gente canalla, pero, gracias a Dios, él es un *être extraordinaire*, un *être supérieur*, un único ejemplar, un caso extraordinario, un ser individual y diferencial y no un borrego del rebaño. Todas las humillaciones, su estancamiento en su carrera, los desprecios de las mujeres, su falta absoluta de éxito en la literatura, todo eso, en fin, lo soporta Stendhal con placer como prueba de su superioridad. Victorioso, aquel sentimiento de inferioridad se transforma ahora en una altanería clarividente, esa altanería magnífica, alegre y despreocupada y que tuvo Stendhal. Con toda intención, se aparta cada vez más de aquella sociedad y conserva únicamente una preocupación, *«travailler son caractère»*, trabajar su carácter, su más destacada fisonomía espiritual. Solo lo extraordinario interesa en este mundo tan americanizado, tan conformado al sistema del taylorismo: *«Il n'y a pas d'intéressant que ce qui est un peu extraordinaire»* [Solo resulta interesante aquello que es un poco extraordinario]: seamos, pues, extraordinarios, tenaces, reforcemos ese germen de rareza que todos llevamos dentro. Ninguno de aquellos holandeses atacados de la tulipomanía cultivó un ejemplar con mayor delicadeza como Stendhal lo hizo con su duplicidad y su singularidad; él las conserva en su propia esencia espiritual, a la que llama «beylismo», una filosofía que no quiere decir más que el arte de preservar intacto a Henry Beyle dentro de Henri Beyle. Para aislarse mejor de todos los otros, entra en consciente oposición a su época y vive como su Julien: *«en guerre avec toute la société»* [en guerra con toda la sociedad]. Como poeta, desprecia la forma bella y proclama el Código Civil como la verdadera *ars poetica*; como soldado, se mofa de la guerra; como político, hace ironías sobre la historia; como francés, se burla de los franceses. Por todas partes tiende alambradas y cava trincheras entre él y los demás para que nadie pueda acercarse a él. Naturalmente que así arruina cualquier carrera, fracasa como soldado, como diplomático, como literato, pero eso no hace sino aumentar su orgullo; «no soy ninguna oveja, por eso no soy nada»; y es verdad, nada es para la muchedumbre y siempre será un don nadie para todos esos que tampoco son nada. Es feliz por no agradar a nadie, por no poder encajar en ninguna de sus clases, de sus razas, de sus ciudades, de sus patrias; encantado de ser una paradoja bípeda caminando con sus propios pies sobre un camino propio en vez de trotar junto con todo el servil rebaño por el camino del éxito. Mejor retroceder, mejor quedarse al margen, estar solo. Pero seguir siendo libre. Y ese seguir libre, hacerse libre, liberarse de todas las imposiciones e influencias lo supo hacer Stendhal de modo genial. Siempre que por necesidad ha de ejercer un trabajo o llevar un uniforme, solo pone de sí mismo la capacidad mínima, imprescindible para no ser expulsado del pesebre, pero ni una pulgada ni un ápice más. Aunque se vista con la chaquetilla de húsar que le da su primo, no se siente soldado; si escribe novelas, no por eso se considera parte de los escritores profesionales; si ha de llevar la bordada casaca de diplomático, se sienta al escritorio en el horario de oficina un tal señor Beyle que no tiene del verdadero Stendhal más que la piel, la panza y los huesos. Pero ni en el arte ni en la ciencia, ni menos en su empleo ofrece nunca nada de lo que realmente es, y en toda su vida ni uno solo de sus colegas pudo adivinar que servía en la misma compañía que el mejor escritor francés o que copiaba expedientes en su misma mesa de trabajo. Y hasta sus ilustres colegas de la literatura (excepto Balzac) nunca vieron en él más que un conversador divertido, un oficial retirado, que ocasionalmente paseaba por el terreno literario. Quizá de todos sus contemporáneos solo Schopenhauer haya vivido con un aislamiento tan hermético comparable al de Stendhal, su hermano mayor en lo psicológico.

Siempre hay una porción de la sustancia singular de Stendhal que queda al margen de todo, y analizar químicamente ese extraño elemento fue la actividad verdadera y fundamental a que se dedicó Stendhal. Nunca ha negado Stendhal el egoísmo, el erotismo volcado hacia sí mismo de una posición ante la vida tan introvertida como la suya; al contrario, se vanagloria de ese egocentrismo y hasta lo bautiza con un nombre provocador: «egotismo». No es una falta de imprenta, y no hay que confundirlo con su hermano bastardo, plebeyo y tosco: el egoísmo. Pues el egoísmo quiere acaparar groseramente todo lo que pertenece a otros, tiene manos codiciosas y la mueca deformada de la envidia. Es desagradable, mezquino, insaciable, y ni siquiera la presencia de impulsos espirituales logra liberarle de la brutalidad carente de fantasía de sus sentimientos. El egotismo de Stendhal, por el contrario, no quiere tomar nada de los otros; con altivez aristocrática deja su dinero a los avaros, sus cargos a los ambiciosos, a los arribistas sus medallas y banderines y a los literatos las pompas de jabón de su gloria: ¡que sean felices con todo eso! Desde arriba les sonríe despectivamente cuando alargan el cuello y doblan servilmente la espalda en busca de sus oropeles, cuando se adornan con títulos y honores, cuando forman sus grupos y grupúsculos y se imaginan regir el mundo. *Habeant, habeant!*, sonríe irónicamente sin sentir envidia ni codicia: ¡Ojalá puedan llenarse los bolsillos y atiborrarse la tripa! El egotismo de Stendhal es solo una defensa pasional; no se mete en terreno ajeno, pero tampoco consiente que nadie entre en el suyo. No ambiciona otra cosa que crear dentro del individuo Henri Beyle un espacio completamente aislado, un alvéolo en donde pueda desarrollarse sin obstáculos esa extraña planta tropical de la individualidad. Pues Stendhal quiere solo para sí mismo sus opiniones, sus inclinaciones y sus pasiones. Le resulta del todo indiferente y sin peso el valor que un libro o un suceso puedan tener para los demás; orgullosamente, ignora la influencia de un hecho en su época, en la historia del mundo o hasta en la eternidad: así, llama hermoso exclusivamente a lo que le gusta, correcto a lo que le parece en ese momento apropiado; despreciable a lo que desprecia, y no le incomoda en lo más mínimo que nadie más comparta sus opiniones, al contrario, la soledad le encanta y fortalece el sentimiento de sí mismo: *Que m'importent les autres*! La divisa de Julien sirve también estéticamente para el verdadero e instruido egotista.

«Pero —he aquí una objeción irreflexiva— ¿para qué atribuir una palabra tan pomposa como egotismo a algo que no deja de ser una obviedad? ¿No es acaso lo más natural ponerle un nombre bonito a lo que a uno le parece bello y que se organice uno la propia vida conforme a su buen parecer?». Sí; eso quisiera pensar uno, pero visto con detenimiento, ¿quién logra sentirse completamente independiente y pensar independientemente? ¿Y quién de aquellos que se forman una opinión acerca de un libro, de un cuadro, de un suceso aparentemente según su apreciación propia, tiene además el valor de arriesgarse a mantenerla contra toda una época, contra todo el mundo? Inconscientemente, estamos más influidos de lo que nos confesamos: la atmósfera de la época penetra en nuestros pulmones, en las cavidades de nuestro corazón; todos nuestros juicios y opiniones chocan incontable y continuamente con los de los demás, y así se van limando imperceptiblemente las aristas y la agudeza. Por la atmósfera cruzan invisibles, como ondas de radio, las sugestiones de las opiniones de la masa. El reflejo natural del hombre no es, pues, en modo alguno, la afirmación de sí mismo, sino la adaptación de sí mismo a su época y la capitulación de sí mismo ante el sentimiento de la mayoría. Si la mayoría abrumadora de la humanidad no se adaptara blandamente, si sus millones no renunciaran, por instinto o por pereza, a todo punto de vista personal, propio, tiempo haría ya que toda la gigantesca maquinaria estaría parada. Por eso se necesita una energía extraordinaria, un ánimo rebelde —¡y cuán pocos lo conocen!—, para oponerse enérgicamente con la propia voluntad a esa presión de millones de atmósferas. Han de obrar fuerzas raras y poderosas en un individuo para que este pueda defender su singularidad: un sólido conocimiento del mundo, agudeza rápida del espíritu, un desprecio soberano hacia la masa y el rebaño, una despreocupación audaz y amoral y, sobre todo, valor, mucho valor, una valentía imperturbable para sostener con firmeza sus propias convicciones.

Ese valor lo tuvo Stendhal, el más egotista de todos los egotistas. Es reconfortante para el alma ver con qué audacia desafía a su época, uno contra todos, y cómo, durante medio siglo, procura brillantes estocadas y ataques briosos sin otra defensa que su orgullo; a menudo herido, sangrando por sus muchas heridas ocultas, pero sin ceder hasta el final ni una sola pulgada en su individualidad y obstinación. La oposición es su elemento, y la independencia su mayor placer. Véase en cien ejemplos con qué atrevimiento ese *frondeur* [rebelde] imperturbable frente a la opinión general la provoca. En una época en que todo habla de batallas, en que en Francia, según sus palabras, «el concepto de heroísmo va unido invariablemente al de tambor mayor», él describe la batalla de Waterloo como un confuso desorden de fuerzas caóticas.

Reconoce, sin rodeos, que durante la campaña de Rusia (que la historia presenta como epopeya histórica) él se estaba aburriendo terriblemente. No teme afirmar que, para él, era más importante un viaje a Italia para volver a ver a su amada que la suerte que corriera su patria, y que un aria de Mozart le interesaba más que una crisis política. *«Il se fiche d'être conquis»*, le importa un comino que Francia se vea ocupada por tropas extranjeras, pues, europeo por elección y cosmopolita desde hace tiempo, no se preocupa ni un solo minuto por las locas piruetas de la guerra, las opiniones a la moda, el patriotismo —*«le ridicule le plus sot»* [la ridiculez más estúpida]— y el nacionalismo, sino por la realización y afirmación de su naturaleza espiritual. Y subraya esa personalidad tan espléndida y delicadamente en medio de la terrible avalancha de acontecimientos históricos, que, al leer su diario, uno llega a veces a dudar de si realmente su persona fue testigo de aquellos días. Pero en cierto sentido, Stendhal no estuvo presente en esos acontecimientos; incluso cuando cabalgaba por escenarios de guerra o se sentaba en su sillón oficial, estaba siempre solo consigo mismo; nunca se sintió obligado a pensar en la comunidad, a participar en actuaciones que no lo conmovían espiritualmente. Y así como Goethe en sus diarios, en días históricos, anota solamente sus lecturas del chino, así también Stendhal anota en las horas más estremecedoras de su época solo cosas de su ámbito más privado: la historia de su época y la suya tienen alfabetos distintos, vocabularios distintos. Por eso Stendhal es un testigo poco fiable del mundo que le rodea, pero insuperable en cuanto afecta a su mundo interior; para él, egotista perfecto e insuperable, todos los sucesos del curso del mundo se reducen única y exclusivamente a la emoción que experimenta y sufre el extraordinario e irrepetible individuo Stendhal-Beyle. Quizá nunca artista alguno ha vivido para su yo de un modo tan tenaz, radical y fanático como Stendhal, y nadie ha desarrollado más ingeniosamente su propio yo que ese heroico ser centrado en sí mismo y consumado egotista.

Pero, precisamente por ese celoso aislamiento, por ese cuidadoso taponamiento y cierre hermético, ha podido llegar hasta nosotros la esencia de Stendhal íntegra y pura, con su propio aroma. En él, que no está manchado por su época, podemos observar al hombre por excelencia, al eterno individuo, un ejemplar raro, perfecto e independiente desde el punto de vista psicológico. En verdad, no hemos recibido de ese siglo plenamente francés ninguna obra, nadie tan novedoso, tan formalmente fresco y tan intacto como él. Al apartarse de la época, sus obras parecen atemporales, al vivir solo su vida más íntima, nos parece tan vivo. Cuanto más vive un hombre en su época, tanto más muere con ella. Cuanto más logra conservar su propia esencia, tanto más perdura para la posteridad.

El artista

A vrai dire, je ne suis moins que sûr d'avoir quelque talent pour me faire lire. Je trouve quelquefois beaucoup de plaisir à écrire. Voilà tout.

[A decir verdad, no estoy muy seguro de tener algún talento para que me lean. Escribir me procura a veces un gran placer. Eso es todo].

Stendhal a Balzac

A nada se entrega completamente Stendhal, el celoso preservador de sí mismo de la literatura; a ninguna persona, a ninguna profesión, a ningún cargo. Y cuando escribe libros, novelas, narraciones, obras psicológicas, solamente escribe para sí mismo en esos libros: también esa pasión sirve exclusivamente a su propio placer. Stendhal, que ante la posteridad alaba como lo mejor de su vida el «no haber hecho nunca nada que no le proporcionara placer», era artista solo mientras esa ocupación le producía emoción; solo sirve al arte en tanto que este le sirve para su mayor fin: su *diletto*, a su placer, su alegría. Se equivocan, pues, groseramente aquellos que creen que, porque Stendhal ha llegado a ser un escritor importante a nivel mundial, él también daba a su arte una similar importancia. ¡Santo Dios! Cómo se hubiera indignado ese fanático de la independencia al verse incluido en el clan de los autores, de los escritores profesionales. Y solo de un modo completamente arbitrario, con una tergiversación intencionada de la última voluntad de Stendhal, se permitió su albacea hacer grabar en el mármol «*Scrisse, amò, visse*», cuando en el testamento las palabras seguían otro orden: «*Visse, scrisse, amò*», pues Stendhal, fiel a su divisa, quiso eternizar con ese orden de las palabras que él siempre antepuso la vida a la escritura; siempre le pareció más importante gozar que crear, y toda la escritura no era para él más que una función complementaria divertida del desarrollo de sí mismo, uno de los muchos tónicos contra el aburrimiento. Se le conoce mal si no se reconoce que la literatura era, para ese apasionado sibarita, sencillamente una forma de expresión ocasional y de ningún modo decisiva de su personalidad.

Ciertamente, cuando era joven, recién llegado a París, ingenuo idealista, había querido ser poeta, un poeta célebre, naturalmente, pero ¿qué muchacho de diecisiete años no quiere eso? Hace por entonces algunos ensayos filosóficos, escribe una comedia en verso que nunca terminó. Después olvida durante catorce años la literatura; se sienta en su silla de montar o a su escritorio, pasea por los bulevares, corteja melancólicamente a muchas mujeres y se interesa muchísimo más por la pintura y la música que por la literatura. En 1814, atraviesa dificultades económicas; disgustado, debe vender sus caballos. Se apresura a escribir como un funcionario un libro bajo nombre falso: *Vies de Haydn, Mozart et Métastase*. Hablando con más propiedad, lo que hace es robar descaradamente el texto de un autor italiano, el pobre Carpani, que más tarde puso el grito en el cielo contra ese desconocido señor Bombet por quien se ha visto inesperadamente saqueado de tal modo. Después, escribe una historia de la pintura italiana, tomada igualmente de otros libros y aderezada con algunas anécdotas, y, en parte por el dinero que pueda procurarle, en parte por el gusto que le proporciona, deja correr la pluma y engaña al mundo con toda suerte de seudónimos, improvisando hoy como historiador del arte, mañana como economista de la nación *(De un nuevo complot contra los industriales)*, pasado mañana como esteta de la literatura (*Racine y Shakespeare*) o como psicólogo (*Del amor*). Escribir, según comprueba con esos ensayos, no es muy difícil. Cuando uno es despierto y los pensamientos fluyen fácilmente a los labios, hay en verdad poca diferencia entre escribir y conversar y menos aún entre hablar y dictar (de modo que la forma le resulta indiferente a Stendhal, hasta el punto de que puede garabatear sus libros con un lápiz o dictarlos con soltura improvisadamente); así que, la literatura es, para él, en el mejor de los casos una amable diversión de alguien raro. El hecho de que jamás se sienta inclinado a que su verdadero nombre de Henri Beyle figure en lo que escribe, prueba a las claras su indiferencia ante toda ambición.

Solo tras cumplir los cuarenta años se pone más seriamente manos a la obra. ¿Por qué? ¿Será porque se ha vuelto más ambicioso, más apasionado del arte? No, nada de eso. Lo que pasa es que se ha vuelto más voluminoso, tiene —por desgracia— menos éxito con las mujeres, bastante menos dinero y muchas más horas desocupadas con las que no sabe qué hacer; en resumen: necesita sucedáneos *«pour se désennuyer»*, para dejar de aburrirse. Así como tuvo que sustituir su cabello, que había sido abundante y revuelto, por una peluca, para Stendhal la novela ha de sustituir ahora a la vida; compensa así la disminución de aventuras reales con toda clase de fantasías. Por último parece encontrar en la escritura una conversación más agradable e ingeniosa consigo mismo que la de todos los charlatanes de los salones. Escribir novelas es en realidad, supuestamente, un placer lozano, limpio, noble, a condición de que uno no se lo tome demasiado en serio y no se ensucie los dedos con el sudor y la ambición como acostumbran hacer todos esos literatos parisinos. Escribir es digno de un egotista como él; un juego elegante que no compromete y en el cual un hombre que se va haciendo mayor puede encontrar un verdadero placer. La cosa no es, además, pesada; uno puede dictar una novela en tres meses a cualquier copista barato; no cuesta, pues, ni mucho trabajo ni mucho tiempo. Además, uno puede disfrutar burlándose de sus enemigos y satirizar la vulgaridad del mundo. Guardándose bien tras una máscara para no descubrirse, también se pueden confesar los impulsos más delicados del alma, atribuyéndoselos a cualquier joven desconocido. Uno puede así ser pasional sin comprometerse y soñar, a pesar de su edad, como si fuera un muchacho, sin tener por ello que avergonzarse. Así escribirá Stendhal por placer, y poco a poco la escritura se irá convirtiendo en el éxtasis más íntimo y secreto de este hedonista consumado. Nunca tuvo Stendhal la presunción de hacer en mayúsculas arte ni literatura: «*Je parlais des choses que j'adore et je n'avais jamais pensé à l'art de faire un roman*» [Hablaba de cosas que adoro y jamás había pensado en el arte de hacer una novela], le confiesa en cierta ocasión a Balzac. No piensa en la forma ni en la crítica, ni tampoco en el público o en los periódicos o en la posteridad. Como perfecto egotista, solo piensa en escribir para sí mismo y por el placer que le produce. Finalmente, tarde, muy tarde, hacia los cincuenta años, hace un curioso descubrimiento: con los libros hasta es posible ganar dinero. Y ello estimula su placer, porque en todo momento perdura en Henri Beyle como mayor ideal el de la soledad y la independencia.

Por lo demás, los libros no logran un gran éxito; el estómago del público no está preparado para esa comida tan seca, condimentada sin sentimentalismos, y, para sus personajes, ha de imaginarse un público de una generación que aún ha de venir y piensa en una élite, los *happy few* de los años 1890 o 1900. Sin embargo, la indiferencia de su generación no molesta mucho a Stendhal. En definitiva, esos libros no pasan de ser cartas que se dirige a sí mismo. *«Que m'importent les autres?»* [¿Qué me importan los demás?]. Stendhal escribe solo para sí mismo. El viejo epicúreo ha encontrado un nuevo y más delicado placer: escribir o dictar en su mesa de madera, entre dos velas, arriba en su buhardilla, y esa conversación consigo mismo, ese diálogo íntimo con su alma y su pensamiento, será, al final de su vida, más importante que todas las mujeres y alegrías, que el Café de Foy, que las discusiones en los salones, incluso más que la música. El goce en la soledad y la soledad en el goce, ese su primer y más antiguo ideal lo descubre por fin a los cincuenta años en el arte.

Es, al fin y al cabo, una alegría tardía, crepuscular, rodeada ya de resignación. Pues la literatura en Stendhal se despierta demasiado tarde para determinar su vida; más bien finaliza, únicamente le pone música a su lenta muerte. A los cuarenta y tres años empieza Stendhal su primera novela, *Rojo y negro* (no hay que contar seriamente una anterior, *Armancia*). A los cincuenta años escribe *Lucien Leuwen*, y a los cincuenta y cuatro su tercera novela: *La cartuja de Parma*. Toda su producción literaria se agota con esas tres novelas, tres novelas que, vistas desde el núcleo que las impulsa, son una sola novela, pues

constituyen tres variantes de una única vivencia primigenia: la historia del alma del joven Henri Beyle, quien, ya
mayor, no la deja morir en su interior, sino que quiere
renovarla siempre. Esas tres novelas podrían llevar el título de una de su sucesor Flaubert, que lo menospreciaba,
La educación sentimental.

Pues cada uno de los tres jóvenes protagonistas: Julien,
el maltratado hijo de campesinos, Fabrizio, el mimado
marqués, y Lucien Leuwen, el hijo del banquero, irrum-
pen en un siglo helado con el mismo idealismo ferviente
y desmesurado, entusiastas de Napoleón, de lo heroico,
de la grandeza, de la libertad; todos buscan en la plenitud de los sentimientos una forma más elevada, más espiritual, más animada que la que encuentran en la vida
real. Los tres tienen un corazón ardiente, puro, lleno de
contenida pasión por las mujeres. Y los tres despertarán
cruelmente por el descubrimiento a través del afilado conocimiento de que deben ocultar su corazón ardiente y
negar sus sueños en medio de un mundo frío, un mundo
helado y opuesto a ellos. Todo su impulso sincero se estrella contra la mezquindad y el miedo burgués de los
«otros», esos eternos enemigos de Stendhal. Poco a poco
van conociendo las artimañas de sus enemigos, la destreza en sus maquinaciones, los cálculos arteros, y se vuelven astutos, mentirosos, hombres de mundo y fríos. O lo
que es todavía peor: se vuelven pícaros, calculadores y
egoístas como lo era el viejo Stendhal; llegarán a ser brillantes diplomáticos, genios de los negocios o magníficos
obispos. En pocas palabras: pactan con la realidad y se
adaptan a ella tan pronto como se sienten arrancados dolorosamente de su verdadero reino espiritual, el de la juventud y los ideales.

Por esos tres jóvenes, o mejor dicho, por el joven que
antaño respiraba dentro de su pecho, tímido y fervoroso

al mismo tiempo, creyente y reservado, para revivir apasionadamente *sa vie à vingt ans*, su vida de veinteañero, es por lo que Henry Beyle escribió a los cincuenta años esas novelas. Más experimentado, más frío y más decepcionado, narra la juventud de su corazón y, como intelectual más conocedor del arte, más lúcido, describe el romanticismo de los comienzos de la vida. Así, esas novelas reúnen maravillosamente la contraposición eterna de su ser; en ellas está expresada, con la clarividencia de la edad, toda la noble confusión de la juventud y la lucha a muerte dentro de Stendhal entre el intelecto y el sentimiento, entre el realismo y el romanticismo, librada victoriosamente en tres novelas como tres inolvidables batallas, cada una de las cuales grabada en la memoria de los hombres como las de Marengo, Waterloo y Austerlitz.

Esos tres jóvenes, si bien diferentes en el destino, la raza y el carácter, son, al fin, hermanos en el sentimiento: su creador les ha dado como herencia todo lo novelesco de su propia naturaleza. E igualmente sus adversarios son uno: el conde Mosca, el banquero Leuwen y el marqués de la Mole, son también Beyle, pero el Beyle ya todo intelecto, el Beyle ya maduro y sensato, cuyo idealismo ha sido quemado, destruido paulatinamente por los rayos X de la razón. Esos tres adversarios muestran simbólicamente lo que la vida hace con los jóvenes, como el *«exalté en tout genre se dégoûte et s'éclaire peu à peu»* [exaltado de cualquier naturaleza se asquea y se aclara poco a poco]. (Henry Beyle sobre su propia vida). El entusiasmo heroico ha muerto; ahora un frío cálculo, una mejor táctica y práctica, han venido a sustituir toda la embriaguez, toda la pasión. El conde Mosca rige un principado, el banquero Leuwen domina en la bolsa, el marqués de la Mole, en la diplomacia; los tres juntos gobiernan el mundo, pero no tienen ningún amor a las marionetas cuyos hilos manejan; desprecian a los hombres porque los conocen muy de cerca y han visto claramente su bajeza. Aún pueden sentir la belleza y el heroísmo, pero solo sentirlos, y cambiarían todos sus logros por el anhelo impreciso, revuelto y atolondrado de la juventud, que nada alcanza pero lo sueña todo. Así como junto a Tasso, el poeta joven y fervoroso, se encuentra Antonio, el aristócrata astuto, sabio y frío, así también esos hombres prosaicos de la existencia, en parte corteses y en parte hostiles, en parte despectivos y en el fondo envidiosos, están junto a sus rivales los jóvenes, como lo está el intelecto junto al sentimiento, como la vigilia junto al sueño.

Entre esos dos eternos polos del destino humano, el del confuso anhelo juvenil por la belleza y el de la voluntad superior, firme e irónica en busca de un poder real, se agita el mundo de Stendhal. Al encuentro de los jóvenes tímidos, pero ardientes de inquietud, surgen las mujeres; ellas recogen sus anhelos ardientes, y por la música de su bondad apaciguan sus febriles requerimientos insatisfechos. Las mujeres de las novelas de Stendhal, madame de Rênal, madame de Chasteller, la duquesa de Sanseverina, dulces, nobles aun en su apasionamiento, consienten que sus sentimientos prendan. A pesar de su entrega, de su abnegación, todas, en fin, no pueden conservar la pureza de alma de sus amantes, porque estos, a cada nuevo paso que dan en la vida, se adentran cada vez más profundamente en el pantano de la vileza humana. Frente a esas mujeres heroicas, contra ese elemento que expansiona las almas, está siempre la realidad grosera, la práctica vulgar, toda esa estirpe reptil y fría de los intrigantes, de los ambiciosos…, la gente, en fin, tal como la ve Stendhal en su furioso desprecio contra todo lo mediocre. Mientras ve a las mujeres a través del prisma romántico de su juventud, como un hombre mayor que sigue enamorado del amor, al mismo tiempo, con toda su ira reprimida, introduce a todo ese hatajo de sinvergüenzas en la trama, como si los enviara al matadero. De la suciedad y el fuego, extrae él a esos jueces, banqueros, abogados, ministruchos, oficiales de desfile, charlatanes de salón, pequeñas almas chismosas, cada uno de ellos pegajoso y blando como las heces, pero —¡eterna fatalidad!— todos esos ceros a la izquierda juntos son un número muy grande, y como pasa siempre en la vida, logran aplastar lo sublime. Así, en su estilo épico, se produce una alternancia entre la melancolía trágica del exaltado incorregible y la ironía del desencantado. En sus novelas, Stendhal ha descrito con la misma intensidad el mundo real con crudeza y el mundo ideal imaginario con pasión. Maestro en una y otra esfera, en casa en los dos mundos, el de la razón y el de los sentimientos.

Justamente eso es lo que da a las novelas de Stendhal su especial encanto y singularidad, que habiendo sido obras escritas ya en la madurez del escritor son jóvenes en lo tocante a los sentimientos y sabiamente superiores en el pensamiento. Pues solo la distancia permite explicar fecundamente el sentido y la belleza de toda pasión. *«Un homme dans les transports de la passion ne distingue pas les nuances»*, el que está arrebatado por la pasión no repara en los matices; podrá dejar fluir líricamente y en los términos más elevados sus éxtasis hasta lo desmesurado, pero nunca los sabrá explicar ni darles un sentido rico en detalles. El verdadero análisis exige siempre claridad de visión, serenidad, inteligencia despierta y un estar ya por encima de la pasión. Las novelas de Stendhal reúnen al mismo tiempo magníficamente lo interior y lo exterior; en ellas, un artista describe *con plena conciencia* el sentimiento precisamente en este punto en que la masculinidad deja de elevarse para iniciar ya el declive; se siente aún arrebatado por la pasión, pero ahora la *comprende* y puede ya expresarla desde dentro y definir sus límites desde fuera. Y eso solo es lo que constituye en la novela de Stendhal el impulso y el placer más profundo: la contemplación de los recovecos más íntimos de su pasión reavivada; el hecho externo, por el contrario, la técnica literaria le parece de escasa importancia al artista, y lo escribe rápidamente, improvisando siempre (él mismo confiesa que al terminar un capítulo nunca tenía pensado lo que iba a pasar en el siguiente). Sus obras solamente tienen fuerza artística y emotiva por la oscilación de las pasiones. Sus pasajes más hermosos están allí donde se adivina que hay emoción en el autor, y se hacen inolvidables cuando el alma retraída y siempre oculta de Stendhal brota enredada en las palabras o acciones de sus personajes favoritos, y cuando hace sufrir a sus protagonistas la misma duplicidad que lo acosa a él. La descripción de la batalla de Waterloo en *La cartuja de Parma* es una genial abreviatura de todos sus años juveniles en Italia; así como él partió a Italia, también parte su Julien al ejército napoleónico para encontrar lo heroico en los campos de batalla, pero la realidad no tardará en arrebatarle sus pensamientos idealistas. En vez de brillantes cargas de caballería, ve solo la confusión de las modernas batallas, en vez de la Grande Armée, solo encuentra una tropa de cínicos y mal hablados soldados, en vez de héroes, encuentra hombres tan mediocres y adocenados bajo el brillante uniforme como con vestimenta civil. Tales momentos de desencanto están magistralmente descritos; ningún otro artista ha narrado con una intensidad tan perfecta cómo, en nuestro mundo terrenal, el éxtasis del alma ha de acabar siempre desbaratado por la realidad desnuda. Solo cuando da algo de sus propias vivencias a sus personajes surge el artista más allá de su sentido del arte: «*Quand il était sans émotion, il était sans esprit»* [Cuando no estaba emocionado, carecía de ingenio].

Pero curiosamente, Stendhal, el novelista, quiere ocultar ese secreto de su empatía a toda costa. Le avergüenza que algún lector casual y en definitiva irónico adivine cuánto de su propia alma desnuda pone en esos imaginarios Julien, Lucien y Fabrizio. De ahí que Stendhal adopte intencionadamente en sus obras una frialdad pétrea, que congele adrede su estilo: *«Je fais tous les efforts pour être sec»* [Hago todos los esfuerzos para ser seco]. ¡Mejor parecer duro que lacrimoso, mejor falto de arte que patético, mejor lógico que lírico! Así, ha repetido hasta la saciedad ante el mundo aquella frase según la cual él, antes de empezar su trabajo, lee todas las mañanas el Código Civil para habituarse sin paños calientes a su estilo seco y preciso. Pero Stendhal no quería que se entendiera que la aspereza era su ideal: lo que en verdad buscaba con su *«amour exagéré de la logique»* [amor desmesurado por la lógica], con su pasión por la claridad, era solamente un estilo transparente, que quedase difuminado tras la narración. *«Le style doit être comme un vernis transparent: il ne doit pas altérer les couleurs ou les faits et pensées, sur lesquels il est placé»* [El estilo debe ser como un barniz transparente: no debe alterar los colores, los hechos o los pensamientos sobre los que se aplica]. La palabra no debería abrirse paso líricamente con artísticas coloraturas, con *fiorituri* de las óperas italianas; al contrario, debe desaparecer detrás de lo concreto, debe mostrarse discretamente como el traje bien hecho de un *gentleman* y limitarse a expresar con exacta claridad los movimientos del alma. Lo que Stendhal prefiere siempre por encima de todo es la claridad: su instinto galo de claridad le hace odiar todo lo que es confuso, nebuloso, hinchado y, sobre todo, aquel sentimentalismo autocomplaciente que Jean-Jacques

Rousseau llevó a la literatura francesa. Quiere claridad y verdad, aun dentro de los sentimientos más complicados, luminosidad hasta en los rincones más sombríos del corazón. *Écrire*, «escribir» es para Stendhal *«anatomiser»*, es decir, descomponer todas las sensaciones complejas en sus partes, medir el calor por sus grados, observar clínicamente la pasión como una enfermedad. Solo el que mide con precisión su profundidad goza valiente y verdaderamente de ella; solo aquel que observa su confusión, conoce la belleza de sus propios sentimientos. Nada complace tanto a Stendhal practicar como la antigua virtud persa de reflexionar con el espíritu despierto sobre aquello que revela el corazón embriagado en sus exaltaciones: el más dichoso servidor de su alma, mientras que al mismo tiempo sigue siendo mediante la lógica señor de su pasión.

La fórmula de Stendhal es esa: diagnosticar su corazón, el secreto de la pasión por medio de la razón. Y como él, obran sus personajes, sus hijos del espíritu. Tampoco estos quieren dejarse embaucar por un sentimiento ciego. Quieren permanecer alerta, espiar, sondear, analizar; no solo quieren *sentir* su sentimiento, sino al mismo tiempo *comprender* lo que sienten. Recelosos, no dejan de examinarse para ver si su emoción es falsa o verdadera, si tras ella no se esconde otra más profunda que la primera. Cuando aman sondean la profundidad de su pasión y comprueban la presión atmosférica a que se encuentran. Continuamente se están preguntando: «¿La amo ya? ¿La amo todavía? ¿Qué siento, y por qué no siento más intensamente? ¿Es mi inclinación sincera o forzada? ¿O solo me estoy sugestionando a mí mismo y me engaño?». Constantemente se toman las pulsaciones de su emotividad y se dan cuenta de cuando se interrumpe mínimamente su excitación. Aun dentro de la rapidez tempestuosa de los acontecimientos, siempre se interrumpe el impaciente avance de la narración con sus *«pensait-il»*, *«disait-il à soi-même»*, ese «pensó», ese «se dijo a sí mismo». Para cada agitación de sus músculos y sus nervios buscan como físicos o fisiólogos un comentario de la razón. Tomaré como ejemplo la descripción de aquella famosa escena amorosa en *Rojo y negro*, para que se vea la sensatez y la lucidez que Stendhal deja siempre en sus personajes aun en el ardiente instante de una entrega virginal: Julien arriesga su vida una noche a la una de la madrugada subiendo por una escalera que pasa junto a la ventana abierta de la madre hasta la de la señorita de la Mole, una acción fruto de un cálculo apasionado, ideado por un corazón romántico. Pero, aun en medio de su pasión, ambos personajes no dejan de reflexionar:

> Julien estaba confuso, no sabía cómo portarse, no sentía amor alguno. En su azoramiento, pensó que debía ser osado y trató de abrazarla. «¡Déjeme!», dijo ella, y le rechazó. Con esa repulsa quedó él muy satisfecho; se apresuró a echar una mirada a su alrededor.

Así de fríamente conscientes se muestran los héroes de Stendhal, aun en medio de sus aventuras más arriesgadas. Y leamos ahora la continuación de la escena, cuando después de pensarlo todo bien en medio de su excitación, tiene lugar la entrega de la orgullosa muchacha al secretario de su padre:

> Mathilde hacía esfuerzos para tutearle, y como que ese tú era dicho sin ternura, no le producía ningún placer a Julien; constataba asombrado que no sentía felicidad alguna. Para ser partícipe de ese sentimiento, recurrió finalmente al razonamiento: se veía gozando del afecto de aquella muchacha, que no prodigaba nunca las

alabanzas. Con este pensamiento logró experimentar una felicidad que era en el fondo vanidad satisfecha.

Gracias a un «razonamiento», es decir, gracias a una «constatación», pero no a la ternura, ese personaje seduce con su erotismo cerebral, sin ninguna clase de impulso ardiente, a su romántica amada. Después se dice ella a sí misma: «Es preciso que le hable, no está mal hacerlo, la gente acostumbra a hablar con su amante». ¿Fue jamás cortejada con semejante humor una mujer?, habría que preguntarse con Shakespeare. ¿Se ha atrevido algún escritor antes que Stendhal a mostrar unos personajes que se autocontrolan tanto y son tan calculadores en un momento de seducción? Personajes además que, como todos los de Stendhal, no se comportan como peces de sangre fría. Pero ahora nos aproximamos ya a la técnica más esencial de su arte narrativo psicológico, que sabe descomponer la pasión en grados y separar en el sentimiento sus impulsos. Nunca observa Stendhal una pasión en bloque, sino siempre en sus componentes, persigue su cristalización por medio de la lupa y hasta a través de la lupa del tiempo; lo que en el espacio real se desarrolla como un único movimiento brusco y espasmódico, su genial ingenio analítico lo divide en innumerables moléculas de tiempo infinitesimales, y sabe retardar el ritmo del movimiento psíquico para así hacerlo visible a nuestros ojos. También la trama de la novela de Stendhal (¡eso fue innovador!) se mueve no en el tiempo real, sino exclusivamente en el tiempo psicológico. Con Stendhal, el arte narrativo se vuelve por vez primera hacia el esclarecimiento del funcionamiento del inconsciente (presagiando un nuevo camino). *Rojo y negro* inaugura el *roman expérimental* que finalmente ha de llegar a hermanar la psicología con la literatura. De hecho, hay ciertos pasajes en las novelas de

Stendhal que, por su sobriedad, nos recuerdan un laboratorio o la frialdad de un aula escolar; sin embargo, eso no impide que la pasión artística sea en Stendhal tan creadora como en Balzac; solo que revestida de lógica, de un anhelo fanático en pos de la claridad y de un impulso vehemente por alumbrar el fondo del alma. Su concepción del mundo es solo un rodeo para llegar a la captación del alma. En todo el universo atronador, solo cautiva su curiosidad la humanidad, y dentro de la humanidad, siempre el único, el ser humano insondable para él, el microcosmos Stendhal. Para indagar en ese ser humano se ha hecho escritor, y si plasma personajes es para plasmarse a sí mismo. Siendo por su genio uno de los artistas más perfectos, Stendhal nunca ha sido, sin embargo, un siervo del arte; se sirve del arte sencillamente como de un instrumento, el más delicado y el más espiritual, para medir la vibración del alma y transformarla en música. El arte nunca fue su meta, sino el camino hacia su único y eterno fin: el descubrimiento de sí mismo, el placer de conocerse.

De voluptate psychologica

*Ma véritable passion est celle de connaître et
d'éprouver. Elle n'a jamais été satisfaite.*

[Mi verdadera pasión es la de conocer y experimentar. Jamás ha sido satisfecha].

Un honrado burgués se aproxima a Stendhal durante una reunión y con cortesía y humildad le pregunta su profesión. Enseguida sube una risita maliciosa a la boca de cínico de este último, sus ojillos brillan con cierto orgullo descarado, y con una modestia completamente fingida contesta así: *«Je suis observateur du coeur humain»*, observador del corazón humano. Una ironía, cierto, dirigida alegremente contra un asombrado burgués, pero en ese divertido juego del escondite hay una buena porción de sinceridad, pues en verdad Stendhal, durante toda su vida, no se dedicó a nada de forma tan perseverante y metódica como a la observación de las realidades del alma.

Stendhal ha conocido como pocos el mágico afán psicológico: *voluptas psychologica*, y se entregó poco menos que depravadamente a esa pasión hedonista por el espíritu del ser humano. ¡Pero con qué elocuencia habla su embriaguez de los secretos del corazón! ¡Qué ligero y alentador es su arte de la psicología! Con sus nervios receptivos, con sus sentidos atentos y clarividentes el curioso proyecta sus antenas y con sutil lascivia extrae la dulce esencia espiritual que hay en los seres vivos. Su intelecto flexible no necesita agarrar con fuerza las cosas, nunca las presiona ni las quiebra para engastarlas en el lecho de Procusto de un sistema: los análisis de Stendhal van acompañados de la sorpresa y el encanto de los descubrimientos repentinos, la frescura y el gozo de los encuentros casuales. El deseo noble y viril por el conocimiento es demasiado orgulloso para perseguirlo sudando y jadeando, azuzándolo con el lazo o con una jauría de argumentos. Detesta el desagradable oficio de estar continuamente destripando los hechos y rebuscar, hurgando en sus intestinos como un arúspice. Jamás su exquisita sensibilidad, su tacto delicado necesitan para asuntos de estética recurrir a acciones brutales. El solo aroma de las cosas, el aura de su esencia, su etérea y ligera irradiación espiritual, ya bastan para revelar, a Stendhal, con su genial paladar, todo el sentido y el misterio que hay en ellas. Por la más insignificante emoción reconoce él un sentimiento, por una anécdota, la historia, por el aforismo, a un ser humano; le basta, en fin, el detalle más fugaz, imperceptible casi, el *raccourci*, una percepción del corazón, para saber, ya con esas mínimas observaciones, los *petits faits vrais* [pequeños detalles reales], tan decisivos en la psicología. *«Il n'y a d'originalité et de vérité que dans les détails»* [Solo en los detalles hay originalidad y verdad], dice ya su banquero Leuwen, y el mismo Stendhal se vanagloria de los métodos de una época «que ama los detalles, y con razón», presintiendo que el nuevo siglo ya no se centrará en la psicología con hipótesis vacías y complicadas, con hipótesis imprecisas, sino que, partiendo de las certezas moleculares de la célula y el bacilo, podrá calcular las intensidades corporales, y partiendo de la escucha minuciosa, de las oscilaciones y vibraciones de los nervios, las intensidades del alma. Mientras que por entonces los sucesores de Kant, los Schelling, Hegel e *tutti quanti*, aún hacen juegos de manos en sus cátedras que asombran al mundo, ese hombre solitario sabe ya que el tiempo de los grandes acorazados filosóficos imponentes, de esos sistemas gigantescos, ha llegado a su fin, y que en el océano del espíritu solo dominan ya los torpedos de las pequeñas observaciones submarinas. ¡Pero qué soledad la de este hombre entre expertos cerriles y escritores absortos! ¡Cuán solo está! ¡Cómo se ha adelantado a los probos psicólogos de su época, tan llenos de academicismo! *«Je ne blâme ni approuve, j'observe»* [Yo no condeno ni apruebo, observo]. Practica la observación psicológica como un juego, como un deporte, y únicamente para su propia satisfacción. Así como Novalis, su hermano espiritual, se adelantó en la filosofía por su sentido poético, él ama solamente el «polen del conocimiento», casualmente traído por la brisa, pero que contiene el sentido último de todo lo orgánico los elementos de la procreación, donde se encuentran, en forma de semillas, los sistemas que se extenderán hipotéticamente como raíces. La observación de Stendhal se limita siempre a lo minúsculo, a los cambios observables solamente con el microscopio, a los breves segundos en que cristalizan los primeros sentimientos. Solo allí percibe de manera realista esa conexión entre el cuerpo y el alma que los escolásticos llaman el enigma del universo. En la más mínima percepción percibe él el máximo de verdad. Así, su psicología parece en un primer momento una filigrana del pensamiento, un arte menor, un juego de sutilezas, pero Stendhal tiene la indestructible (y acertada) convicción de que la más pequeña y precisa percepción brinda una comprensión más valiosa del mundo instintivo de los sentimientos que cualquier teoría. «*Le coeur se fait moins comprendre que sentir*» [El corazón se deja menos comprender que sentir]. La ciencia del espíritu no tiene otro medio para entrar en la oscuridad que esas percepciones fortuitas. «*Il n'y a de sûrement vrai que les sensations*» [Nada hay tan verdadero como las sensaciones]. Así que es suficiente con «considerar atentamente durante toda una vida cinco o seis ideas» y ya se sacan conclusiones —no universalmente aplicables, sino solo individualmente—, se comprende un orden psíquico o simplemente se intuye, y en ello reside el placer y la pasión de la verdadera psicología.

Han sido innumerables las pequeñas y ricas observaciones de Stendhal, pequeños y fugaces descubrimientos, muchos de los cuales han llegado a ser, desde entonces, axiomáticos y fundamentales en toda interpretación artística psicológica. Pero Stendhal no da ningún valor a esos hallazgos; descuidadamente traslada al papel esas ideas que le brotan como relámpagos, sin ordenarlas ni clasificarlas sistemáticamente. En sus cartas, en sus diarios y novelas se encuentran esas ideas fecundas mezcladas y dispersas como granos de trigo, confiadas despreocupadamente a la casualidad del hallazgo. Todo su trabajo psicológico consiste, en suma, en diez o veinte docenas de sentencias y fragmentos de sus novelas: muy pocas veces se toma la molestia de tomar un par de ellas y relacionarlas, y si lo hace no las ordena sistemáticamente, ni forma con ellas una teoría. E incluso la única monografía que nos ha legado acerca de una pasión, aquella sobre el amor, es una verdadera olla podrida de fragmentos, sentencias y anécdotas. Prudente, titula esa obra *De l'amour* [*Del amor*] y no *L'amour* [*El amor*]. Aún sería mejor traducirla como «Algunas cosas acerca del amor». A lo sumo hace un par de divisiones fundamentales al correr de la pluma: *amour-passion*, el amor apasionado, el *amour-*

physique [amor físico] y el *amour-goût* [amor por afición], o hace un esbozo de teoría acerca del nacimiento del amor y de su muerte, pero solo con lápiz (como precisamente escribió el libro). Se limita a insinuaciones, suposiciones e hipótesis que a nada obligan y que sabe mezclar con divertidas anécdotas, pues Stendhal nunca quiso ser un pensador profundo, un pensador hasta el final ni un pensador para los otros; por eso no se toma la molestia nunca de profundizar en cualquier hallazgo suyo fruto del azar. Ese «turista» despreocupado en la Europa de la psicología renuncia magnánima y desenvueltamente a toda labor sólida, a todo intento de buscar relaciones y engranajes, a todo trabajo constructivo, y se lo deja a los mozos de cuerda de la psicología. Y ciertamente toda una generación de franceses ha parafraseado los principales motivos que él preludió con ligereza. De su célebre teoría de la cristalización en el amor (que compara la toma de conciencia de un sentimiento con la «ramita de Salzburgo», que, sumergida en la salmuera del agua salada de las minas, de repente forma cristales visibles en un segundo) han salido docenas de novelas psicológicas; de una observación, ligera y hecha al paso, acerca de la influencia de la raza y del entorno en el artista, Taine ha formado una hipótesis voluminosa, ardua. Pero Stendhal, improvisador eterno, el reacio a trabajar, nunca lleva su psicología más allá de lo fragmentario, más allá de lo aforístico. Discípulo en este punto de sus antecesores franceses Pascal, Chamfort, La Rochefoucauld y Vauvenargues, quienes, por respeto a la verdad huidiza, nunca se proponen comprimir sus ideas en una verdad densa, amplia y establecida. Stendhal solo va soltando lo que descubre y observa, con completa indiferencia a si los hombres lo aprovechan o no y sin reparar en si lo que dice es válido solo para el momento o si ha de servir para siglos enteros. No le preocupa si alguien ya lo ha escrito antes u otros lo han de escribir después: él observa y piensa sin esforzarse y con naturalidad, del mismo modo que respira, habla o escribe. Buscar simpatizantes nunca fue de interés para ese verdadero librepensador. Mirar y hacerlo siempre con más profundidad, pensar y hacerlo siempre con más claridad: con eso le bastaba para estar satisfecho.

Al igual que Nietzsche, Stendhal no solo es capaz de pensar bien, sino que en ocasiones lo hace con una voluptuosidad cautivadora; es bastante fuerte y audaz para jugar con la verdad y para amar el conocimiento con un placer casi sensual. Su espíritu es esponjoso y perlado, espumoso y ligero, desbordante de vida; sin embargo, esos aforismos no son más que gotas aisladas de su riqueza espiritual, que casualmente han saltado al borde: la plenitud de Stendhal queda siempre resguardada, fría y ardiente al mismo tiempo, en un cáliz delicado que solo la muerte romperá. Pero esas gotas por sí solas están ya saturadas de toda la embriaguez espiritual, clara y ligera; como el buen champán, ellas también aceleran la vitalidad del corazón y refrescan el sentimiento de la vida. La psicología de Stendhal no es como la geometría de un cerebro bien formado en la escuela, sino que es esencia concentrada de todo su ser: de ahí que sus verdades sean tan verdaderas, sus puntos de vista tan claros, sus conocimientos, tan válidos para todos y, ante todo, únicos y duraderos al mismo tiempo, pues ningún esfuerzo intelectual es capaz de captar mejor lo vital que el valor del pensamiento espontáneo, despreocupado, de una naturaleza independiente. Las ideas y las teorías son como sombras de los infiernos homéricos, esquemas sueltos, espejismos amorfos: solo cuando están embebidas de sangre humana logran tener voz y forma, y solo entonces les es dado apelar a la humanidad.

Autobiografía

Qu'ai-je été? Que suis-je? Je serais bien emba-rrassé de le dire.

[¿Qué he sido yo? ¿Qué soy? No me resulta nada fácil decirlo].

STENDHAL, *Henri Brulard*

Para su asombrosa maestría en el género de la autobio-grafía no ha tenido Stendhal otro maestro que él mismo. *«Pour connaître l'homme il suffit de s'étudier soi-même; pour connaître les hommes il faut les pratiquer»* [Para cono-cer al hombre basta con estudiarse uno mismo; para co-nocer a los hombres hay que tratar con ellos], dice en una ocasión, y después añade que solo conoce a los hombres por los libros, todos los estudios los ha aplicado única-mente en sí mismo. Toda la psicología de Stendhal surge siempre de él mismo. Siempre se tiene a sí mismo como objetivo. Pero ese camino que circunda a un solo indivi-duo envuelve, al mismo tiempo, a toda la humanidad.

Stendhal comienza a observarse a sí mismo en la in-fancia. Abandonado por su madre, fallecida prematura-mente y a la que él amaba con pasión, solo ve enemigos y extraños a su alrededor. Entonces empieza a fingir y a esconder su alma, para que no se la descubran, y con ese disimulo permanente aprende pronto a mentir, el «arte de los esclavos». Metido en un rincón, aprovecha sus rabietas y enfados para espiar a su padre, a su tía, al maestro, a todos los que lo atormentan y ejercen su autoridad sobre él, y el odio hace que su mirada se agudice con una feroz nitidez; ya antes de sus estudios para comprender el mundo, se había vuelto un entendido en psicología, como defensa necesaria, como resultado del ambiente de incomprensión que le rodeaba.

El segundo curso de ese estudio prematuro y peligroso dura más tiempo, en realidad se prolonga durante toda su vida: el amor, las mujeres serán su escuela superior. Se sabe ya —y él mismo no trata de negarlo— que Stendhal como amante no era ningún héroe, ningún conquistador, y menos un don Juan, aunque le gustaba disfrazarse como tal. Mérimée dice que nunca vio a Stendhal sin estar enamorado, pero desafortunadamente casi siempre era un enamorado desdichado. «*Mon attitude générale était celle d'un amant malheureux*», siempre tuve mala suerte en el amor, confiesa, y añade incluso que pocos oficiales había en el ejército napoleónico que hubieran poseído menos mujeres que él. Encima de todo, había heredado de su robusto padre y de su apasionada madre una poderosa sensualidad: «*un tempérament de feu*». Pero, a pesar de que su temperamento impaciente quería saber siempre si una mujer era «*ayable*» para él, Stendhal fue siempre en el amor un caballero de triste figura. En su casa, en su escritorio, lejos de la zona de peligro, ese típico amante de los placeres previos practica con brillantez la estrategia erótica. «*Loin d'elle il a l'audace et jure de tout oser*» [Lejos de ella, se ve audaz y jura atreverse a todo], escribe en su diario hasta el instante preciso en que caerá su diosa del momento («*In two days I could have her*») [En dos días podría ser mía], pero cuando está a su lado, este aspirante a Casanova se convierte enseguida en un tímido colegial; el primer asalto suele terminar (él mismo lo confiesa) con un patinazo del hombre ante la mujer que ya está a punto de ceder. Se vuelve «*timide et sot*» [tímido y bobo] cuando debería ser galante, cínico cuando debía ser delicado, y sentimental en el mismo momento del ataque; en definitiva, echa a perder y malogra con sus cálculos y titubeos las más hermosas ocasiones. Y otra vez por la turbación, por el temor de parecer sentimental y «*d'être dupe*» [ser engañado], ese romántico desmesurado oculta toda la delicadeza «*sous le manteau de hussard*», bajo una ruidosa y ruda brusquedad de cosaco. De ahí sus fiascos con las mujeres, de ahí también la desesperación oculta que hay en su vida y que revelaron sus amigos. Nada ha deseado Stendhal tanto durante toda su vida como triunfos manifiestos en el amor. «*L'amour a toujours été pour moi la plus grande des affaires ou plutôt la seule*» [El amor ha sido siempre para mí el más importante de los asuntos o más bien el único], y por nadie siente más verdadero respeto —ya sea filósofo, poeta o el mismo Napoleón— que por su tío Gagnon o su primo Martial Daru, por haber poseído a tantas mujeres sin emplear artificios intelectuales o psicológicos; o quizá justamente por eso, porque Stendhal llegará poco a poco a la conclusión de que nada impide tanto el éxito con una mujer como un exceso de sentimientos; «solo se tienen éxitos con las mujeres cuando no se dedican mayores esfuerzos que para ganar una partida de billar», acaba por decir para convencerse a sí mismo. «*J'ai trop de sensibilité pour avoir jamais le talent de Lovelace*» [Tengo demasiada sensibilidad para tener el talento de Lovelace]; sobre ningún problema ha reflexionado él tanto tiempo, tan intensamente. Y precisamente a ese examen nervioso y desconfiado de su propio erotismo ha de agradecer Stendhal —y nosotros con él— haber logrado esa visión tan clara de sus sentimientos. Nada le ha movido tanto —según dice él mismo— a la observación psicológica como sus fracasos amorosos, sus tan escasos éxitos (seis o siete a lo sumo, confiesa él mismo). Si hubiese tenido los éxitos amorosos de otros, nunca hubiera estudiado con tanta tenacidad la psicología de la mujer ni sus emanaciones más sutiles y delicadas: Stendhal aprendió a examinar su propia alma con las mujeres, y también en este punto ser rechazado por ellas instruyó al observador hasta convertirlo en un perfecto conocedor.

Hay, empero, otro motivo fundamental y extraordinario que hace que esa observación sistemática de sí mismo en Stendhal se convierta muy precozmente en un autorretrato: Stendhal tiene mala memoria, o mejor dicho, una muy peculiar y caprichosa, en todo caso poco fiable; por eso no deja nunca el lápiz. Toma notas y más notas ininterrumpidamente: en el margen de las páginas que lee, en cuartillas, en las cartas y sobre todo en su diario. El temor a olvidar vivencias importantes y a que quede así interrumpida la continuidad de su vida (esa obra de arte única en la cual trabaja sistemática y permanentemente), lo lleva siempre a poner de inmediato por escrito cualquier emoción que sienta, cualquier suceso. Y así le vemos escribir, con la fría objetividad de un registrador, en una carta de la condesa Curial, una carta de amor conmovedora, desgarrada por los sollozos, la fecha en que dio comienzo su relación y la fecha en que acabó; anota igualmente el día y la hora en que fue suya por fin Angela Pietragrua; a veces da la impresión de que para pensar necesita estar con la pluma en la mano. Hemos de agradecer a esa grafomanía impulsiva sesenta o setenta volúmenes de autorretratos en todas las formas imaginables, ya sean literarias, epistolares o anecdóticas (solo se ha publicado hasta la fecha apenas la mitad de ese material). No hay en todo ello ánimo de confesión por vanidad o exhibicionismo, sino que un temor egoísta a que la memoria caprichosa dejase perder una sola gota de su sustancia, de Stendhal, es en realidad lo que ha hecho que se conserve tan perfectamente su biografía.

Esa poca fiabilidad de su memoria ha sido también analizada con gran lucidez por Stendhal, como hace con todo lo que a él se refiere. Lo primero que deja sentado es que la facultad de recordar es en él algo archiegoísta: *«Je manque absolument de mémoire pour ce qui ne m'intéresse pas»* [Carezco absolutamente de memoria para todo aquello que no me interesa]. Por eso conserva tan poco recuerdo de lo que no atañe a su vida espiritual: ni cifras, ni fechas, ni hechos, ni lugares. Olvida todos los detalles de los acontecimientos históricos más importantes; no recuerda cuándo conoció a mujeres o amigos (ni siquiera con Byron y Rossini); pero lejos de negar ese defecto, lo confiesa sin reparos: *«Je n'ai de prétention à la véracité qu'en ce qui touche mes sentiments»*. Solo en el caso de que su sensibilidad haya sido afectada se acoge Stendhal a la garantía de la veracidad objetiva. En una de sus obras, Stendhal «protesta» firmemente por no pretender nunca describir la realidad de las cosas, sino el efecto que tienen sobre él: *«Je ne prétends pas peindre les choses en elles-mêmes, mais seulement leur effet sur moi»*. Nada prueba de forma más evidente que para Stendhal las cosas en sí mismas (*«les choses en elles-mêmes»*) apenas existen de no ser por el efecto que causan en el alma. Esa memoria sentimental suya tan absolutamente unilateral explica que no recuerde con seguridad si habló o no personalmente con Napoleón o si el paso del Gran San Bernardo es un recuerdo o en realidad de lo que se acuerda es solo de un grabado de aquel episodio militar, pero en cambio ese mismo Stendhal se acuerda, con claridad diamantina, del gesto huidizo de una mujer, de una entonación o de un movimiento si agitaron sus sentimientos. Allí donde su sentimiento permanece indiferente se acumulan capas de niebla opaca, que a menudo abarcan varias décadas y, lo que aún es más curioso, cuando sus sentimientos se excitan con demasiada vehemencia, las facultades memorísticas de Stendhal también quedan destruidas. En cien ocasiones, precisamente en los momentos más emocionantes de su vida (su paso a través de los Alpes, su primer viaje a París, su primera noche de amor), repite la misma afirmación: «Ya no tengo ningún recuerdo de eso, la emoción fue demasiado vehemente». Fuera de la estrecha esfera de sus sentimientos, la memoria de Stendhal (y con ella la de su arte) nunca es intachable. *«Je ne retiens que ce qui est peinture humaine. Hors de là je suis nul»*: solo las sensaciones espirituales se oponen en Stendhal al olvido. Por eso ese contumaz egocéntrico que era Stendhal nunca podrá servir de testigo autobiográfico para el mundo; en realidad, si echa la vista atrás, no puede *pensar*, solo puede *sentir*. Indirectamente, reconstruye desde los reflejos de su alma —por tanto, no de forma directa— el curso objetivo de los acontecimientos: *«il invente sa vie»* [inventa su vida]; en vez de encontrar, inventa, idea, se imagina los hechos a partir del recuerdo de sus sentimientos. Así que hay mucho de novelesco en su autobiografía y mucho de autobiografía en sus novelas; nunca hay que esperar de él esa descripción tan completa de su propio mundo como la que hizo Goethe en *Poesía y verdad*. Stendhal, como autobiógrafo, es también fragmentario, impresionista, como lo es por naturaleza. De hecho, la presentación que hace de sí mismo empieza con pinceladas y notas sueltas, casuales, extraídas de su *Diario*, escrito durante décadas solo para su uso personal. Primero, únicamente tomar nota de eso, fijar las pequeñas agitaciones cuando aún están calientes, ¡cuando palpitan todavía inquietas como el corazón de un pajarito prisionero en la mano!, no dejarlas escapar, agarrarlas, retenerlas, no confiarlas a la memoria, ese río intranquilo que todo lo remueve y arrastra en su corriente. No titubear en acumular en el arcón de los trastos cosas sin importancia, desordenadas, juguetes de los sentidos: quién sabe si el adulto no mostrará precisamente mayor interés por las cosas curiosas y triviales de su corazón extraviado. Es, pues, un instinto genial lo que mueve a ese muchacho a reunir y guardar cuidadosamente esos pequeños relámpagos de sentimiento; más tarde, el hombre maduro, el psicólogo experimentado, el artista superior sabrá aprovecharlo todo con agradecimiento y clasificarlo convenientemente, para formar el gran lienzo de la historia de su niñez en esa autobiografía que él llamó *Henri Brulard*, una mirada tardía, maravillosa y novelesca, a su infancia.

Así que, al igual que sus novelas, emprende Stendhal tardíamente la construcción espiritual de su juventud en una obra conscientemente autobiográfica. En los escalones de San Pedro en Montorio, en Roma, está sentado un hombre ya de cierta edad y medita sobre su vida; dentro de un par de meses tendrá ya cincuenta años; la juventud ha pasado definitivamente y con ella el amor y las mujeres. Hora sería ya de preguntar: «¿Quién fui yo?», «¿Quién he sido yo?». Ha pasado ya aquel tiempo en que el corazón palpitaba animoso y fuerte, en pos de la emoción y la aventura; ahora es tiempo ya de contemplar el pasado y sacar conclusiones. Y por la noche, cuando Stendhal se retira aburrido de la velada en casa del embajador (aburrido porque ya no puede conquistar mujeres y le cansa la conversación hueca), toma una rápida resolución: «¡Debo escribir mi vida! Y cuando lo haya hecho, dentro de dos o tres años, podré saber finalmente cómo he sido;

si he sido alegre o triste, ingenioso o tonto, valiente o cobarde y, sobre todo, feliz o desdichado».

¡Un propósito fácil pero una tarea difícil! Pues Stendhal se propone en su *Henri Brulard* (que escribe en clave para que no le reconozca ningún curioso) ser *«simplement vrai»*, «simplemente veraz», pero sabe cuán difícil es eso de ser sincero, ¡mantener la sinceridad frente a sí mismo! ¿Cómo orientarse en ese laberinto lleno de sombras que es el pasado? ¿Cómo distinguir entre la luz y los fuegos fatuos? ¿Cómo escapar a las mentiras que aguardan, disfrazadas, en cada recodo del camino? Entonces Stendhal, el gran psicólogo, inventa tal vez el único método genial para no dejarse engañar por la moneda falsa de los recuerdos agradables, y ese método es sencillamente escribir a vuela pluma, sin volver a leer lo que se ha escrito ni meditar sobre ello (*«je prends pour principe, de ne pas me gêner et d'effacer jamais»*) [decido por principio no avergonzarme ni borrar jamás]. Pasar por encima de todo pudor y de todo escrúpulo, arrojar las confesiones rápidamente antes de que haya podido leerlas el censor, el juez que todos llevamos dentro. ¡No trabajar como quien pinta un cuadro, sino como quien saca una instantánea fotográfica! Dejar constancia siempre de la primera emoción con el movimiento que le era propio antes de que se torne una pose artística artificial. Stendhal escribe sus recuerdos a vuela pluma, de un tirón, sin volver atrás a releer la página anterior, sin preocuparse en absoluto del estilo, de la coherencia o del lenguaje, como si todo lo que escribe no fuera más que una carta privada dirigida a un amigo: *«J'écris ceci sans mentir, j'espère sans me faire illusion, avec plaisir comme une lettre à un ami»*. En esa última frase, cada palabra es de máxima importancia: Stendhal escribe su autobiografía como «espero», con sinceridad, «sin engañarme», «por placer», «como una carta a un amigo», y esto «sin mentir», como en nombre del arte hizo Jean-Jacques Rousseau. Conscientemente, sacrifica la belleza de sus memorias a la sinceridad, el arte a la psicología.

En efecto, desde el punto de vista artístico, tanto *Henri Brulard* como su continuación, los *Recuerdos de egotismo*, son obras dudosas: ambas son demasiado apresuradas, demasiado descuidadas y carentes de un plan. Stendhal escribe a toda velocidad en el libro cualquier recuerdo que emerge a la superficie, indiferente a si encaja o no. Al igual que en sus diarios se yuxtapone lo más sublime con lo más superficial, generalidades que no vienen al caso junto a los detalles personales más íntimos. Pero precisamente esa soltura, esa autonarración como «en mangas de camisa», revela toda suerte de verdades, cada una de las cuales dice más cosas de su intimidad que un volumen entero. Esas confesiones suyas tan relevantes, como aquella de su inclinación peligrosa hacia su madre o el odio mortal contra su padre, esos sentimientos que, en los demás, están arrinconados en lo más secreto del subconsciente, no osan manifestarse si el censor tiene tiempo para vigilarlas: esas cosas íntimas solo pueden deslizarse —no se puede decir de otra manera— en un momento de distracción moral deliberada. Por eso, con su genial método psicológico, Stendhal no da nunca tiempo a sus sentimientos para que se vuelvan «bellos» o «morales»; antes de que eso suceda, ya los ha agarrado en el momento en que son más frágiles: desnudos, espiritualmente por completo desnudos y todavía impúdicos son enseguida llevados al papel impoluto y expuestos a las miradas de los hombres por primera vez. ¡Qué maravillosa y trágica angustia! ¡Qué sentimientos de cólera tan demoniaca pueden brotar del corazón de ese niño! Es inolvidable aquella escena en la que el pequeño Henri, amargado y solitario, al morir su tía Seraphie, a la que tanto odiaba («uno de los dos demonios que atormentaron mi pobre infancia», el otro era el padre), cae de rodillas y da gracias a Dios. Y junto a esa confesión, aquella otra (en Stendhal se cruzan los sentimientos con una variedad laberíntica) de que ese mismo demonio excitó durante algunos minutos en cierta ocasión (que describe con todo detalle) su erotismo. Nunca antes de Stendhal se había puesto de manifiesto las muchas capas que tiene el ser humano ni cómo, en la extremidad de los nervios, se tocan lo más antagónico y lo más contradictorio, cómo la incipiente alma infantil alberga ya en capas muy finas, en hojas plegadas sobre otras, lo vil y lo sublime, la brutalidad y la ternura; y precisamente con ese descubrimiento bastante accidental es como en realidad comienza el análisis de la autobiografía.

Porque precisamente esa negligencia, esa indiferencia en lo tocante a la forma y la arquitectura, a la posteridad y la literatura, a la moral y la crítica, el espléndido carácter privado y autocomplaciente de esa tentativa, es lo que convierte a *Henri Brulard* en un documento psicológico incomparable. De cualquier manera, en sus novelas, Stendhal aún quería ser artista; en su autobiografía quiere ser solo ser humano, individuo, lleno de curiosidad hacia sí mismo. Su autobiografía tiene el encanto indescriptible de lo fragmentario y la espontánea verdad de la improvisación. Nunca acaba de conocerse bien a Stendhal en sus obras ni en su autobiografía. Uno siempre se siente atraído por el deseo de desentrañar su naturaleza enigmática, conocerlo para entenderlo y entenderlo para conocerlo. Su alma vibrante de sensibilidad e inteligencia, con luces y sombras, cálida y fría, sigue influyendo apasionadamente en los vivos; al quererse describir a sí mismo, ha legado a las generaciones siguientes el deseo de saber y su arte para ver el alma, y nos ha enseñado a todos la alegría jubilosa de hacernos preguntas a nosotros mismos e indagar en lo que somos.

Actualidad de su figura

Je serai compris vers 1900.

[Seré comprendido hacia 1900].

STENDHAL

Stendhal saltó por encima de un siglo, el XIX. Parte del siglo XVIII, del grosero materialismo, de Diderot y de Voltaire, y cae en medio de nuestra época, en nuestros tiempos de la psicofísica, de la psicología como saber científico. Han sido —como dice Nietzsche— «necesarias dos generaciones para llegar a él de alguna manera, para resolver algunos de los enigmas que a él le fascinaban». Es asombroso lo poco que ha quedado anticuado de toda su obra. Una buena parte de sus descubrimientos son desde hace tiempo patrimonio común y algunas de sus profecías aún están por cumplirse. Mucho tiempo por detrás de sus contemporáneos, acaba por superarlos a todos, si se exceptúa a Balzac, aun siendo ambos lo opuesto en el mundo del arte. Solo ellos dos, Balzac y Stendhal, se han elevado por encima de su época: Balzac, al magnificar enormemente las diferencias entre clases sociales y sus mutaciones, el poder desmesurado del dinero y de los mecanismos de la política en la sociedad de entonces; Stendhal, por su parte, «con su anticipatorio ojo de psicólogo, con su comprensión de los hechos», diseccionó y matizó al individuo. El desarrollo de la sociedad le ha dado la razón a Balzac; a Stendhal, el de la moderna psicología. La visión del mundo de Balzac anticipó el mundo de hoy; la intuición de Stendhal, el hombre moderno.

Hoy somos personajes de Stendhal, acostumbrados ya a la autoobservación, entendidos en psicología, abiertos al conocimiento, sin complejos morales, sensibles, con curiosidad por nosotros mismos, cansados de todas las teorías frías del conocimiento, solo ávidos por conocer lo que somos. Para nosotros ya no es un monstruo la persona diferente de las demás, un caso raro, como se veía a sí mismo el solitario Stendhal entre los románticos, pues la nueva ciencia de la psicología y el psicoanálisis nos prestan los instrumentos más adecuados para escudriñar lo más secreto y desentrañar lo más intrincado. Y, sin embargo, cuántas cosas sabía ya ese «hombre extrañamente visionario» (Nietzsche lo llama así) de las que sabemos nosotros, ese hombre que viajó aún en coche de posta y vistió el uniforme de los ejércitos napoleónicos habla de su antidogmatismo, de temprano europeísmo, su repugnancia hacia el embrutecimiento mecánico del mundo, su odio contra todo heroísmo de masas pomposo, ¡cómo habla ya de todo eso con las mismas palabras que emplearíamos nosotros! ¡Cuán justificado nos parece a nosotros su desprecio hacia la flatulencia sentimental de su época! ¡Qué bien ha sabido reconocer que su hora estaba en nuestro tiempo! Son innumerables las sendas y caminos que abrió con sus insólitos experimentos literarios: El Raskólnikov de Dostoievski sería impensable sin su Julien Sorel; como tampoco la batalla de Tolstói en

Borodino sin el ejemplo clásico de la descripción ateniéndose a la verdad de Waterloo; y pocas veces como con las obras y las palabras de Stendhal se ha sentido Nietzsche tan impetuosamente complacido. Así es como han llegado a Stendhal las «*âmes fraternelles*» [almas fraternales], los «*êtres supérieurs*» [seres superiores] que él buscó en vano durante su vida; una patria tardía, como la que él anhelaba con su alma libre y cosmopolita, es decir, la de «los hombres que son sus iguales», le concedió para siempre el derecho de ciudadanía y el título de ciudadano. Pues nadie de su generación como no sea Balzac, el único que le saludó fraternalmente, nos es tan contemporáneo en el modo de pensar y en el sentimiento. A través de la psicología impresa en el frío papel, lo sentimos respirar junto a nosotros y su figura se nos hace familiar, insondable, aunque profundizó en sí mismo como pocos, oscilante entre contradicciones, brillando con toda suerte de enigmáticos colores, dando forma a lo más secreto y ocultando lo más secreto, completo en sí mismo y sin embargo inacabado, pero siempre vivo, vivo, vivo. Pues sucede que los más aislados en su propia época son aquellos que la época siguiente acoge más gustosamente en su seno. Precisamente las vibraciones más delicadas de las almas son las que alcanzan la longitud de onda más larga en el tiempo.

TOLSTÓI

Nada hay que haga tanto efecto y pese tanto
en el ánimo de los hombres como el trabajo
de toda una vida y, en último lugar, la vida
entera de un hombre.

Diarios, 23 de marzo de 1894

Acordes iniciales

No es la perfección moral lo importante para
el que la alcanza, sino el proceso de su perfeccionamiento.

TOLSTÓI, *Diarios*

«Había en el país de Hus un varón llamado Job, hombre
sencillo y recto, temeroso de Dios y que se apartaba del
mal, y poseía siete mil ovejas y tres mil camellos, quinien-
tas asnas y muchísimos criados. Y él era varón grande entre todos los orientales».

Así comienza la historia de Job, que fue bendecido
con la felicidad hasta la hora en que Dios levantó la mano
contra él y le mandó la lepra para que despertara de su
torpe molicie y se atormentase el alma. De esa manera
empieza también la historia espiritual de Lev Nikoláievich
Tolstói, que «se sentó en el lugar más alto», entre los
poderosos de la tierra, viviendo rica y cómodamente en
la casa heredada de sus mayores. Su cuerpo irradiaba
salud y fuerza; la mujer a quien amaba y deseaba fue su
esposa y le dio trece hijos. El trabajo que hizo con las
manos y con el alma es imperecedero y su luz brilla
por encima de su tiempo; respetuosos se inclinan los

campesinos de Yásnaia Poliana cuando el poderoso boyardo pasa ante ellos, y respetuoso se inclina también el mundo entero ante su gloria. Como Job antes de la prueba, tampoco tiene que desear nada Lev Tolstói y, en una ocasión, escribe en una carta las palabras más osadas que un hombre pueda emplear: «Soy enteramente feliz».

De pronto, de la noche a la mañana, esa frase ya no tiene sentido ni valor. Le repugna el trabajo —a él, trabajador por excelencia—, se siente extraño ante su mujer, indiferente ante sus hijos. Por las noches, después de dar mil vueltas en la cama, se levanta y va y viene desasosegado como un enfermo; cuando llega el día, se sienta ante su escritorio, apático, con la mano dormida y la mirada absorta. Una vez, sube presuroso las escaleras y cierra en un armario su escopeta de caza para no acabar empleándola contra sí mismo; a veces gime como si el corazón quisiera rompérsele o solloza como un niño en la oscuridad de su cuarto. No abre ya cartas, no recibe a amigos; los hijos miran con temor, la mujer, con desesperación, al hombre que se ha vuelto sombrío.

¿Cuál es la causa de ese brusco cambio? ¿Alguna enfermedad daña secretamente su vida? ¿Su cuerpo ha sido atacado por la lepra? ¿Ha caído sobre él alguna terrible desgracia? ¿Qué le ha ocurrido a Lev Nikoláievich Tolstói para que el más poderoso haya perdido de repente la alegría? ¿Qué es lo que ensombrece a uno de los hombres más poderosos de Rusia?

Y la más terrible respuesta: ¡Nada! Nada le ha sucedido o, en realidad, aún algo peor: la nada. Tolstói ha vislumbrado la nada detrás de las cosas. Algo se ha desgarrado en su alma, una grieta se ha abierto en su interior, una estrecha grieta oscura, y la mirada estremecida no puede evitar fijarse en ese vacío, esa otra vida extraña, fría, inconcebible detrás de nuestra propia vida cálida y palpitante, la nada eterna detrás del ser fugaz.

Quien ha vislumbrado ese abismo inefable ya no puede apartar la mirada, se oscurecen los sentidos, se extinguen la luz y el color de la vida. La risa se le congela, ya no puede coger nada sin sentir ese frío, ya no puede ver nada sin tener presente eso otro, *nihil*, la nada. Marchitas y sin valor, las cosas se desvanecen en lo que antes era un sentimiento de plenitud: la fama se vuelve una ilusión; el arte, un juego de bufones; el dinero, amarillenta escoria; y el propio cuerpo que respira saludablemente, morada de gusanos. Una oscura boca invisible absorbe el jugo y la dulzura de todo cuanto merece la pena. El mundo se hiela ante quien, sintiendo todo el miedo primigenio de la criatura, contempla esa terrible y devoradora nada, el *maelström* de Edgar Allan Poe que todo lo arrastra, el abismo de Pascal, cuya profundidad es más profunda que todas las cumbres del espíritu.

En vano son todos los intentos de ocultarlo. De nada sirve llamar Dios a esa oscura absorción y santificarla. De nada sirve ir tapando con las hojas del Evangelio el negro agujero: semejante oscuridad primigenia perfora todos los pergaminos y apaga las velas de las iglesias, semejante frialdad helada de los polos del mundo no se deja fundir con el aliento tibio de la palabra. De nada sirve predicar a voces para acallar ese funesto silencio opresivo, igual que cantan los niños en el bosque para vencer sus temores. Para quien ha sentido el horror una vez, no hay voluntad, no hay sabiduría que vuelva a iluminar al corazón en penumbras.

A los cincuenta y cuatro años de su vida mundana, Tolstói ha vislumbrado por primera vez la nada. Y desde ese momento hasta su muerte, observará imperturbable ese negro agujero, ese interior inconcebible que hay detrás del propio ser. Pero incluso vuelta hacia esa nada, la mirada de Tolstói sigue manteniendo una claridad afilada, la mirada más sabia y espiritual de un ser humano de nuestra época. Jamás ha entablado un hombre con tan descomunal energía la batalla contra lo inefable, contra la fatalidad de lo pasajero, ninguno más resuelto para contraponer a la cuestión del destino del hombre, la cuestión de la humanidad según su destino. Nadie ha sufrido con mayor crudeza esa mirada vacía del más allá que consume el alma, nadie ha resistido con mayor grandeza, pues aquí una conciencia varonil enfrenta a esa oscura pupila negra la atenta mirada clara, audaz y enérgica del artista. Jamás, ni por un segundo, bajó o cerró Lev Tolstói los ojos cobardemente ante la tragedia del ser, esos ojos despiertos, francos e incorruptibles del arte de hoy: nada más extraordinario, por tanto, que ese intento heroico de darle un sentido incluso a lo inconcebible y su verdad a lo inevitable.

Treinta años, desde los veinte a los cincuenta, vivió Tolstói libre y sin preocupaciones. Treinta años, desde los cincuenta hasta su final, vive solo ya para el sentido y el conocimiento de la vida. Las cosas fueron fáciles hasta que se planteó la tarea inmensa: no solamente salvarse a sí mismo, sino salvar a toda la humanidad por medio de la lucha que él sostiene por la verdad. Emprender esa gran misión le convierte en un héroe, casi en un santo. Sucumbir a ella, en el más humano de los hombres.

El retrato

Mi rostro era el de un campesino cualquiera.

Rostro tupido: con más espesura que calveros, lo que impide echar una mirada al interior. Una barba ancha, larga, patriarcal, es agitada por el viento y pone un marco a sus mejillas, ocultando al mismo tiempo durante décadas sus labios sensuales, y cubre la piel atezada y agrietada. Sus poderosas cejas, gruesas como un dedo, se alzan en su frente enredadas como las raíces de un árbol; en su cabeza, los mechones revueltos son como la espuma gris de un mar agitado; por todas partes crece y se enreda con fuerza tropical su abundante cabellera de un dios Pan. Lo mismo que con el *Moisés* de Miguel Ángel ocurre con el rostro de Tolstói, que lo primero que uno advierte es el oleaje como de espuma blanca de su enorme barba de Dios padre.

De modo que para conocer con el alma en su desnudez y esencia ese rostro oculto, uno se ve precisado a librarle de la espesura de su barba (los retratos de juventud de Tolstói, aún sin barba, son excelentes para esa revelación plástica). Si uno hace eso se sobresalta, pues salta a la vista de forma innegable: el rostro de ese hombre todo espíritu, el rostro de ese hombre todo nobleza de alma es fundamentalmente tosco y en nada se diferencia del de cualquier campesino, como una cabaña baja y ennegrecida por el humo, una auténtica *kibitka* rusa, es la morada y el taller que ha escogido ese genio; no un demiurgo griego, sino un carpintero de pueblo desmañado parece haberla dispuesto toscamente. Su frente, como hecha de tablones sin desbastar cepillados burdamente, se alza sobre los ventanucos minúsculos de sus ojos; su piel semeja tierra y arcilla, es grasienta y sin brillo. En medio de la rústica fachada, la nariz abre sus fosas nasales grandes y abiertas, parece haber sido allí plantada de un puñetazo; tras el cabello desgreñado se ven dos orejas carnosas y deformes; y la boca, de labios gruesos, gruñona: formas totalmente ordinarias, vulgaridad tosca y casi zafia.

Hay sombras y oscuridad por doquier, pesadez y ordinariez, en ese rostro trágico de peón; a diferencia de la frente de Dostoievski, una cúpula de mármol, no se ve un ímpetu floreciente, una luz que todo lo inunde, una audaz elevación espiritual. Por ninguna parte apunta un rayo de luz, nada resplandece. Quien lo negara o tratara de embellecerlo falsearía la verdad. No hay remedio: ese rostro es innoble y vulgar; no es un templo, sino un calabozo del pensamiento, oscuro, viciado, triste y feo. Ya muy pronto el joven Tolstói es consciente de su irremediable fisonomía. Cualquier alusión a su apariencia «le desagrada»; pone en duda que alguna vez «pueda haber felicidad terrenal para un hombre que tiene una nariz tan ancha, unos labios tan gruesos y unos ojillos grises y diminutos como los suyos». Por eso Tolstói, desde muy joven, oculta sus odiosos rasgos fisonómicos tras esa espesa máscara de su barba negra, que más tarde, mucho más tarde, la edad vuelve plateada y convierte en venerable. Solo en los últimos diez años de su vida desaparecen las nubes sombrías; con la luz del atardecer otoñal, un rayo de belleza desciende e ilumina el trágico paisaje.

El genio de Tolstói, siempre en marcha, se albergó en un aposento triste y desangelado, en una fisonomía propia de cualquier ruso, detrás de la cual se podría presumir todo lo que se quiera menos al hombre de espíritu, al escritor, al creador. De niño, de adolescente, de adulto o incluso de anciano, Tolstói parece siempre uno de tantos. Con cualquier traje o gorro está bien. Su semblante anónimo, de un ruso cualquiera, podría servir para el despacho de un ministro e igualmente para jugar borracho en una taberna de vagabundos; para vender pan blanco en el mercado o para, vistiendo hábitos sacerdotales, levantar la cruz ante una multitud arrodillada; su rostro no llamaría la atención en ningún oficio, con ninguna vestimenta, en ningún lugar de Rusia. Como estudiante, parece uno más entre los otros; como oficial, igual que todos los que portan sable; como terrateniente, semeja un noble de pueblo. Cuando viaja en coche junto a su criado de barba blanca, uno se preguntaría quién de los dos es el cochero y quién de los dos es el conde. Nadie que no lo conozca y a quien le muestren una fotografía suya hablando con los campesinos podrá adivinar que ese Lev entre los aldeanos es un conde y que es millones de veces superior a todos los Grigors, Ivanes, Ilias y Piotrs que le rodean. Su rostro hace siempre el efecto de que es igual a los otros, como si el genio, en lugar de adoptar la máscara de un hombre especial, se hubiera puesto el disfraz del pueblo, pues su aspecto es anónimo y tan ruso como el de cualquier otro. Y es precisamente porque contiene en sí a toda Rusia por lo que Tolstói no tiene otro semblante que el ruso.

Es por eso por lo que su aspecto decepciona siempre a aquellos que lo ven por primera vez. Millas y más millas han recorrido con el tren y desde Tula en coche para llegar a su presencia y esperan ahora en la sala de recepción al venerable maestro. Cada cual se ha figurado con antelación como una presencia imponente, y de antemano se lo imaginan como un hombre poderoso, majestuoso, con su barba de profeta, erguido y orgulloso, una figura de gigante y genio. Hay emoción en la espera; la mirada baja ya involuntariamente ante la figura formidable del patriarca que va a presentarse dentro de unos instantes. Se abre por fin la puerta y lo ven: un hombrecillo regordete con un andar ágil que con pasos cortos y rápidos hace oscilar su barba, se detiene y sonríe amistosamente al sorprendido huésped. Jovial, habla deprisa, charla con la visita, estrecha la mano a todo el mundo. Los visitantes estrechan esa mano y se preguntan en lo más hondo de su corazón sobresaltados: ¿Cómo? ¿Ese hombrecillo amable y jovial, «ese ágil hombre de nieve» será verdaderamente Lev Nikoláievich Tolstói? El respeto ante la majestad ha desaparecido ya y la curiosidad eleva la mirada al rostro del hombre.

Pero de pronto la sangre se hiela en las venas; bajo la tupida selva de sus cejas, una mirada gris salta como una pantera; es la mirada increíble de Tolstói que ningún pintor logró nunca plasmar, pero de la que todos los que miraron a la cara alguna vez a ese ser poderoso han hablado siempre. Es una mirada cortante, acerada, fulgurante, que se clava profundamente. Ya no es posible moverse ante él, escapar, uno queda como hipnotizado, sujeto, y cada cual ha de aceptar que esa mirada penetre hasta en lo más profundo de su ser. No hay defensa contra la primera mirada de Tolstói: como un proyectil, atraviesa todas las corazas del fingimiento, como un diamante, corta todos los espejos. Nadie, y eso lo atestiguan Turguéniev, Gorki y otros cientos, puede mentir ante esa mirada penetrante de Tolstói.

Pero esa mirada tan severa y escrutadora solamente

dura unos segundos: luego la frialdad del iris se desvanece, y los ojos se vuelven brillantes, bondadosos, suaves y bonachones. Todas las transformaciones del sentimiento se reflejan, como las nubes sobre el agua, en esas pupilas inquietas. La ira las hace chispear en un relámpago único y frío; el mal humor las hiela en una transparencia cristalina; la bondad las llena de luz; la pasión las enciende. Pueden reír con una luz interior cual misteriosas estrellas, sin que la boca se pliegue, y, enternecidas por la música, «llorar a mares» como las pupilas de una campesina. Pueden iluminarse de satisfacción espiritual y oscurecerse de pronto por la melancolía o cerrarse y hacerse impenetrables. Pueden observar frías e impasibles, pueden cortar como un bisturí y lanzar rayos penetrantes como los rayos X, o centellear de nuevo reflejando de pronto la curiosidad juguetona. Esas pupilas, esos ojos, saben hablar todos los lenguajes del sentimiento, los «ojos más elocuentes» que han brillado en un rostro de hombre. Y como siempre, es Gorki el que ha encontrado la frase más brillante: «En sus ojos, Tolstói poseía cien ojos».

En esos ojos, y únicamente gracias a ellos, poseía Tolstói el rostro de un genio. Toda la fuerza luminosa de ese hombre asoma en su infinita diversidad en sus ojos, del mismo modo que la belleza de todo el pensamiento de Dostoievski se concentraba en la bóveda marmórea de su frente. Todo lo demás en el rostro de Tolstói, como la barba, no es más que envoltorio, marco, engaste de esas preciosísimas piedras luminosas, mágicas y magnéticas que son sus ojos, que atraen y proyectan el mundo, el espectro más preciso del universo que ha conocido nuestro siglo. Nada hay tan pequeño que pueda escapar de esas lentes; certeros como el halcón, pueden lanzarse sobre el más pequeño detalle sin dejar por eso de ver el panorama total circundante. Pueden resplandecer en las cumbres del espíritu y derramar su luz por los rincones más oscuros del alma como en el reino superior. Poseen ardor y pureza suficientes, para levantar la mirada hacia Dios en éxtasis, y valentía para ver incluso la nada, a Medusa, examinando su rostro petrificante. No hay nada imposible para esos ojos, quizá una sola cosa: estar inactivos, dormitar, la pura alegría del descanso, la felicidad y la gracia del sueño. Porque, forzosamente, apenas se levantan los párpados, esos ojos han de tener un objetivo, estar despiadadamente despiertos, amargamente despojados de ilusiones. Han de perforar toda fantasía, desenmascarar toda mentira, destruir toda creencia: ante esos ojos, todo queda desnudo. Por eso es terrible cuando Tolstói dirige hacia sí mismo esa tremenda mirada de acero; su filo penetra entonces hasta el mismo corazón.

Quien tiene esa mirada, ve la verdad, a él pertenecen el mundo y el conocimiento. Pero no podrá ser feliz con unos ojos siempre despiertos, siempre vigilantes.

La vitalidad y su reverso

Deseo vivir mucho mucho tiempo; pensar en la muerte me llena de un temor infantil y poético.

(De una carta de juventud)

Una salud bien cimentada. Un cuerpo construido para durar un siglo. Osamenta poderosa y sana, músculos nudosos, la fuerza de un oso: Tolstói, cuando joven, echado en el suelo, era capaz de sostener en el aire, con un solo brazo, a un soldado corpulento. Tendones elásticos: salta sin tomar carrera la cuerda más alta; nada como un pez, monta como un cosaco, siega como un campesino. Su cuerpo de hierro no conoce más cansancio que el del espíritu. Cada uno de sus nervios está tenso en su máxima capacidad vibratoria, flexible y duro al mismo tiempo como las espadas toledanas; cada uno de sus sentidos está despierto y es agudo. No hay en ninguna parte de la muralla de su vitalidad una brecha, una grieta, un desperfecto, un defecto; por eso, la enfermedad nunca logra asaltar la fortaleza de su cuerpo; el físico increíble de Tolstói está fortificado contra toda debilidad y amurallado contra la vejez.

Su vitalidad es incomparable: todos los artistas modernos parecen mujeres o alfeñiques si se les compara con esa masculinidad y esa fortaleza barbudas y bíblicas, rústicas y brutales. Incluso quienes tuvieron una actividad creadora hasta edades avanzadas como él, envejecen con cansancio bajo a un espíritu irrefrenable. Goethe (su hermano en horóscopo, ya que el día de su nacimiento es también el 28 de agosto y cuya visión creativa dura igualmente hasta los ochenta y tres años), Goethe, decimos, a los sesenta años, obeso, se sienta con las ventanas bien cerradas por miedo, temiéndole al invierno desde hace tiempo; Voltaire, anquilosado, como un ave siniestra que ya no puede volar, garabatea papel y más papel frente a su pupitre; Kant camina con rigidez y a duras penas, con paso mecánico de momia por la avenida de Königsberg. Pero Tolstói, ese anciano pletórico, aún sumerge su cuerpo en agua helada, trabaja en el jardín y juega ágilmente al tenis. A los sesenta y siete años, aprende aún a montar en bicicleta; a los setenta, se desliza velozmente sobre el hielo con patines en la pista de patinaje; a los ochenta, ejercita diariamente sus músculos con ejercicios gimnásticos, y a los ochenta y dos, tan cerca ya de la muerte, aún castiga a su yegua si se detiene después de veinte verstas al galope. No, no hay comparación posible; no hay en todo el siglo XIX otro caso de vitalidad semejante.

Como un árbol patriarcal, toca ya casi el cielo con su ramaje y sus raíces están todavía sanas y vigorosas en este roble gigante ruso, impregnado de savia hasta la última fibra. Sus ojos conservan la agudeza hasta la hora de la muerte: montado en su caballo, su vista distingue un pequeño escarabajo sin dificultad, y, sin prismáticos, sigue el vuelo del halcón. Su oído se conserva fino, la nariz olfatea ávidamente con sus grandes fosas nasales casi animales. El anciano patriarca goza voluptuosamente, al llegar la primavera, de todos esos olores que se desprenden de la tierra y que le embriagan cuando de repente se embebe del penetrante olor del estiércol mezclado con el de la tierra en el deshielo; recuerda perfectamente ochenta primaveras, los primeros aromas que anunciaron cada una de ellas; tan ardientemente y con tal placer siente la primavera que sus párpados se humedecen. Con sus pesadas botas de campesino, el anciano camina con dificultad por los campos sobre la tierra mojada con sus piernas nervudas: nunca sus manos temblaron por la edad; su carta de despedida está escrita con el mismo trazo firme que los escritos de su juventud. Y su mente también llega hasta el fin de la vida tan magníficamente como sus músculos y sus nervios. Su conversación apasionada deslumbra a todos, y su memoria, prodigiosa y precisa, recuerda los detalles más nimios. Todavía arquea las cejas ante cada contradicción, todavía la risa estruendosa redondea sus labios, todavía las imágenes enriquecen su lenguaje, todavía la sangre recorre poderosa sus venas. Cuando a los setenta años alguien le dice que a esa edad es fácil hablar en contra de la sensualidad como hace en la *Sonata a Kreutzer*, los ojos del anciano se llenan de orgullo y cólera, y afirma que «eso no es exacto: mi carne tiene aún toda su fuerza y debo luchar contra ella».

Esa vitalidad tan extraordinaria explica su labor fecunda, incansable e inagotable: en los sesenta años de trabajo, no hay ni uno solo en barbecho, pues su espíritu nunca descansa, nunca se adormece cómodamente; sus sentidos están siempre magníficamente despiertos y activos. Tolstói no conoce ninguna enfermedad hasta que es viejo; nunca, en sus diez horas diarias de trabajo, se apodera de él el cansancio; sus sentidos jamás necesitan un estimulante, como el vino o el café; nunca necesita enardecerse para el placer de la carne, al contrario; sus sentidos están tan sanos, tan potentes, tan tensos, que una sola gota hace ya desbordar el vaso. A pesar de su robusta salud, Tolstói al mismo tiempo tiene «la piel fina»; ¿cómo sería, si no, artista sin esa sensibilidad exacerbada? Siempre se ha de tantear con mucho tacto la vibración de sus nervios, pues la vehemencia de la reacción hace que cada emoción pueda ser un peligro. Ese es el motivo de que le tenga tanto miedo a la música (lo mismo que Goethe y Platón), pues esta levanta profundas olas en su espíritu y se aferra con demasiada fuerza a sus nervios exuberantes de vitalidad. «La música tiene un efecto terrible sobre mí», confiesa, y es cierto que mientras su familia está plácidamente sentada alrededor del piano escuchando complacida, Tolstói empieza a arrugar la nariz de forma inquietante; frunce las cejas, siente «una extraña presión en el cuello», hasta que de pronto se levanta y se dirige rápidamente a la puerta porque no puede contener las lágrimas. *«Que me veut cette musique?»* [¿Qué quiere de mí esa música?], dice una vez, asustado de su emoción. Sí, le da la sensación de que la música quiere algo de él, que le amenaza con quitarle algo, algo que él está decidido a no soltar, algo que guarda cuidadosa y secretamente en lo más profundo de su sentimiento, y que ahora parece crecer con una poderosa fermentación y va a salir a borbotones. Es algo tan fuerte que se asusta, se excita, y se siente atrapado en lo más profundo como por un torbellino que le arrastra a una tumultuosa corriente. Pero Tolstói odia (o teme) esa su fuerza poderosa que se revuelve en su sangre: de ahí que persiga a *la* mujer con un odio forzado, de anacoreta, impropio de un hombre sano. La mujer solo le parece inofensiva en el cumplimiento de sus deberes maternales, si es casta o cuando la edad la hace ya venerable —según sus propias palabras—, es decir, cuando do está ya más allá de la atracción del sexo que él «ha sufrido durante toda su vida como una pesada culpa del cuerpo». La mujer y la música son, para este espíritu contrario a los griegos, para este falso cristiano, para este monje poderoso, la pura maldad, porque, por medio de la sensualidad, nos apartan «de cualidades innatas en nosotros como son el valor, la decisión, la razón y el sentido de la justicia», porque, como predica más tarde el padre Tolstói, una y otra conducen «al pecado de la carne». También las mujeres «quieren algo de él», algo que él se niega a dar; también ellas incitan algo peligroso que él teme despertar, adivinar ese algo no requiere una gran inteligencia: su propia sensualidad monstruosa. La música afloja el lazo de la voluntad, «el animal» ya se despereza. Las mujeres hacen aullar esa jauría de la sangre que sacude los barrotes de su jaula. Si se observa ese temor de monje que siente Tolstói ante la sensualidad, si se piensa en su miedo, aun ante una sensualidad natural y sana, se puede adivinar y descubrir su fuerza de hombre animal, su masculinidad, que en su juventud andaba desatada en todos sus excesos, un «promiscuo incansable» se describió a sí mismo ante Chéjov. Pero esa sensualidad quedó después encerrada durante cincuenta años, pero solamente encerrada, no enterrada. En sus obras moralistas él mismo delata en un aspecto esa presencia de una sensualidad excesiva a lo largo de su vida: ese temor suyo que le obliga a apartar los ojos como un asceta de «la mujer», la tentadora, un temor que, al fin y al cabo, lo es a su propio y desmesurado deseo.

Eso se ve siempre en sus obras. Lo que más teme Tolstói es a sí mismo, a su vitalidad de oso. La feliz satisfacción por su excelente salud se ve ensombrecida por el horror ante la impetuosidad animal y sin escrúpulos de sus sentidos. Ciertamente supo dominarse a sí mismo como nadie, pero sabe que no se puede ser impunemente ruso:

representante del pueblo de la desmesura, fanático del exceso, siervo de los extremos. Por eso, con voluntad prudente, se dirige siempre a fatigar su cuerpo, a tener ocupados sus sentidos, y los dirige siempre, incansablemente, a ejercicios inofensivos, alimento ligero para los sentidos. Agota sus músculos empleándolos con la guadaña y el arado, los fatiga por medio de ejercicios gimnásticos; para desintoxicarlos, para volverlos inofensivos, logra encauzar todas las energías peligrosas de su vida privada hacia la naturaleza, y allí fluye en su máxima expresión lo que su voluntad reprime enérgicamente en su vida íntima. La pasión de sus pasiones fue la caza; en la caza pueden expansionarse todos los sentidos, los claros y los oscuros. Al Tolstói aún no apóstol todavía le embriaga el olor de los caballos cubiertos de sudor, le excita cabalgar de forma temeraria y la persecución y puntería, incluso el miedo, la agonía de la pieza ensangrentada con la mirada fija y los ojos desorbitados (un sentimiento incomprensible más tarde para el Tolstói fanático de la compasión). «Experimento un verdadero placer voluptuoso ante el sufrimiento de la pieza herida», confiesa cuando, en una ocasión, destroza de un bastonazo el cráneo de un lobo. Y con esa manifestación victoriosa de sus impulsos más primitivos nos revela todos los instintos brutales que tuvo que reprimir durante toda su vida, si se exceptúan los años de su disipada juventud. Hasta en la época en que ya ha renunciado a la caza por convicción moral, aun entonces, las manos quieren irse a la escopeta siempre que ve una liebre que salta por el campo. Pero ese placer, así como tantos otros, es vencido siempre por su recia voluntad. Finalmente, toda la sensual alegría del cuerpo llega a contentarse solamente con la contemplación de la vida y su recreación, pero, aun así, ¡qué alegría tan vehemente y sabia! Una sonrisa de satisfacción se apodera de los labios cada vez que pasa ante un caballo hermoso; casi con voluptuosidad le acaricia y palmea el lomo y deja resbalar con placer los dedos sobre la tibieza palpitante de la bestia: le entusiasma todo lo que es puramente animal. Puede estar largas horas contemplando con ojos placenteros a las muchachas cuando bailan, solo por el placer que le proporciona ver la agilidad y soltura de sus cuerpos. Si encuentra una mujer hermosa o un hombre bien plantado, se queda mirándolos y conversa con ellos solo para observarlos con admiración y proclamar con entusiasmo: ¡Qué maravilloso es el ser humano, cuando es hermoso! Pues Tolstói ama el cuerpo como recipiente de la vida animada, como superficie sensible a la luz, como envoltura de la sangre que corre ardiente; lo ama, en fin, con toda su carnalidad cálida y ondulante, como el sentido y el alma de la vida.

Sí, como el animalista más apasionado de la literatura, ama su cuerpo igual que el artista su instrumento; ama el cuerpo como la forma más natural del hombre y ama mucho más su cuerpo elemental que su alma frágil y ambigua. Ama el cuerpo en todas sus formas y tiempos, desde el principio hasta el fin, y el primer pensamiento consciente de esa pasión autoerótica se remonta —¡no es errata de imprenta!— ¡a cuando tenía dos años! Dos años, hay que subrayarlo, para que se pueda comprender cuán transparentes y rectilíneos permanecen los recuerdos de Tolstói en la corriente tumultuosa del tiempo. Mientras que Goethe y Stendhal no logran acordarse claramente más que de cuando tenían siete u ocho años, Tolstói, a los dos años, recibe ya sensaciones tan complejas y con la misma variedad concéntrica en todos sus sentidos como las del artista que acabará siendo. Léase esta primera impresión de sus primeras sensaciones corporales:

Estoy sentado en una bañera de madera y me rodea un olor nuevo para mí, pero no desagradable, que desprende un líquido con el que están frotando mi cuerpo; muy probablemente será agua de salvado. La novedad de esa impresión causa un fuerte efecto sobre mí y, por primera vez, contemplo complacido mi cuerpecillo, en el que se dibujan las costillas, y las mejillas lisas y oscuras y las mangas arremangadas de la niñera y también el agua de salvado, humeante y caliente; pero lo que más noto es la superficie lisa de la bañera sobre la que paso mi manita.

Una vez leído esto, procédase a analizar y ordenar esos recuerdos de infancia según sus zonas de percepción y se verá con asombro cómo Tolstói, siendo todavía una pequeña larva de dos años, abarca ya todo el mundo que le rodea. *Ve* a la niñera, *huele* el salvado, *distingue* que esa sensación es nueva para él, *siente* la temperatura del agua, *oye* un sonido, y *palpa* la superficie lisa de la bañera, y todas esas sensaciones simultáneas de sus distintos nervios desembocan en la sensación «agradable» con que contempla su cuerpecillo, como la única superficie sensible de todas las sensaciones vitales. Entonces se comprende cuán pronto ese cuerpecillo se agarró a la existencia con sus ventosas, con qué fuerza y precisión consciente toda la multiplicidad del mundo se traduce ya en impresiones claras en el niño Tolstói, y así se puede comprender también cómo, ya adulto, ha de saber hacer más sutiles cada una de sus impresiones y, por otra parte, realzarlas. Más tarde, esa complacencia de contemplarse el cuerpecillo sumergido en el agua de la bañera se ampliará hasta convertirse en una voluptuosidad de vivir, en un placer fuerte, y casi diríamos salvaje, que mezcla, como el niño hacía con sus impresiones, el exterior y el interior, el mundo y el «yo», la naturaleza y la vida en una única sensación de embriaguez desbordante. Y, realmente, ese sentimiento de fusión con el todo se apodera completamente del adulto ya plenamente formado, como una enorme borrachera. Para convencerse de ello, basta leer cómo, en algunas ocasiones, se levanta y sale al bosque para contemplar el mundo, ese mundo que parece que le ha escogido a él, entre millones de seres, para que lo sienta con más fuerza y con más clarividencia que todos los demás. Véase cómo, de pronto, extasiado, hincha su pecho y extiende los brazos como si quisiera abrazar al infinito que le rodea y que le llama; o cómo, no menos conmovido ante lo más insignificante que ante la plenitud cósmica de la naturaleza, se inclina para enderezar con delicadeza un cardo pisoteado, o sigue con atención el vuelo vibrante de una libélula y, de pronto, al notarse observado por los amigos, vuelve rápidamente el rostro para ocultar las lágrimas que asoman a sus ojos. Ningún escritor moderno, tampoco Walt Whitman, ha sentido tan profundamente la voluptuosidad del mundo físico, de los órganos terrenales y carnales, como ese ruso de sentidos inflamados por el dios Pan y la gran omnipresencia de un dios antiguo. Así se comprende aquella frase orgullosa y efusiva: «Yo mismo soy naturaleza».

Inquebrantable, ese hombre exuberante, universo de un universo, arraiga firmemente en la tierra moscovita: nada, pensamos, sería capaz de arrancarle de su poderosa mundanidad. Pero la misma tierra tiembla en algunas ocasiones al ser azotada por un movimiento sísmico, y así también a veces, en medio de su seguridad, *media in vita*, hace tambalear al mismo Tolstói. El ojo se pone turbio y los sentidos, vacilantes, solo logran atrapar el vacío. Algo ha entrado en su campo de visión que él no puede comprender, algo que no puede sentir su sangre, algo que está fuera de la vida y del cuerpo, algo que no comprende, aunque le ponga todos los nervios en tensión. Ese algo queda fuera de su alcance porque no es nada de este mundo, no es una materia que pueda ser absorbida y amasada. Es algo que proyecta su sombra, que se niega a ser tocado, a ser encerrado y clasificado dentro del sentimiento del mundo siempre sediento. ¿Cómo comprender el pensamiento aterrador de que de repente el espacio redondo de las percepciones haya de hacerse pedazos? ¿Cómo figurarse que esos sentidos vivos y turbulentos han de quedar un día mudos y sordos, y que las manos han de perder la carne, que el robusto cuerpo, regado ahora por la savia caliente de la sangre, ha de convertirse en comida de gusanos y después en un esqueleto frío como la piedra? ¿Cómo comprender que esa nada ha de irrumpir en su vida hoy o mañana, esa oscuridad, eso que hay detrás, eso que no puede eludirse? ¿Cómo poder comprender que irrumpa en él un presente de insensibilidad, cuando el cuerpo está aún pletórico de savia y de fuerza? Cada vez que el pensamiento de la finitud se apodera de Tolstói, la sangre se le hiela. Su primer encuentro con este pensamiento le ocurrió de niño: lo llevan a ver el cadáver de su madre. Hay una cosa fría y rígida que ayer estaba aún viva. Durante ochenta años no puede olvidar esa visión que en su día le pareció inexplicable en el sentimiento y en el pensamiento. Sin embargo, un grito brota ya del pecho de aquel niño de cinco años, un grito terrible, estridente; después sale corriendo del cuarto y se va lleno de pánico como perseguido por las erinias del pavor. Después, siempre, el pensamiento de la muerte le sigue golpeando con la misma fuerza: al morir su hermano, al morir su padre, su tía; siempre, en tales casos, nota la mano fría, helada, sobre la nuca y le hiela los nervios.

1869: antes de la crisis, pero a punto ya de sufrirla,

Tolstói nos describe ese terror blanco, la *blanche terreur*, en un asalto de ese terror que le acomete.

> Trato de echarme a dormir, pero, apenas en la cama, el terror me hace levantar. Es una angustia, una angustia como la que precede al vómito; parece que mi ser se va a romper a trozos, sin llegar nunca a romperse del todo. Trato de dormir otra vez, pero el terror está conmigo, junto a mí, rojo, blanco, algo se rompe dentro de mí, y, sin embargo, me mantiene entero.

Lo terrible ha sucedido: antes de que la muerte haya tocado ni un solo dedo del cuerpo de Tolstói, cuarenta años antes de que llegue la verdadera muerte, el presentimiento de la misma ha penetrado dentro de su alma; para no abandonarlo ya nunca. Un miedo terrible se sienta por las noches en su misma cama, le roe las entrañas devorando su alegría de vivir, se agazapa entre las hojas del libro que lee y le corroe con sus negros pensamientos.

Es evidente: tan sobrehumana como la vitalidad de Tolstói es su angustia ante la muerte. Sería arriesgado llamarlo un miedo nervioso, y compararlo con la fobia neurasténica de un Novalis, con la melancolía sombría de Lenau, con la fobia de Edgar Allan Poe, ese terror voluptuoso y místico. No, en el caso de Tolstói se trata de un terror primitivo, desnudo, animal, un terror bárbaro, un pavor superior a todo, una angustia infernal, pánico ante la pérdida del sentido de la vida. El miedo de Tolstói a la muerte no es el de un pensador, ni el de un espíritu viril y heroico, sino que tiene algo de hierro candente que le marca como a un esclavo para toda su vida y le hace estremecerse y gritar sin dominio de sí mismo. Su terror se manifiesta como algo bestial, como una explosión, como *shock*; es el terror ancestral de todas las criaturas en un solo hombre. Tolstói no quiere dejarse dominar por ese pensamiento; no, no lo quiere, se resiste, y, atormentado, extiende sus brazos como para defenderse; pues, no lo olvidemos, Tolstói es acometido por ese pavor en medio de una infinita tranquilidad. A ese moscovita, fuerte como un oso, le falta una transición entre la muerte y la vida. La muerte es algo completamente extraño e incomprensible para su naturaleza robusta, mientras que para el hombre corriente sí existe un puente que debe transitar con frecuencia entre la muerte y la vida: la enfermedad. La mayoría de los hombres de cincuenta años ya llevan en sí un pedazo latente de la muerte, su proximidad no es una cosa completamente extraña; no puede causarles ya gran sorpresa; por eso no sienten un terror tan terrible ante su enérgica presencia. Hasta Dostoievski, que con los ojos vendados y atado a la estaca aguarda el fusilamiento y que cada semana se golpea con convulsiones epilépticas, puede contemplar la muerte con ojos más comprensivos, porque está habituado al dolor, pero eso no es posible en el hombre íntegramente sano. A Dostoievski no puede acometerle la sombra de ese temor de una forma espantosa, que le hiele tanto la sangre, como a Tolstói, que empieza a temblar con solo sentir que se aproxima la muerte a su pensamiento. Para él, que solamente encuentra su yo en la plenitud, en la «embriaguez de la vida», la menor disminución de su vitalidad significa ya una especie de enfermedad (a los treinta y seis años se llama ya «un hombre viejo»). Debido a esa sensibilidad, la muerte, el pensamiento de la muerte le atraviesa como un proyectil. Solo aquel que siente el ser de una forma tan vital puede, como reverso, temer el no ser con tanta intensidad. Y justamente porque una fuerza vital verdaderamente demoniaca se enfrenta con un terror a la muerte igualmente demoniaco, se libra en el interior de

Tolstói una verdadera gigantomaquia entre el ser y el no ser, quizá la más grande de la literatura universal. Pues solo las naturalezas gigantescas ofrecen una resistencia igualmente gigantesca: un hombre dominador, un atleta de la voluntad como Tolstói, no capitula así como así ante la nada. Después del primer choque, se levanta, apresta sus músculos para lanzarse a la lucha y vencer a su enemigo. Una vitalidad tan poderosa como la suya no se deja vencer sin lucha. Apenas se repone del primer terror, se fortifica con la filosofía, levanta los puentes levadizos y dirige las catapultas contra el enemigo invisible, atacándolo con el arsenal de su lógica. Su primera arma de defensa es el desprecio: «No puedo interesarme por la muerte, principalmente por el motivo de que no existe mientras yo viva». La llama después «indigna de ser creída»; afirma luego, arrogante, que «no teme a la muerte, sino solo al miedo a la muerte». Afirma continuamente (¡durante treinta años!) que no la teme y que ni siquiera piensa en ella. Pero no engaña a nadie, ni siquiera a sí mismo. No cabe la menor duda: la muralla de la tranquilidad de su sensibilidad y su alma se derrumba con el primer asalto de aquella angustia, y, desde los cincuenta años, Tolstói combate ya solamente entre las ruinas de aquella vieja confianza en sí mismo. Debe ir cediendo terreno paso a paso, reconocer que la muerte no es solamente «un espectro» o «un espantajo», sino un enemigo muy respetable que no se acobarda con simple palabrería. Entonces se pregunta Tolstói si sería posible seguir viviendo dentro de esa fatalidad inevitable, vivir con la muerte, ya que no es posible vivir luchando con ella.

Gracias a esa concesión, comienza una segunda y fructífera fase en las relaciones de Tolstói con la muerte. «Ya no se rebela» ante su existencia, ya no se deja llevar por la locura de quererla vencer con sofismas, sino que trata de integrarla dentro de su ser, amalgamarla dentro de su sentimiento vital, endurecerse ante lo inevitable, irse «habituando» a ella. Ese gigante de la vida se ve forzado a admitir que la muerte es invencible, pero no el temor a la muerte: y dirige toda su fuerza a vencer ese temor. Así como los trapenses españoles duermen en un ataúd para matar en su interior el miedo a la muerte, Tolstói practica, mediante ejercicios diarios de su voluntad obstinada, un ininterrumpido *memento mori*. Forzadamente, incesantemente, piensa en la muerte «con toda la fuerza de su alma», sin asustarse de ella. Cada anotación que hace en su diario comienza desde entonces con tres místicas letras, «S. e. v.» («Si estoy vivo»), y cada mes, durante años enteros, escribe la frase: «Me aproximo a la muerte». Así se acostumbra a mirarla a los ojos. El hábito acaba con la extrañeza, destruye el terror, y así, treinta años de lucha con la muerte harán del ser exterior un ser interior, del enemigo una especie de amigo. La atrae hacia sí, hacia su interior, hace de la muerte un elemento constitutivo de su vida, y el primitivo temor se hace «igual a cero». «No hay que pensar en ella, pero sí tenerla siempre presente. Entonces la vida se vuelve más solemne, más importante, y en verdad más fecunda y alegre». De la miseria surge una virtud. Tolstói ha vencido su miedo (¡oh, eterna salvación del artista!) al objetivarlo; ha alejado de sí la muerte y el miedo a la muerte recreándolas en otros, en sus criaturas. Así, lo que en un comienzo parecía destructivo, supondrá una profundización de la vida y del todo inesperadamente la elevación más grandiosa de su arte: gracias a su angustia inquisidora, a haber muerto miles de veces en su fantasía, ese hombre, todo pasión y vitalidad, se convertirá en el más sabio intérprete de la muerte, en el maestro de cuantos la han descrito. El miedo, que siempre se adelanta a la realidad, que alza el vuelo de la fantasía, es siempre más fecundo que la salud aburrida e insulsa. ¡Qué pavor escalofriante, qué pánico, ha de sufrir años y años, qué horror y qué estupor el de ese hombre tan fuerte! Gracias a ese terror, llega a conocer Tolstói todos los síntomas de la destrucción física; cada marca, cada señal que el punzón de Tánatos deja en la carne que va a desaparecer, cada grito de angustia del alma que se hunde: el artista se siente poderosamente inspirado por su propio conocimiento. La muerte de Iván Ilich, con sus terribles aullidos de «No quiero, no quiero»; el penoso final del hermano de Levin; las múltiples formas de morir en las novelas; *Tres muertes*, toda esa escucha atenta sobre el borde más extremo de la conciencia, los mayores logros psicológicos de Tolstói, serían inconcebibles sin aquel sacudimiento catastrófico, sin aquel pavor sufrido por uno mismo que lo hace tambalear todo de arriba abajo, sin ese nuevo estremecimiento vigilante, desconfiado, más allá del mundo; para poder describir ese centenar de muertes, Tolstói tuvo que mostrar, imitar, vivir su propia muerte cien veces hasta en las fibras más pequeñas de su ser en su alma desolada. Solamente su terror a la muerte que presentía hizo posible llevar su arte desde lo superficial, desde la simple contemplación y reproducción de la realidad, hasta las profundidades del conocimiento; solamente ese terror ha enseñado a Tolstói, tras una plenitud de la realidad sensorial a lo Rubens, esa luz metafísica a lo Rembrandt que brota de su interior entre las trágicas penumbras. Solamente debido a que Tolstói ha vivido por adelantado la muerte con más vehemencia que nadie, nos la ha hecho como ningún otro vívida para todos nosotros.

Cada una de sus crisis es un regalo del destino para el hombre dedicado a la creación: lo mismo que en su arte, surge también una nueva proporción más elevada en la actitud intelectual de Tolstói. Las dos fuerzas opuestas se penetran mutuamente, la terrible lucha entre la alegría de vivir y su reverso trágico se convierte en una comprensión sabia y armónica. En el sentido de Spinoza, el sentimiento finalmente apaciguado descansa en un puro equilibrio entre el temor y la esperanza de la hora postrera: «No es bueno tener miedo a la muerte; tampoco es bueno desearla. Se ha de colocar de tal modo la balanza que ninguno de los dos platillos quede más alto que el otro; esas son las mejores condiciones para la vida».

La trágica disonancia se ha trocado, al fin, en armonía. El anciano Tolstói no tiene ya odio a la muerte ni la espera tampoco con impaciencia; ni huye de ella, ni la combate: sueña con ella en sosegadas meditaciones, como un artista que planea una obra invisible que ya está presente. Y justamente por eso, la hora postrera largamente temida le obsequia con la más perfecta de las gracias: una muerte grande como su vida, la obra de sus obras.

El artista

No hay verdadero placer si no es el de crear.
Crear lápices, zapatos, pan, niños, es decir,
hombres, lo que sea. Fuera del crear, no hay
verdadero placer, ningún otro placer que no
vaya unido al temor, a la pasión, al remordi-
miento o a la vergüenza.

(De una carta)

Toda obra de arte alcanza su más alto grado cuando se
olvida su surgimiento artificial y se siente su existencia
como la realidad desnuda. Esa ilusión es muchas veces completa en Tolstói. Tan verdaderas resultan sus
obras a nuestros sentidos que uno no puede pensar que
sus narraciones sean una fantasía, ni sus personajes una
invención. Cuando se lee a Tolstói, parece que se asoma
uno a la ventana a mirar el mundo real.

Si los artistas fueran únicamente como Tolstói, uno
podría dejarse muy bien llevar de la ilusión de que el arte
es algo sencillo, que la novela no es más que narrar la realidad tal cual es, un calco sin esfuerzo intelectual alguno,
para lo cual, según sus propias palabras, se requiere «solo
una cualidad negativa: no mentir». Pues su obra se pre-

senta ante nuestra vista con abrumadora claridad, con toda la ingenua naturalidad de un paisaje, espléndida y exuberante como la naturaleza misma, tan verdadera como esta. Todos aquellos misteriosos poderes del furor, del ardor fecundo, de las visiones fosforescentes, parecen, en la épica de Tolstói, cosas superfluas, ausentes: en lugar de algún demonio ebrio, parece ser un hombre lúcido y sobrio el que ha creado un duplicado de la realidad a fuerza de observación objetiva e imitación tenaz.

Pero nos engaña la perfección artística y su sentido vital, porque, ¿qué podrá ser más difícil que la verdad y qué más dificultoso que la claridad? Los primeros escritos de Lev Tolstói son un testimonio de que no fue ciertamente un hombre que no encontrara dificultades, sino que fue uno de los trabajadores más abnegados y más pacientes, y sus impresionantes frescos del mundo son un mosaico artístico logrado con esfuerzo a partir de las innumerables piedrecitas de colores formadas por millones de observaciones minuciosas. Su inmensa epopeya de dos mil páginas *Guerra y paz* fue copiada siete veces, las notas y esbozos llenaban cajas de gran tamaño. Cualquier minucia histórica, cualquier detalle de la realidad, están perfectamente documentados. Para describir la batalla de Borodino con toda precisión, Tolstói va y viene durante dos días con el mapa militar por el campo donde se libró la batalla, viaja un buen trecho en ferrocarril para poder ver a uno de los supervivientes a fin de que le dé algún detalle curioso y que sirva de adorno en su narración. Estudia a fondo infinidad de libros, revuelve bibliotecas y se dirige incluso a familias nobles y a archivos para conseguir documentos inencontrables o cartas privadas, y todo para poder encontrar un granito de la realidad. Así, durante años y más años, las pequeñas y numerosísimas observaciones son como pequeñas gotitas de mercurio que al fin se reúnen todas y forman una masa redonda, pura y perfecta. Y ahora, finalizada esa lucha por la verdad, empieza su lucha por la claridad. Como Baudelaire, el artista lírico, trabajaba cada línea de su poema, así lima, limpia y abrillanta Tolstói su prosa, así la forja a martillazos, la engrasa y la moldea, con el fanatismo del artista intachable. Una frase vacilante, un adjetivo que no cuadre completamente en medio de las diez mil páginas de sus obras, puede intranquilizarlo hasta el punto de telegrafiar, espantado, al linotipista en Moscú para que paren las máquinas de la imprenta a fin de que él pueda modificar todavía una sílaba. Esa primera prueba de imprenta será después colocada en el alambique de su inteligencia, fundida y formada de nuevo; cuando se trataba de arte, tras esa apariencia tan natural había mucho esfuerzo. Durante siete años, Tolstói trabaja ocho o diez horas todos los días. No debe sorprendernos, pues, que este hombre tan sano y de nervios tan fuertes, después de cada una de sus grandes novelas quede psíquicamente destrozado. El estómago se resiente, los sentidos se vuelven confusos y él debe retirarse a una soledad completa, alejado de toda cultura, en las estepas de los baskires para vivir en una cabaña y lograr otra vez el equilibrio psíquico por medio de una cura de *kumys* [leche de yegua fermentada]. Es precisamente ese escritor homérico, ese narrador natural, claro como el agua, cercano a los antiguos narradores folclóricos, quien esconde un artista nunca satisfecho y siempre atormentado (¿es que hay otros?). Pero, merecedor de la mayor de las gracias, el esfuerzo de la creación es invisible en la perfección de la obra. Como si fuera algo eterno, sin origen, sin edad como la misma naturaleza, aparece la prosa de Tolstói como un arte de nuestro tiempo y, a la vez, más allá de cualquier época. Por ninguna parte se encuentra la marca reconocible de una época determinada. Si una de sus novelas cortas cayera en manos de un lector y este no supiera el nombre del que la ha escrito, nunca podría determinar a qué década pertenece, ni siquiera a qué siglo; tan desligadas de toda época están sus narraciones. Las leyendas populares *Los tres ancianos* o *Cuánta tierra necesita un hombre* podrían ser contemporáneas de Rut y Job, de un milenio antes de la invención de la imprenta o de los comienzos de la escritura. *La muerte de Iván Ilich*, *Polikushka* o *La historia de un caballo* pueden pertenecer muy bien al siglo xix o al xx o al xxx, pues no es el alma de una época la que se expresa allí, como pasa con Rousseau, Stendhal o Dostoievski, sino que es un alma primigenia, de todos los tiempos, que no cambia; es el pneuma terrenal, el sentimiento primitivo, el terror ancestral, la soledad antigua del hombre ante lo infinito. Y al igual que en el interior del espacio absoluto de la humanidad, dentro de la duración relativa de la creación literaria su maestría unánime y equilibrada suspende el tiempo. Tolstói no ha tenido que aprender el arte de la narración ni tampoco lo ha olvidado nunca, porque su genio natural no conoce el progreso ni el retroceso. Tanto en las descripciones del paisaje que hace en *Los cosacos*, cuando tenía veinticuatro años, como en aquella inolvidable y magnífica mañana de Pascua en *Resurrección*, escrita a los sesenta años, después de una vida entera, se respira, con todos los sentidos, toda y la misma, frescura inmarcesible y directa de la naturaleza, y ambas obras tienen la misma plasticidad, que puede tocarse con los dedos, del mundo orgánico e inorgánico. En el arte de Tolstói no hay, pues, ni aprendizaje ni olvido, decadencia ni transición, sino que durante medio siglo conserva la misma perfección. Así como las rocas persisten ante Dios graves y permanentes, firmes e inalterables tal cual son, así también las obras de Tolstói se yerguen indestructibles entre los vaivenes del tiempo.

Pero gracias a esa perfección armónica, equilibrada, libre del acento personal, apenas uno siente al artista en sus obras. Tolstói, en lugar de mostrarse como el narrador de un mundo imaginario, lo hace como cronista de la realidad inmediata. En verdad, uno casi no se atreve a llamar *poète*, poeta, a Tolstói, pues «poeta», esa palabra alada, remite, involuntariamente, a un ser diferente, a una forma elevada de la humanidad, a una alianza misteriosa con el mito y la magia. Tolstói, por el contrario, no es en absoluto un hombre de un tipo «superior», sino un hombre «de este lado», en modo alguno sobrenatural, sino plenamente terrenal. Nunca se sale Tolstói de la estrecha zona de lo tangible, de lo perceptible, de lo evidente; pero, eso sí, en ese ámbito alcanza la perfección. No tiene otras cualidades que las habituales, ni mágicas ni alentadas por las musas, pero están dotadas de una fortaleza inaudita: en su alma hay más intensidad, ve, oye, huele y siente más nítida, más claramente, con mayor amplitud y conocimiento que una persona normal; su memoria es más duradera y precisa; piensa con más rapidez, con mayor capacidad combinatoria y con más precisión; en definitiva, cada una de sus facultades humanas funciona en su organismo perfecto con una intensidad centuplicada con respecto a un hombre de naturaleza corriente. Pero nunca sobrepasa Tolstói los límites de la normalidad (por eso eran pocos los que se atrevían a atribuirle la palabra «genio», algo tan evidente en el caso de Dostoievski), nunca Tolstói parece ser arrastrado en sus obras por un demonio, por lo incomprensible. Nunca su fantasía, completamente terrenal, aspiraba a inventar nada que estuviera más allá de «la memoria objetiva», que no fuera ya común a todos los seres humanos, y por eso su arte siempre es preciso, objetivo, claro; humano en todo momento, un arte de la luz natural, una realidad potenciada. Por eso cuando él narra parece como si en lugar de hacerlo el artista nos hablaran las cosas mismas. Los hombres y los animales salen de sus obras como de su propio y cálido hogar. Se ve que no hay un poeta apasionado que acucia e inflama a sus personajes a la manera de Dostoievski, que parece fustigar con golpes de látigo a sus personajes para que salgan a escena enardecidos y a gritos. Cuando Tolstói narra no se oye su respiración. Narra como un montañés que escala a una cima: lentamente, guardando su equilibrio, por etapas, paso a paso, sin saltos, sin impacientarse, sin desfallecer, sin flaquear; de ahí la absoluta serenidad con que lo acompañamos. Sin tambalearse, sin dudar, sin desfallecer; aferrado a su mano de bronce, uno asciende paso a paso los grandes colosos montañosos de sus epopeyas, y a medida que uno va subiendo se ensancha el horizonte y cada vez se ven más cosas. Los acontecimientos se desarrollan con ritmo lento; poco a poco se va aclarando el horizonte con la misma naturalidad con que el paisaje se ilumina gradualmente pulgada a pulgada con el sol del amanecer. Tolstói describe sin ponerle énfasis, como contaban sus mitos aquellos narradores épicos de los primeros tiempos, los rapsodas, los salmistas y los cronistas de aquellas épocas en que la impaciencia no se había apoderado aún de los hombres, la naturaleza aún no se había separado de sus criaturas y no existía aún esa jerarquía humana que clasifica con arrogancia a hombres y animales, a piedras y plantas, y el poeta reverenciaba y otorgaba divinidad tanto a lo más humilde como a lo más poderoso. Para Tolstói no existe ninguna diferencia entre los aullidos lastimeros de un perro que agoniza, la muerte de un general cargado de honores y de cruces o la caída de un árbol caduco que el viento derriba. Todo lo mira de forma pictórica y espiritual: lo hermoso y lo feo, lo animal y lo vegetal, lo puro y lo impuro, lo mágico o lo humano; sería un juego de palabras inútil si quisiéramos distinguir claramente si Tolstói naturaliza al hombre o humaniza a la naturaleza. Ninguna esfera terrenal le es ajena; su sentimiento se desliza desde el cuerpo sonrosado de un niño de pecho al pelaje tembloroso de un potrillo en el establo, y de la falda de calicó de una aldeana al brillante uniforme del general más ilustre, ante cada cuerpo, ante cada alma, con una seguridad inconcebible de la percepción más secreta y carnal. A menudo, las mujeres se han preguntado asustadas cómo había podido ese hombre descubrir sus sensaciones más ocultas e íntimas bajo la piel, la tensión incómoda en los pechos llenos de leche de una madre o el escalofrío acariciador que siente en sus brazos desnudos una muchacha que asiste por primera vez a un baile. Y si los animales pudieran hablar, manifestarían su asombro preguntando por qué misteriosa intuición ha podido adivinar el placer de un perro de caza al percibir el olor de la pieza o los pensamientos instintivos de un purasangre en el momento de arrancar a correr (léase la descripción de aquella cacería en *Anna Karénina*). Son todos esos detalles tan precisos que se adelantan a todas las observaciones y experimentos de los zoólogos y entomólogos, desde Buffon hasta Fabre. La exactitud de las observaciones de Tolstói no tiene preferencias dentro de lo natural: no tiene predilección en su amor a la naturaleza. Su vista insobornable no encuentra diferencia entre Napoleón o el último de sus soldados, y este último no es más importante que el perro que le sigue o la piedra que este mismo perro pisa con sus patas. Todo lo que forma parte de lo terrenal, el ser humano y las multitudes, plantas y animales, hombres y mujeres, ancianos y niños, generales y campesinos, se precipita en una vibración de los sentidos con la misma uniformidad cristalina de la luz en sus órganos, para luego brotar de ellos con la misma fuerza. Esto da a su arte ese equilibrio tan natural y ese ritmo monótono pero grandioso que siempre evocan el nombre de Homero.

Aquel que ve tan claramente no necesita inventar, el que contempla poéticamente no necesita fantasear. Artista absolutamente atento a lo real, en contraposición a Dostoievski, el visionario, no necesita sobrepasar los umbrales de la realidad para llegar a lo extraordinario. No extrae los acontecimientos de un espacio fantasioso ultramundano, sino que se limita a cavar en la tierra común, en los hombres corrientes, sus túneles audaces y atrevidos. Y de nuevo en lo humano, Tolstói puede abstenerse de contemplar naturalezas desviadas y patológicas, o incluso más allá, como Shakespeare y Dostoievski, de plasmar como por arte de magia y misteriosamente nuevos grados intermedios entre Dios y la bestia, entre Ariel y Aliosha, entre Calibán y Karamázov. Hasta el más corriente y anodino de los jóvenes campesinos se vuelve misterioso en esa profundidad que únicamente él puede alcanzar: le basta como entrada a las capas más hondas de su reino de las almas un simple campesino, un soldado, un borrachín, un perro, un caballo, esto o aquello; en cierto sentido, la materia humana más barata y accesible, en modo alguno almas valiosas y sutiles. Pero a sus figuras tan del montón las lleva a lo espiritualmente inaudito, y no porque las embellezca, sino porque profundiza en ellas. Sus obras hablan solamente el lenguaje de lo real (la realidad marca sus límites), pero en un lenguaje más perfecto que el que haya podido emplear poeta alguno; ahí está su grandeza. Para Tolstói, la verdad y la belleza son una misma cosa.

Así pues, Tolstói es —digámoslo con toda claridad— el más clarividente de todos los artistas, pero no un vidente, es el más completo cronista de la realidad, pero no un autor imaginativo. Las percepciones más sofisticadas de Tolstói no proceden de sus nervios como en Dostoievski, ni son fruto de visiones como en Hölderlin o Shelley, sino que obedecen únicamente a la acción coordinada de sus sentidos arrolladores, radiales como la luz. Desplegándose como un enjambre de abejas que continuamente le van aportando el nuevo polen de colores extraído de la observación, que luego él, fermentándolo en la objetividad, convierte en el fluido melifluo de la obra de arte. Solo ellos, sus sentidos, maravillosamente obedientes, clarividentes, agudos, de nervios templados y sin embargo sensibilísimos, sus sentidos equilibrados, hipersensibles y casi tan olfativos como los de los animales le van aportando de cada fenómeno el material inigualable de la sustancia sensorial que luego la química misteriosa de este artista sin alas transmuta lentamente en el alma, igual que un químico destila pacientemente la materia etérea de las plantas y las flores. La extraordinaria sencillez del narrador Tolstói es siempre el resultado de una extraordinaria e incalculable miríada de observaciones aisladas. Como un médico, comienza por un reconocimiento general, un inventario de todas las características del cuerpo antes de empezar el proceso de destilación narrativa que emplea en sus novelas.

No puede usted imaginar —escribe una vez a un amigo— cuán pesado me resulta ese trabajo preparatorio, necesario, de labrar el campo en el cual pienso sembrar. Es terriblemente difícil pensar y volver a pensar todo lo que puede suceder en una obra amplia con los personajes que uno ha tomado para la observación. Es muy dificultoso ir pensando en tantas posibles acciones para luego escoger, entre todas ellas, una millonésima parte.

Y como ese proceso, más mecánico que imaginativo, se repite para cada personaje, hay que calcular cuántas partículas de polvo deben ser molidas a fuerza de paciencia hasta que cobren forma. Toda unidad, todo personaje, es una reunión de mil partes aisladas, cada detalle está formado por otras unidades infinitesimales, pues parece que ha observado cada uno de los síntomas característicos por medio de una fría e imperturbable lente de aumento. Al estilo de Holbein, va formando, por ejemplo, una boca trazo a trazo, va perfilando el labio superior y el inferior con todas sus anomalías individuales, cada temblor de las comisuras con arreglo a los afectos del alma, el modo de reír y los pliegues de la ira se representan muy gráficamente. Solo después, lentamente, se da color a esos labios, se palpa su carnosidad, su firmeza con dedos invisibles, la pequeña sombra que proyecta el bigote; con ello se logra al fin la forma cruda de la boca, la creación de los labios puramente carnosa, y se completará ahora con sus funciones características, con el ritmo del habla, la expresión típica de la voz, orgánicamente adaptados en su especificidad a esa boca determinada. Y lo mismo que con los labios, en el atlas anatómico de su representación se perfilarán la nariz, las mejillas, la barbilla y el cabello, con una exactitud que casi produce angustia, será engranado un detalle con el otro con la mayor precisión, y todas esas observaciones, las acústicas, las fonéticas, las ópticas y las motoras, serán mezcladas en el laboratorio invisible del artista y combinadas cuidadosamente. De la suma fantástica de todas esas observaciones de detalle extrae el artista la raíz, y la abundancia desconcertante pasará después por la criba de la selección, así que a una observación tan generosa corresponde un aprovechamiento muy limitado de los resultados.

Solo cuando ha fijado ya con precisión geométrica todo lo sensorial, finalizada la parte física, comienza el Golem, el ser humano visualmente construido, a hablar, a respirar, a vivir. Siempre se encuentran atrapadas en Tolstói el alma, la psique, la divina mariposa con la redecilla finísima de sus observaciones. Por el contrario, en Dostoievski, el visionario, su genial adversario, la individuación cobra forma desde el alma. Para Dostoievski, lo primario es el alma, y el cuerpo no es más que una cáscara vacía y ligera, como el tegumento de un insecto que envuelve el meollo luminoso y ardiente. En los momentos de felicidad, el alma puede romper esa envoltura y elevarse por las regiones etéreas del sentimiento hasta llegar al puro éxtasis. Por el contrario, en Tolstói, el clarividente, el artista atento a lo real, el alma nunca puede volar, ni siquiera respirar una sola vez en completa libertad, el cuerpo duro y pesado siempre la envuelve. Por eso ni siquiera sus criaturas más gráciles pueden elevarse hasta Dios, jamás pueden ascender por encima de lo terrenal y liberarse del mundo, sino que han de marchar penosamente, paso a paso, como mozos de cuerda que llevan a cuestas su propio cuerpo, subiendo jadeantes, escalón tras escalón, hacia la santificación y la purificación, siempre fatigosamente bajo el peso de lo terrenal. Siempre ese artista que nunca eleva su vuelo, ese artista sin humor, nos hace recordar dolorosamente que vivimos en la pequeña tierra y que la muerte nos rodea, que no podemos escapar ni huir, y que nos hallamos rodeados *media in vita* por la terrible nada. «Le deseo a usted más libertad espiritual», escribió proféticamente en cierta ocasión Turguéniev a Tolstói. Eso mismo es lo que uno desearía a las personas que le rodean, un poco más de libertad intelectual, un poco más de fuerza espiritual para elevarse, una capacidad para alejarse de lo material y lo físico, o por lo menos la capacidad de soñar con un mundo más puro, más claro.

Arte otoñal, así podría llamársele. Sus contornos se dibujan con la agudeza de un filo de acero; como el horizonte llano de la estepa rusa, y el aroma amargo de lo marchito emana de los bosques amarillentos. El paisaje en Tolstói casi siempre se percibe como otoñal: pronto será invierno, pronto la muerte penetrará en la naturaleza, pronto los hombres habrán vivido sus vidas, y con ellos también el hombre eterno que hay en nosotros. Un mundo sin sueños, sin ilusiones, sin mentiras, un mundo espantosamente vacío e incluso un mundo sin Dios —al cual se inventará Tolstói más tarde para su cosmos como razón para vivir, igual que Kant por una razón de Estado—, un mundo cuya única luz es siempre la de su verdad inexorable, sin otra claridad que la suya, igualmente implacable. Tal vez sea aún más sombrío, más oscuro y más trágico el mundo de Dostoievski que esa uniforme claridad helada, pero Dostoievski rompe a veces esa negrura angustiosa con relámpagos de éxtasis embriagadores que, aunque no sea más que por algunos segundos, permiten a nuestros corazones trasladarse a un cielo de exaltación. El arte de Tolstói no conoce la embriaguez ni el consuelo tampoco; es siempre sobrio y cristalino como el agua. Gracias a su maravillosa transparencia, uno puede mirar hasta las mayores profundidades, pero nunca esa visión embriaga al alma con el éxtasis. El arte de Tolstói invita a la seriedad y a la reflexión, como una ciencia con su luz pétrea, pero no invita a la felicidad.

Pero ¿cómo sentía el mismo Tolstói, el más lúcido de todos, el carácter despiadado y desilusionante de su mirada severa en su obra, un arte desprovisto de la bienhechora iluminación dorada del ensueño, de la gracia de la música? En lo más profundo, Tolstói no ama su arte, porque ese arte no sabe dar, ni a él mismo ni a los demás, un sentido placentero y positivo de la vida. Pues ¡qué aspecto tan desolador cobra toda la existencia ante su pupila cruel!: el alma es solo un pequeño y palpitante mecanismo del cuerpo, rodeada del silencio de la muerte, la historia es un amasijo, un caos de hechos casuales, el hombre no es más que un esqueleto que se mueve y que se ha envuelto en vida solo para el corto plazo de una existencia humana, y todo el conjunto es algo sin sentido ni orden ni fin alguno, como el agua que corre o las hojas que se pudren. ¿Acaso es realmente tan incomprensible que después de treinta años creando imágenes sombrías Tolstói se aparte de repente de su arte? ¿Que anhele un arte que libere de aquella gravedad a los demás y les alivie la vida, un arte que «despierte en los hombres sentimientos mejores y más elevados»? ¿Qué también él por una vez quiera tocar la lira plateada de la esperanza, que a la menor vibración hace resonar la fe en el pecho de los hombres, que sienta el anhelo de un arte que haga más ligera la opresión del mundo terrenal? ¡Pero en vano! La visión cruelmente clara, los ojos despiertos y vigilantes de Tolstói ya no pueden mirar la vida más que como es: ensombrecida por la muerte, oscura y trágica; nunca podrá lograr que su arte, que no miente ni quiere ser engañado, pueda servir de verdadero consuelo. De esa manera es como se despierta en un Tolstói que envejece un nuevo deseo: como es imposible que él pueda ver la vida distinta de lo que es, es decir, trágica, y así ha de describirla y no de otra manera, solo cabe ya una cosa: *hacer que la vida sea distinta* y hacer mejores a los hombres a fin de *procurarles consuelo por medio de un ideal moral*. Y, en efecto, en la segunda época de su vida ya no encuentra Tolstói el menor placer en novelar la vida, sino que busca conscientemente para su *arte un sentido, una misión ética*, y lo pone al servicio de la moralización y la elevación de las almas. Sus novelas, sus relatos, ya no pretenden reproducir el mundo, sino reformarlo y tener un efecto «educativo». En esa época comienza Tolstói una especie distinta de obras de arte que quieren ser «contagiosas», es decir, advertir al lector, por medio de ejemplos, dónde está lo injusto, reforzarlo en el bien a través de modelos. El Tolstói tardío, que hasta entonces había sido un poeta de la vida, se erige en un juez de la vida.

Esa tendencia útil doctrinaria se nota ya en *Anna Karénina*. Aquí ya el destino separa a los que son morales de los inmorales. Vronski y Anna, los personajes sensuales, infieles y egoístas son «castigados» por su pasión y arrojados al purgatorio de la inquietud del alma; Kitty y Levin son, al contrario, elevados a la purificación; por primera vez, Tolstói, narrador insobornable hasta entonces, trata de tomar partido a favor o en contra de sus personajes. Y esa tendencia a subrayar, como en los libros de texto, los principales artículos de fe y a utilizar signos de exclamación y comillas, esa segunda intención doctrinaria se acentúa cada vez más. Hasta que en la *Sonata a Kreutzer*, en *Resurrección*, el arte ya no es más que una capa sutil que cubre la desnuda teología moral, y los argumentos sirven (admirablemente, por cierto) como instrumento al predicador. El arte deja de ser poco a poco, para Tolstói, un fin por sí mismo; ahora solo puede amar la «hermosa mentira» siempre que sirva a la «verdad», no ya en el sentido de antes, como expresión de lo real, de la realidad de los sentidos y del alma, sino una —así lo piensa él— más elevada, espiritual, la verdad religiosa que le ha revelado su crisis. Desde entonces, Tolstói llama libros «buenos» no a los que están bien escritos, sino solamente aquellos que (sin tener en cuenta su valor artístico) inducen al «bien»; aquellos que ayudan a que los hombres sean más pacientes, más afables, más cristianos, más humanos, más cordiales, de tal forma que el tan honrado como banal Berthold Auerbach le parece más importante que ese «parásito» de Shakespeare. Cada vez más, la vara de medir pasa de las manos del Tolstói artista a las del doctrinario moralista: el incomparable narrador de la humanidad retrocede consciente y respetuosamente para dejarle el sitio al reformador de la humanidad, al moralista.

Pero el arte, intolerante y celoso como todo lo divino, se venga de quien reniega de él. El arte no quiere ser servil, no quiere someterse a un poder superior, y huye con ímpetu incluso del maestro que antes más amaba, y por eso, precisamente en aquellos pasajes donde Tolstói quiere crear doctrinariamente, se debilita y se desvanece enseguida la sensualidad elemental de sus personajes; una fría luz de la razón se cierne como una niebla, tropezamos con verbosidades lógicas y buscamos a tientas la salida. Aunque más tarde, Tolstói, llevado por su fanatismo moral, desprecie obras maestras suyas como *Infancia* y *Guerra y paz*, considerándolas «libros malos, fútiles, indiferentes», porque solo tenían pretensiones estéticas para satisfacer «un tipo de placer inferior» —¡presta oídos a esto, Apolo!—, en verdad siguen siendo sus obras maestras, y las que obedecían a un propósito moral son lo más flojo de su producción Cuanto más se entrega a su «despotismo moral», tanto más se aleja Tolstói del elemento verdadero de su genio, la veracidad de sus sentidos, y tanto más desigual se vuelve como artista: como Anteo, toma toda su fuerza de la tierra. Cuando Tolstói observa lo sensual con sus ojos espléndidos como el diamante, sigue siendo genial hasta en sus últimos años; cuando tantea entre las nubes de la metafísica, mengua terriblemente su estatura. Y casi conmueve ver con qué empeño un artista quiere flotar y volar en lo espiritual, cuando está señalado por el destino para marchar con paso firme sobre nuestra dura tierra para roturarla y ararla, para conocerla y describirla como ningún otro de nuestro presente.

Trágico dilema este, eternamente repetido en todas las obras y en todas las épocas. Lo que debiera realzar la obra de arte, la convicción y una voluntad de convencer, disminuye casi siempre al artista. El arte verdadero es egoísta, no busca más que su propio perfeccionamiento. Y el artista puro no puede pensar más que en su obra, no en la humanidad a quien la destina. Por eso Tolstói, mientras plasma el mundo de los sentidos con sus ojos impávidos e insobornables, es el más grande como artista. Cuando se vuelve compasivo, cuando quiere auxiliar, mejorar, guiar e instruir por medio de sus obras, su arte pierde toda su fuerza conmovedora y convierte a su autor en el personaje más triste de todos sus personajes.

Autobiografía

Conocer nuestra vida es conocernos a nosotros mismos.

A RUSANOV, 1903

La mirada de Tolstói se dirige implacable hacia el mundo, pero con la misma severidad también la dirige hacia sí mismo. La naturaleza de Tolstói no soporta la confusión, el disimulo o las sombras ni en el interior ni en el exterior del mundo terrenal: Tolstói, acostumbrado a ver con toda precisión la línea y el contorno de un árbol o a observar minuciosamente el movimiento convulsivo de un perro asustado, no soporta verse a sí mismo como un conglomerado opaco y confuso. Por eso no puede resistirse, ya desde sus primeros años, a indagar en sí mismo de forma incesante: «Quiero conocerme completamente», escribe en su diario cuando cuenta diecinueve años. Un fanático de la verdad como Tolstói no puede ser más que un autobiógrafo apasionado.

Pero la descripción de uno mismo, a diferencia de la del mundo, no se resuelve nunca completamente en una única obra de arte. El propio yo no se deja separar nunca completamente mediante una recreación, porque una sola observación no basta para dar cuenta de un yo en constante cambio. Por eso los grandes autobiógrafos continúan la observación de sí mismos durante toda la vida. Todos ellos, Durero, Rembrandt, Tiziano, empiezan sus primeros autorretratos de juventud ante el espejo y prosiguen hasta que ya no pueden hacerlo, porque les atrae en la propia figura tanto lo que persiste como lo que se halla en continuo cambio. Del mismo modo, el gran retratista de la realidad Tolstói nunca dejó de retratarse a sí mismo. Apenas ha acabado de plasmar su figura, cree él, de forma definitiva, ya sea como Nejliúdov, como Bezujov o como Pierre o Levin, ya no se reconoce en la obra acabada, y para captar la nueva forma ha de volver a empezar. Pero con la misma constancia con que Tolstói, el artista, persigue la sombra de su propia alma, su yo huye siempre más lejos en una huida espiritual, en una tarea siempre nueva e inacabable que él, gigante de la voluntad, desea acometer una y otra vez. De ahí que no saliera de sus manos en sesenta años una sola obra que no contuviera de alguna forma la propia silueta de Tolstói, ni tampoco ninguna que abarcara por sí sola toda la amplitud de ese hombre. Solo el conjunto de sus novelas, relatos, diarios y cartas conforma su autobiografía, que sin embargo nos ha dejado el retrato de sí mismo más rico, más trabajado y más tenaz que el de ningún otro en nuestro siglo.

De modo que jamás puede este hombre no inclinado a inventar, que únicamente puede relatar lo experimentado y percibido, desaparecer del campo de visión, de lo que está vivo, de lo que puede percibirse. Incansablemente, sin poder resistirse a menudo contra su voluntad, y siempre más allá de su voluntad de vigilar, tiene que indagar sobre sí mismo, espiarse, explicarse, «mantener la guardia» día y noche sobre su propia vida hasta el agotamiento. Y su furor autobiográfico no para nunca, como tampoco lo hacen el martilleo de su corazón en el pecho o los pensamientos bajo su frente. Escribir es, para Tolstói, juzgarse y dar cuenta de ello. Por eso no hay ninguna forma de autobiografía que no haya empleado: la revisión puramente mecánica de los hechos en el recuerdo, el control pedagógico, el moral, la acusación moral y la confesión del alma, por tanto autobiografía como dominio y estímulo de sí mismo, como un acto estético y religioso; en fin, no terminaríamos nunca de enumerar las formas y los motivos de las representaciones de sí mismo. Por su diario conocemos al joven de diecisiete años como al anciano de ochenta, sabemos de sus pasiones juveniles, de la tragedia de su matrimonio, de sus pensamientos más íntimos lo mismo que de sus acciones más banales, porque, también en esto al contrario de Dostoievski, que vivió «con los labios apretados», él necesitaba vivir con «ventanas y puertas abiertas». Conocemos todos los pasos y detalles de su vida, los episodios más triviales y efímeros de sus ochenta años de vida, del mismo modo que conocemos su imagen por las incontables reproducciones, con zapateros y conversando con los campesinos, a caballo, con el arado, sentado en el escritorio o en la pista de tenis, con su mujer, con los amigos, con la nieta, durmiendo y hasta muerto. Y a esa exposición de su cuerpo y de su espíritu y a la documentación, tan incomparables, se suman los recuerdos y anotaciones de todo su entorno, de su mujer y su hija, de secretarios y reporteros o de visitantes ocasionales: creo que pudieran reforestarse los bosques de Yásnaia Poliana si todo el papel que encierra los recuerdos de Tolstói pudiera otra vez convertirse en madera. Nunca un literato ha vivido tan abiertamente como Tolstói, pocas veces un hombre se ha expuesto más a sus semejantes. Desde Goethe, no tenemos una figura tan documentada como la suya por sus observaciones tanto en el plano interno como en el externo.

Esa observación de sí mismo se remonta en Tolstói al mismo despuntar de la conciencia. Empieza cuando es un niño sonrosado, mucho antes de que pueda hablar, y solo acaba a los ochenta y tres años en el lecho de muerte, cuando ya no puede articular palabra. Dentro de ese periodo de tiempo tan enorme, que abarca desde el silencio del comienzo hasta el silencio del final, no hay un momento sin habla ni escritura. Ya con diecinueve años, apenas salido de la escuela, se compra un diario.

> Nunca he llevado un diario —escribe en la primera página— porque no le veía utilidad, pero ahora, cuando me ocupo del desarrollo de mis facultades, gracias al diario podré seguir el curso de mis progresos; el diario deberá recoger reglas para la vida, y en él deben indicarse también mis futuras acciones.

Como un comerciante, hace la cuenta de sus obligaciones, un debe y un haber de sus propósitos y de sus objetivos cumplidos. El joven de diecinueve años ya tiene una visión clara de la aportación de capital que hace con su persona. En su primer inventario de sí mismo, hace constar que es «un hombre especial» que tiene una misión «especial» que cumplir: pero, al mismo tiempo, el joven afirma con crudeza que necesitará una gran fuerza de voluntad para lograr que su naturaleza, inclinada a la pereza, a la inconstancia y a la sensualidad, se someta a los dictados de la moral. Y así crea un modo de controlar el rendimiento de su día a día a fin de no perder ni una sola gota de su fuerza: el diario le sirve, ante todo, como estímulo para examinarse pedagógicamente y —siempre hay que repetir las palabras de Tolstói— «montar guardia sobre la propia vida». Sin miramientos, resume así, por ejemplo, sus actividades de un día:

> Desde las doce hasta las dos, hablando con Bigitchev con demasiada vanidad y engañándome a mí mismo. Desde las dos hasta las cuatro, he hecho gimnasia: sin apenas perseverancia ni paciencia. Desde las cuatro a las seis, he comido y he hecho algunas compras inútiles. En casa no he escrito: pereza; no he podido decidir si debo o no ir a casa de Volkonski; allí he hablado poco: cobardía. Me he portado mal: cobardía, vanidad, falta de reflexión, debilidad, pereza.

Tan joven aún, Tolstói se agarra fuerte de la garganta y esa mano de hierro no se afloja durante sesenta años. Lo mismo que cuando tenía diecinueve, con ochenta y dos años Tolstói sigue teniendo el látigo siempre dispuesto para fustigarse; en su diario de vejez sigue tachándose de «cobarde», «malvado» o «perezoso» cada vez que el cuerpo fatigado se resiste a acatar su disciplina espartana.

Pero el Tolstói artista siente la necesidad, casi al mismo tiempo que el Tolstói moralista, de contar con un retrato propio, y a los veintitrés años comienza (caso único en la literatura mundial) una autobiografía en tres tomos. La primera mirada de Tolstói es la del espejo. El joven apenas sabe aún nada del mundo y ya a los veintitrés años elige como objeto su propia vida, su niñez. Con la ingenuidad de Durero cuando con doce años empezó a dibujar con un lápiz plata en una hoja cualquiera su carita de niño, suave como la de una muchacha y todavía no surcada por la experiencia, así también el barbilampiño subteniente Tolstói, entonces destinado como artillero en una fortaleza del Cáucaso, comienza por curiosidad a relatarse sus años de «infancia», «adolescencia» y sus «años de juventud». Obedece sencillamente a un impulso de explicarse por medio del autorretrato, y ese vago instinto no persigue ningún propósito, y menos aún, como más tarde reivindicará, estaba «iluminado por la luz de la exigencia moral». Como quien pinta una acuarela sobre papel, el joven oficial en el Cáucaso esboza, por curiosidad y aburrimiento, los cuadros de su niñez y de su hogar. Aún no hay nada en él del futuro gesto redentor de Tolstói, de la «confesión» por la voluntad de «hacer el bien», ni se esfuerza por dejar constancia de las «monstruosidades de su juventud» para servir de advertencia de los hombres; no, no hay utilidad para nadie, sino que, como el juego ingenuo de un muchacho que no ha vivido más que ese «deslizamiento desde la niñez», describe a sus veintitrés años su puñado de existencia, las primeras impresiones, el padre, la madre, los parientes, los maestros, las personas, los animales y la naturaleza. Esa narración despreocupada se encuentra a una enorme distancia de los análisis insondables de aquel Tolstói, escritor consciente, de aquel Tolstói que, a causa de su posición, se sentirá obligado a presentarse ante el mundo como penitente, ante los artistas como artista, ante Dios como pecador, y ante sí mismo, como ejemplo de humildad. El que narra es un joven aristócrata que, en un entorno que le es ajeno, anhela el calor de su hogar y la bondad de personas hace tiempo desaparecidas. Cuando luego sucede lo inesperado, y aquella autobiografía escrita sin propósito alguno le da fama, Lev Tolstói interrumpe enseguida la continuación, los «años del hombre»; el autor afamado no vuelve jamás a encontrar el tono de aquel al que nadie conocía, jamás consigue el maestro maduro un retrato tan puro y logrado de sí mismo. Tendrá que transcurrir medio siglo —en Tolstói todas las cifras son enormes como las tierras de Rusia— antes de que el artista vuelva a ocuparse de una autobiografía sistemática y completa como aquel joven que recogía sus pensamientos con espíritu lúdico. ¡Pero cómo cambió su tarea a raíz de su conversión religiosa! Al igual que todos sus pensamientos, también dirige Tolstói el retrato de su vida al conjunto de la humanidad para que esta por medio de su propia «purificación del alma» pueda a su vez purificarse. «Una descripción de la propia vida lo más veraz posible posee un enorme valor para cualquiera que la lleve a cabo y debe ser de gran utilidad para todas las personas», anuncia Tolstói programáticamente la exploración de sí mismo, e, inmediatamente, a los ochenta años, comienza todos los preparativos necesarios para esa justificación decisiva; sin embargo, apenas ha empezado, desiste de la tarea por más que «una autobiografía completamente fiel a la verdad es más útil… que la charlatanería artística con que he llenado doce volúmenes de mis obras y a la que los hombres atribuyen hoy una importancia completamente inmerecida». Porque su estándar de autenticidad se ha incrementado con el paso de los años y el conocimiento de su ser: ya ha conocido todas las formas ambiguas, insondables y capaces de transformarse de la verdad, y en los mismos lugares donde él se deslizaba despreocupadamente a los veintitrés años como si calzase raquetas de nieve sobre superficies lisas como de cristal, siente ahora el temor de la responsabilidad del que busca la verdad y retrocede desalentado. Siente temor ante su «insuficiencia, ante la falta de honradez que forzosamente va unida a toda historia propia»; teme que «aun siendo una pura mentira, una autobiografía se convertiría en mentirosa por una colocación equivocada del foco que realzase lo bueno y dejara en la penumbra lo que de malo había en ella». Y acaba por confesar: «Cuando decidí escribir la verdad desnuda y no ocultar ninguna maldad de mi vida, me asusté de los efectos que una autobiografía semejante pudiera causar». Pero no lamentemos demasiado esa pérdida; gracias a los escritos de esa época, por ejemplo, *Confesión*, sabemos ciertamente que la necesidad de la verdad, desde su crisis religiosa, se convirtió para Tolstói en un placer flagelante y fanático, y que todas las confesiones que escribió por entonces van envueltas siempre en las injurias que se dirige a sí mismo convulsivamente. El Tolstói de los últimos años no quería ya describirse a sí mismo, sino humillarse ante los hombres, «decir cosas de las que debiera avergonzarse»; de ese modo esa definitiva autobiografía, con su reprobación de las supuestas «vilezas» y pecados, hubiera llegado a ser, probablemente, una deformación de la verdad. Además, podemos prescindir muy bien de esa autobiografía porque poseemos otra biografía de Tolstói más amplia y minuciosa que la primera, quizá la autobiografía más completa que haya escrito nunca un escritor, si exceptuamos a Goethe, en la suma de sus obras, cartas y diarios. El tenientillo aristócrata Olenin en *Los cosacos*, que huye de la melancolía y la ociosidad de Moscú para refugiarse en el trabajo y en la naturaleza, donde se encuentra a sí mismo, es el joven capitán de artillería Tolstói en cada hilo de su traje y en cada arruga de su rostro; el ensimismado Pierre Bezujov de *Guerra y paz* y su hermano posterior, el terrateniente Levin de *Anna Karénina*, ocupado constantemente en buscar a Dios y ardiendo por desentrañar el sentido de la existencia, son, tanto el uno como el otro, Tolstói en vísperas de su crisis. Nadie hay que no reconozca bajo el hábito del «padre Sergius» la lucha de un Tolstói ya famoso por alcanzar la santidad, o en el «demonio», la resistencia que Tolstói, ya viejo, opone a una aventura sensual, o en el príncipe Nejliúdov, una de las figuras más curiosas de Tolstói (presente en todas sus obras), la figura que desearía para él, el Tolstói ideal al que atribuye siempre todas sus buenas intenciones y acciones éticas. Y hasta aquel Saryntsev de *Y la luz luce en las tinieblas* lleva un disfraz tan tenue y se transparenta en él tan perfectamente Tolstói en cada una de las escenas de su tragedia familiar, que todavía hoy el actor lleva siempre la máscara del creador de la obra. Una naturaleza tan vasta como fue la de Tolstói necesitaba repartirse en una variedad de personajes; su prosa, lo mismo que la poesía de Goethe, no es más que una gran y única confesión que se extiende a lo largo de toda la vida, en forma de cuadros diversos que se complementan entre sí, de forma que, dentro de ese mundo espiritual tan variado, apenas se encuentra un solo lugar vacío, inexplorado, una *terra incognita*. Se examinan todas las cuestiones sociales, familiares, épicas o literarias, de actualidad o metafísicas. Desde Goethe, no hemos conocido nunca una función intelectual y moral tan completa y exhaustiva de un escritor terrenal. Y porque Tolstói, dentro de esa humanidad aparentemente sobrenatural como la de Goethe, representa al ser humano normal, sano, al ejemplar perfecto de la especie, el eterno «yo» y el universal «nosotros», sentimos, como con Goethe, que su biografía es una forma perfeccionada de una vida plena.

Crisis y transformación

El acontecimiento más importante de la vida
de un hombre es el momento en que llega al
conocimiento de su «yo»; las consecuencias
de este hecho pueden ser las más favorables o
las más terribles.

Noviembre de 1898

Todo peligro se convierte en una ayuda, todo obstáculo,
en un impulso creador, porque ambos despiertan fuerzas
desconocidas del espíritu; para una naturaleza poética,
nada hay tan peligroso como el contentamiento, el trabajo mecánico y un camino llano y sin obstáculos. El curso
de la vida de Tolstói únicamente conoce una época con
esa distensión y olvido de sí mismo, esa felicidad del hombre, ese estado peligroso para el artista. En toda su peregrinación hacia sí mismo, solo una vez le regala Tolstói
un poco de reposo a su alma inquieta, dieciséis años en una
vida de ochenta y tres; solo en la época de su vida com-
prendida entre su casamiento y la terminación de sus novelas *Guerra y paz* y *Anna Karénina* vive Tolstói en paz consigo mismo y con sus obras. Durante trece años (desde
1865 hasta 1878) enmudece su diario, ese centinela de su

conciencia; el Tolstói feliz, perdido dentro de su obra, ya no se observa a sí mismo, sino que contempla únicamente el mundo. Nada pregunta, porque engendra siete hijos y sus dos obras más poderosas. Solo en esa época vive Tolstói como un hombre despreocupado, como un honrado burgués, en el egoísmo de la familia, feliz, contento porque está libre de «la terrible pregunta del porqué»:

> No cavilo acerca de mi situación (se acabaron las elucubraciones) y no hurgo en mis sentimientos... En la relación con mi familia me limito a sentir sin ponerme a pensar. Este estado me proporciona mucha libertad espiritual.

El inflexible vigilante de su yo queda arrinconado y medio dormido y deja en completa libertad de movimientos al artista, entregado al juego de los sentidos. Lev Tolstói alcanza por esa época su celebridad, aumenta su fortuna, educa a sus hijos y ensancha su hogar; pero no es dado a ese genio gozar de su felicidad, ni saciarse de gloria y de riqueza por mucho tiempo. Con cada nueva creación regresa más a su obra primigenia, a la completa construcción de sí mismo y, como ningún dios lo convoca para el sufrimiento, él mismo saldrá a su encuentro. Como la fatalidad no le llega del exterior, él mismo se crea esa tragedia; pues siempre una vida, ¡y más una vida poderosa como la suya!, quiere estar en equilibrio inestable. Si el curso del destino se interrumpe en el mundo, entonces salta del mismo espíritu un nuevo manantial a fin de que no se seque el cauce del círculo de la existencia. No hay que ver nada de extraordinario en lo que le sucede a Tolstói cerca de los cincuenta años de edad, todo eso que tanto sorprendió a sus contemporáneos, es decir, su repentino alejamiento del arte, su orientación hacia lo religioso; en vano se buscará algo fuera de lo normal en la evolución de este hombre tan saludable; lo que se manifiesta extraordinariamente en esto, como siempre en Tólstoi, no es más que la exteriorización de la vehemencia de los sentimientos. En esa transformación que sufre Tolstói a los cincuenta años no hay que ver más que un proceso que en la mayoría de los hombres pasa inadvertido, debido a su limitada plasticidad: el del inevitable acomodamiento de todo organismo físico y espiritual a la vejez que se aproxima, el *climaterio del artista*.

«La vida se paró y se volvió lúgubre», así define el mismo Tolstói el principio de su crisis espiritual. El hombre quincuagenario ha alcanzado el punto crítico en que la fuerza productiva del plasma empieza a menguar y el alma amenaza con entumecerse. Los sentidos pierden fuerza, la capacidad de colorear las impresiones va palideciendo como el cabello que ya encanece; empieza aquella segunda época que conocemos también por Goethe, esa época en que el cálido juego de los sentidos se sublima en el lagar de los conceptos, el objeto en la apariencia y la imagen en el símbolo. Como pasa con todo profundo cambio espiritual, aquí también un ligero trastorno en el cuerpo inicia ese renacimiento. Una fría angustia espiritual, un espantoso temor al debilitamiento estremece el alma desasosegada, y el sismógrafo de los nervios anuncia una sacudida inmediata (¡las enfermedades místicas de Goethe antes de cada transformación!). Pero —y pisamos aquí un terreno apenas iluminado— entretanto el alma aún no puede interpretar ese ataque que viene de las tinieblas y se estremece ante el peligro de un peligro incomprensible, el organismo ha empezado ya por su cuenta su defensa, una adaptación psicofísica, inconsciente e involuntaria, una precaución indescifrable que procede de la misma naturaleza. Pues así como los animales, antes de que llegue la época del frío, cubren ya su cuerpo con un cálido pelaje de invierno, también al alma humana, antes de llegar el punto crítico en que empieza la vejez, le sale, apenas ha pasado el cenit de la vida, una nueva envoltura espiritual protectora, una capa gruesa y defensiva. Esa profunda adaptación que afecta a los sentidos y a lo espiritual, procedente tal vez de las secreciones glandulares y vibrante hasta las últimas sacudidas de la producción creadora, esa época de climaterio se manifiesta como una conmoción psicológica tan relacionada con la sangre y las crisis como la pubertad, aunque apenas se hayan observado rastros físicos y aun menos mentales —¡atención, psicoanalistas y psicólogos!—. En las mujeres en quienes los fenómenos de la regresión sexual se presentan más evidentes, más clínicamente y hasta en forma casi tangible, es posible que se hayan recogido algunas observaciones aisladas; completamente inexplorados, por el contrario, los cambios a nivel mental en los hombres y sus consecuencias morales siguen a la espera de un esclarecimiento psicológico. Porque el climaterio masculino es casi siempre el tiempo favorito para las grandes conversiones, las sublimaciones religiosas, poéticas e intelectuales, fenómenos todos ellos destinados a la protección del ser que se debilita, sustitutivos espirituales para la sensualidad que se atrofia, un mayor sentimiento universal frente a una disminución de la autoestima, del declive de la potencia vital. Exactamente igual que el periodo de la pubertad, peligroso para el que está en peligro, vehemente para el vehemente, fecundo para el fecundo, en el climaterio masculino da comienzo una etapa creativa del alma con otro color, un nuevo impulso espiritual entre el auge y la caída. Todo artista significativo sufre inevitablemente ese momento de crisis, pero sin duda en ningún caso es tan profunda, tan volcánica, con una impetuosidad casi destructora como en Tolstói. Considerado desde un punto de vista positivo, con una cómoda objetividad, lo que le ocurre a Tolstói a los cincuenta años no es más que algo muy propio de su edad: siente que envejece. Eso es todo, esa es su vivencia. Se le caen un par de dientes, la memoria se oscurece, a veces cierta apatía se apodera de su pensamiento: fenómenos normales en un hombre de cincuenta años. Pero Tolstói, ese hombre todo vitalidad, esa naturaleza pletórica que fluye desbordante, siente al primer soplo del otoño que está ya marchito, listo para morir. A su modo de ver, «no se puede vivir si uno no está embriagado de vida»; una depresión neurasténica, un desequilibrio desconcertante, se apodera de ese hombre tan sano. No puede escribir, no puede pensar —«Mi espíritu está dormido y no puede despertar; no estoy bien, estoy desanimado»—; como una cadena, arrastra «la aburrida y sosa *Anna Karénina*» hasta que logra terminarla; sus cabellos encanecen rápidamente, las arrugas surcan su frente, el estómago se resiente, las articulaciones se debilitan. La apatía anida en su pecho y le hace exclamar que ya nada le alegra, que no espera ya nada de la vida y que pronto morirá», y que «con todas sus fuerzas desea marcharse de la vida», y a continuación escribe en su diario dos frases tajantes: «horror a la muerte», y luego, pocos días después: *«Il faudra mourir seul»* [Habrá que morirse solo]. La muerte —ya lo dije al hablar de su vitalidad— significa para ese gigante de la vida el más terrible de los pensamientos terribles y por eso se estremece tan pronto como fallan o se aflojan algunas costuras de su fuerza.

De todos modos, su genio no se equivoca completamente en el autodiagnóstico cuando ventea la fatalidad de la muerte, pues en verdad algo del Tolstói que era muere definitivamente en esta crisis. Hasta entonces, nunca Tolstói se había preguntado por el sentido metafísico del mundo; solo lo contemplaba como un artista contempla su modelo; los fenómenos se mostraban dócilmente ante él mientras él los dibujaba, y se prestaban a que sus manos creadoras los tomaran y los acariciaran. De repente esa alegría inocente, esa contemplación puramente estética se vuelve imposible. Las cosas ya no se le entregan completamente, nota que tratan de ocultarle algo; algo que está detrás de ellas, alguna pregunta. Por primera vez, ese hombre de mirada lúcida siente la existencia como un misterio; intuye un nuevo sentido que no puede ser captado con los sentidos. Por primera vez, Tolstói comprende que para llegar a entender ese abismo le hace falta un nuevo instrumento: un ojo más consciente, más sabio, un ojo pensativo. Algunos ejemplos explicarán mejor esa transformación interior: centenares de veces vio Tolstói morir hombres en la guerra y sin hacerse preguntas acerca de lo justo o injusto de sus muertes, describió cómo se desangraban como pintor, como escritor, como una pupila que se limita a hacer de espejo, como una retina sensible a las formas. Ahora, en Francia, ve cómo la cabeza de un criminal cae cortada por la guillotina y, de pronto, siente un impulso moral que se alza en su pecho contra la humanidad entera. Miles de veces ha pasado a caballo ante los campesinos de sus tierras y con toda indiferencia ha visto cómo el fango que levantaba el galope en su caballo les salpicaba los vestidos, y ha aceptado como la cosa más natural del mundo el saludo servil que esos campesinos le dirigían a él, es decir, al señor, al *barin*, al conde. Ahora parece que, de pronto, se da cuenta de que van descalzos, observa su pobreza, su existencia terrible e injusta y, por primera vez, se pregunta a sí mismo si tiene derecho a permanecer impasible ante esa miseria y esa esclavitud. Mil veces ha deslizado su trineo entre mendigos que se estremecían de frío en las calles de Moscú sin que él volviera siquiera la cabeza; la pobreza, la miseria, la opresión, el ejército, las cárceles, Siberia, todo eso era, para él, hechos tan naturales como la nieve en invierno o el agua en la cuba. Ahora, de la noche a la mañana, contempla la terrible situación del proletariado y la siente como si fuera una acusación a su propia abundancia. Desde que considera a los hombres no simplemente como material «de estudio y observación», se derrumba todo el equilibrio tranquilo de su ser al sentirse sacudido por el terremoto de su conciencia; ya no puede mirar la vida con sangre fría, sino que constantemente se está preguntando el sentido y el contrasentido de las cosas, contempla todo lo humano ya no desde su punto de vista, egoísta o introvertido, sino de un modo social, fraternal, extrovertido: le ha «acometido» —como si fuera una enfermedad— la conciencia de la comunidad con todos y cada uno. «No se puede pensar…, es demasiado doloroso», exclama Tolstói. Pero tan pronto como se le han abierto los ojos de la conciencia, el dolor de la humanidad, el tormento del mundo es ya, para él, un dolor propio. Precisamente de ese miedo terrible que siente ante la nada se forma un nuevo concepto del todo y se despierta en el artista —gracias a la renuncia de su persona— la idea de una finalidad, de una meta: la edificación de su propio mundo con una base moral: donde podía presumirse que había la muerte, ha habido solamente el milagro de un renacimiento, es decir, un nuevo nacimiento; ha nacido aquel Tolstói a quien venera toda la humanidad, no solamente como artista, sino como el más humano de los hombres.

Pero entonces, en el mismo momento de ese derrumbamiento, en el minuto incierto de su «despertar» (como llama Tolstói, más adelante, una vez reconfortado, a su estado de inquietud), no puede adivinar aún, dentro de la sorpresa de esa transformación, el tránsito hacia ella. Antes de que se le abran esos nuevos ojos de la conciencia, se encuentra completamente ciego, a su alrededor solo hay el caos y la noche cerrada. «¿Para qué, pues, vivir, si la vida es tan terrible?», se plantea a sí mismo la eterna pregunta del Eclesiastés. ¿Para qué esforzarse si solo se labra para la muerte? Como un desesperado, tantea por las oscuras paredes del mundo para encontrar una salida, sea donde sea, es decir, una salvación, una luz, una estrella de esperanza. Y únicamente cuando ve que nadie desde fuera le presta auxilio ni le ilumina, cava su propia galería en la mina, de forma planificada y sistemática, paso a paso. En 1879 escribe las siguientes «preguntas sin respuesta» en una hoja de papel:

a) ¿Para qué vivir?
b) ¿Qué causa tiene mi existencia y la de los demás?
e) ¿Qué objeto tiene mi ser y cualquier otro?
d) ¿Qué sentido tiene la división entre el bien y el mal que siento dentro de mí y para qué hago esa distinción?
e) ¿Cómo debo vivir?
f) ¿Qué es la vida? ¿Cómo puedo salvarme?

¿Cómo puedo salvarme? ¿Cómo debo vivir? Ese es el grito terrible de Tolstói que se ha escapado de su pecho al sentir la garra de la crisis en su corazón. Y ese grito agudo persiste en sus labios durante treinta años, hasta que dejen de poder hacerlo. Ya no cree en el buen mensaje que le trasladaban sus sentidos, no cree ya en ellos, el arte ya no le consuela, la cálida embriaguez de la juventud se ha desvanecido cruelmente, por todas partes sopla un viento frío de fatalidad. «¿Cómo puedo salvarme?». Ese grito se hace cada vez más angustioso, pues no es posible que este sinsentido carezca de uno. La razón alcanza a explicar lo que vive, pero no explica la muerte, para eso nos hace falta una nueva potencia del alma que nos permita comprender lo incomprensible. Y como esta facultad no la encuentra en sí mismo, el hombre incrédulo y sensual, *media in vita*, en medio de su vida se postra ante Dios, arroja con desprecio lejos de sí su conocimiento del mundo que tanto placer le había procurado durante cincuenta años, y pide con vehemencia una fe: «Dame fe, Dios mío, y permíteme que pueda ayudar a los demás a que la encuentren».

El cristiano artificial

¡Dios mío, cuán difícil es vivir solamente ante Dios…, vivir como han vivido los hombres, metidos en el fondo de un pozo, del cual jamás habían de salir y sin que nadie pudiera saber nunca cómo han vivido allí. Pero se debe vivir así, pues solamente eso es vivir. ¡Ayúdame, Señor!

Diario, noviembre de 1900

«¡Señor, dame fe!», grita desesperado Tolstói ante el Dios que hasta ese momento él mismo ha negado. Pero parece que Dios no escucha a aquellos que le llaman con demasiada impetuosidad. Tolstói lleva incluso a su fe toda su impaciencia e impetuosidad. No le basta con pedir una fe; para él, eso no es suficiente: la ha de tener enseguida; la necesita inmediatamente en sus manos, dispuesta, lista y afilada como un hacha para talar toda esa espesura que le rodea de dudas; pues Tolstói, como noble señor, está acostumbrado a que su servidumbre lo obedezca veloz y fielmente, y sus sentidos, por otra parte, sus sentidos rápidos como el relámpago, precisos y flexibles, le han servido siempre con rapidez en el conocimiento

259

del mundo. No quiere esperar pacientemente porque es impetuoso, caprichoso y obstinado. No quiere esperar, sumido en una contemplación monacal atisbando la luz de arriba que pueda irse filtrando; no, enseguida debe hacerse la luz, iluminarse completamente el fondo de su alma ensombrecida. De un salto, de un empujón, su espíritu impetuoso, que no conoce obstáculos, quiere encontrar «el sentido de la vida»; quiere «conocer a Dios», «pensar a Dios», como dice poco menos que blasfemando. Cree poder aprender la fe en Dios, el ser cristiano, la sumisión, el vivir junto a Dios, igual que aprende él ahora con cabellos grises griego y hebreo; ser pedagogo, teólogo y sociólogo en seis meses escasos, a lo sumo un año, que transcurre deprisa.

Pero ¿cómo encontrar esa fe, así, de pronto, cuando no se lleva la semilla en el corazón? ¿Cómo puede uno convertirse, de la noche a la mañana, en un ser compasivo, bondadoso, humilde, franciscano, cuando uno ha vivido cincuenta años contemplando despiadadamente el mundo, con ojos de nihilista ruso consciente de serlo, cuando solo se ha considerado a sí mismo como lo único importante y esencial? ¿Cómo es posible torcer una voluntad de acero con un solo esfuerzo de amor indulgente por la humanidad? ¿Cómo aprender una fe, pronto, y fundir su propio «yo» en una fuerza superior y ultramundana? Se comprende que hay que ir aprendiendo de aquellos que tienen una fe o pretenden tenerla, se dice Tolstói a sí mismo: en la *Mater orthodoxa*, en la Iglesia. Y enseguida (pues su impaciencia no sabe esperar un minuto) se arroja Tolstói de rodillas ante los iconos, ayuna, va en peregrinación a los conventos, discute con popes y obispos y lee el Evangelio. Durante tres años se esfuerza por ser un devoto, pero de la Iglesia solo recibe incienso vacío y escarcha para su alma ya helada; decepcionado, pronto cierra para siempre la puerta entre él y la fe orto-doxa. No, la iglesia no posee la fe verdadera, concluye, o lo que es peor: ha dejado que se sequen las aguas de la vida, desperdiciándolas, adulterándolas. Sigue Tolstói en su eterna búsqueda; tal vez los filósofos, los pensadores, sepan algo más acerca del «sentido de la vida». Entonces, empieza con furor y febrilmente a leer todos los filósofos de todos los tiempos (demasiado rápidamente para poder digerirlos y comprenderlos). Primero a Schopenhauer, ese eterno compañero de todas las sombras del alma, des-pués lee a Sócrates y Platón, Mahoma, Confucio, Lao Tse, a los místicos, a los estoicos, a los escépticos y a Niet-zsche. Pero pronto cierra también los libros. Tampoco ellos tienen más medios de ver el mundo que los que tie-ne él, es decir, la razón demasiado afilada y dolorida; tam-bién ellos buscan impacientes a Dios, pero no descansan en la paz de Dios. Crean sistemas para el espíritu, pero no una paz para las almas inquietas; ofrecen conocimien-to, pero no consuelo.

Y así como un enfermo a quien la ciencia ha desahu-ciado va con su enfermedad de herbolario en herbolario y de una cura de aguas a otra, así también Tolstói, el hombre más espiritual de Rusia, marcha, a sus cincuenta años, en busca de los campesinos, del «pueblo»; para aprender por fin de ellos, de los ignorantes, la fe verdade-ra. Sí, ellos, los ignorantes, es decir, los no deformados por las lecturas, los pobres, los dolientes que sufren sin quejarse y que se acuestan en un rincón, como si fueran animales, cuando sienten venir la muerte. Esos que no dudan porque no piensan, *sancta simplicitas*, la santa candidez, esos deben de tener algún secreto, de lo contra-rio no se someterían tan completamente ni inclinarían el cuello sin sublevarse. Esos deben de saber algo dentro de su oscuridad, esos deben de saber algo que desconocen la sabiduría y el espíritu clarividente, porque, si bien han quedado atrás en inteligencia, deben de estar delante de nosotros en lo tocante al espíritu. «El modo como nosotros vivimos es falso; el modo como ellos viven es verdadero»; por eso Dios se muestra en su paciente modo de ser, mientras que el espíritu, el deseo de conocimiento con su «ociosa y voluptuosa codicia» nos aleja de la verdadera fuente de luz de nuestro corazón. Si esos hombres no tuvieran un consuelo, una hierba mágica, no podrían soportar una vida tan penosa y miserable con ese ánimo sereno: deben de esconder alguna creencia, y a todo hombre de espíritu le ha de acometer la impaciencia por descubrir ese arcano. De ellos, solo de ellos, del «pueblo de Dios», se dice Tolstói, se puede aprender la vida «correcta», la paciencia y la tranquilidad ante la dura existencia y la todavía más dura muerte.

¡Adelante, pues, a adentrarse muy dentro de su vida a oírles desvelar el secreto de Dios! Quitémonos la levita de los nobles y vistamos la blusa de los mujiks, apartemos de la mesa las comidas apetitosas y los libros superfluos; de hoy en adelante, el cuerpo se nutrirá de inocentes hierbecillas y de la leche tibia de los animales; para el espíritu perturbado por el diablo, solo la humildad, la monotonía. Así es como Lev Nikoláievich Tolstói, señor de Yásnaia Poliana, y más aún, señor sobre millones de espíritus, a los cincuenta años, se coloca tras el arado, transporta sobre sus robustas espaldas las barricas de agua desde la fuente y siega junto a sus campesinos con una fuerza de trabajo extraordinaria. La mano que ha escrito *Anna Karénina* y *Guerra y paz* maneja la lezna para remendar sus zapatos, barre las basuras y se cose sus ropas. Se aproxima rápidamente a los «hermanos» y, de un solo golpe, Tolstói espera convertirse en «pueblo» y con ello en «cristiano de Dios». Va a la aldea donde están los siervos de su condado (que al verlo aproximarse se quitan tímidamente la gorra), y los llama a su casa, donde, con sus toscos zapatos, caminan sobre el parquet reluciente como si anduvieran sobre cristal, y se presentan desconfiados no sea que el *barin* les quiera mal; pero este no les anuncia una nueva subida de los impuestos o de los alquileres, no, nada de eso, cosa extraña, menean la cabeza confusos: el *barin* quiere hablar con ellos acerca de Dios, siempre sobre Dios. Los buenos campesinos de Yásnaia Poliana ya han visto eso en alguna ocasión; una vez el señor conde fue durante un año a la escuela para dar clase a los niños, después acabó por aburrirse. Pero ¿qué querrá ahora? Le oyen con desconfianza, pues verdaderamente ese nihilista disfrazado parece un espía que se ha acercado al «pueblo» para estudiarlo como una estrategia necesaria en su campaña en busca de Dios.

Pero esas investigaciones solo son útiles al arte y al artista —Tolstói debe las más hermosas de sus leyendas a los narradores de las aldeas y su lenguaje se enriquece espléndidamente con la forma de hablar sencilla y vívida de los campesinos—. No obstante, el secreto de la sencillez no se aprende. Ya con la publicación de *Anna Karénina*, Dostoievski, con profética clarividencia, comentó sobre Tolstói, antes de que este sufriera su crisis vital, lo siguiente a propósito de Levin, el personaje que es un reflejo de Tolstói: «Hombres como Levin podrán vivir entre el pueblo todo el tiempo que les plazca, pero nunca se convertirán en pueblo; la presunción y la fuerza de voluntad, por caprichosas que sean, no bastan para cumplir el deseo de comprender al pueblo y descender hasta él». Dostoievski comprende totalmente, con su genio visionario, la transformación de Tolstói y pone al descubierto su acto de voluntad, que no nace del amor innato y genuino, sino que es por una necesidad del alma que lo lleva a establecer una fraternidad con el pueblo. Evidentemente, Tolstói podrá vivir sencilla y toscamente como si fuera un campesino, pero nunca podrá implantar en sí mismo el intelectual Tolstói el alma estrecha de un mujik en sustitución de su alma vasta y universal, y nunca podrá forzar a su espíritu, ansioso de la verdad, a aceptar la confusa credulidad ciega de un labrador. No basta con arrojarse a la celda como Verlaine y rezar: «*Mon Dieu, donnez-moi de la simplicité*» [Dios mío, concédeme la simplicidad], para que la espiga dorada de la humildad nazca en el pecho. Lo primero es ser y llegar a ser lo que uno profesa que es; ni la fraternidad con el pueblo por medio del misterio de la compasión, ni un acallamiento de la conciencia por la religiosidad son algo que pueda sentirse, de pronto, en el fondo del pecho como si fuera un contacto eléctrico. Fácil es vestirse de campesino, beber *kwas*, segar los campos; todas esas formas exteriores de equiparación pueden hacerse fácilmente como si fuera un juego, pero lo que no es posible es ahogar el espíritu y apagar, cuando a uno se le antoje, la inteligencia de una persona como si fuera una llama de gas. El brillo, la inteligencia del espíritu siguen siendo la medida innata, invariable, de cada ser humano; es más fuerte que la voluntad y, por lo mismo, está más allá de la nuestra, y tanto más altas e impetuosas se levantan sus llamaradas cuanto más amenazada se ve en su esencial misión de iluminar. Pues no se desanda una sola pulgada hacia la simplicidad por medio de un esfuerzo de la voluntad, como tampoco se puede subir a un saber superior al de nuestro nivel innato de conocimiento por medio de juegos espiritistas.

Es imposible que Tolstói, espíritu sabio y con amplitud de miras, no advirtiera pronto que era imposible una renuncia a su sofisticación intelectual para alcanzar la simplicidad, aun contando con una fuerza de voluntad tan enorme como la suya. Nadie más que él ha dicho (ciertamente más tarde) esa maravillosa frase: «Querer emplear la fuerza contra el espíritu es como querer interceptar la luz del sol; sea lo que fuere con lo que se quiera tapar los rayos solares, siempre estarán por encima de todo». A la larga no podía equivocarse acerca de la imposibilidad de que su intelecto rudo, combativo e intransigente de amo se acomodara a una humildad insulsa y constante. Ni siquiera los campesinos lo consideraron uno del pueblo a pesar de que se vistiera como ellos y compartiera sus costumbres. Nunca el mundo ha podido comprender esa transformación suya más que como un disfraz. Hasta sus más allegados, su mujer, sus hijos, la *babushka*, sus amigos de verdad (no los tolstoianos profesionales) contemplan desde el principio, recelosamente y con disgusto, ese voluntario y convulsivo descenso «del más grande de los escritores rusos» (así le exhorta Turguéniev en su carta escrita en el lecho de muerte para que Tolstói regrese al arte), hacia una esfera vacía de espiritualidad y contraria a su naturaleza. Su propia esposa, víctima trágica de las luchas espirituales de Tolstói, le dice en tal ocasión las palabras más convincentes: «Antes, decías que estabas inquieto porque te faltaba la fe. ¿Por qué ahora que la tienes, según dices, no eres feliz?». He aquí un argumento sencillo e irrefutable. Nada indica que Tolstói, después de su conversión al Dios del pueblo, haya encontrado en su nueva fe la serenidad de su alma; al contrario, uno tiene la sensación de que al hablar de su doctrina camufla su incierto convencimiento con una supuesta certeza proclamada a gritos. Todos los actos y todas las palabras de Tolstói en esa época de su conversión tienen algo de desagradable grito, de ostentoso, violento, pendenciero, fanático. Su cristianismo se presenta con fanfarria, su humildad se pavonea, y quien tenga los oídos finos percibe en lo exagerado de su humillación algo de aquel orgullo del antiguo Tolstói que ahora se ha convertido en orgullo de su humildad. Léase, si no, aquel pasaje tan célebre de su *Confesión* en el que quiere «probar» que se ha convertido, despreciando e injuriando su vida anterior:

> He matado a hombres en la guerra, me he batido, he despilfarrado en la mesa de juego el dinero obtenido exprimiendo a los campesinos, a quienes he castigado severamente, he fornicado con mujeres imprudentes y he engañado a los hombres. Mentiras, robos, adulterios, borracheras, brutalidades, toda suerte de infamias; no hay un crimen que yo no haya cometido.

Y para que nadie pueda perdonarle esos supuestos crímenes por ser artista, prosigue con su sonada confesión:

> En todo este tiempo empecé a escribir por vanidad, por codicia y por orgullo. Para poder alcanzar la gloria y la riqueza, me vi forzado a aplastar dentro de mí todo bien y a abandonarme al pecado.

Terribles palabras esas, en verdad, y que hacen estremecer por su *pathos* moral. Pero pongámonos la mano sobre el corazón y respondamos a esta pregunta: ¿ha habido alguien que haya podido despreciar a «ese hombre vil y pecador» como dice de sí mismo, a ese «piojo» —como se califica Tolstói en su fanático afán de humillarse— por el hecho de que, fiel a su deber, mandara sus baterías en la guerra y que, como hombre vigoroso y poderoso, se entregara a los placeres del amor en la época de su juventud? ¿No nos asalta más bien la sospecha de que Tolstói buscaba con su conciencia exaltada pecados a cualquier precio por un orgullo de humildad, como si quisiera —de modo similar a como el mozo en Raskólnikov se inventa un asesinato— que su alma, en el furor de la confesión, cargara sobre sí crímenes que en realidad no existen, y probar de esa manera que «lleva la cruz sobre sus hombros» para «presentarse» como un cristiano? ¿Acaso ese deseo de probarse, ese desprecio convulsivo, patético y ostentoso de Tolstói por sí mismo no revela la no presencia o la aún no presencia de una humildad serena y relajada en esa alma conmovida, o acaso incluso una vanidad peligrosamente distorsionada? De todas formas esa humildad no se expresa *humildemente*, al contrario, no se puede imaginar nada más pasional que esa lucha ascética contra la pasión; apenas se ha encendido una pequeña y todavía incierta chispa de fe en el alma, ya quiere Tolstói, el impaciente, encender con ella a toda la humanidad, al igual que aquellos príncipes bárbaros germanos que, apenas habían mojado su cabeza con el agua del bautismo, tomaban su hacha para cortar el roble que hasta entonces habían tenido por sagrado. Si la fe significa una paz en el Señor, y ser cristiano una vida de renuncia, entonces ese maravilloso impaciente no fue nunca un creyente calmado, ni un cristiano ese hombre fervoroso e insaciable. Solo a condición de llamar ya religión a lo que es un anhelo ilimitado de religiosidad, puede ese hombre que busca a Dios, ese hombre perpetuamente inquieto, contarse entre los creyentes.

Pero la crisis de Tolstói, precisamente por ese éxito a medias y por haber alcanzado de forma incierta una convicción, se eleva simbólicamente por encima de la experiencia individual, como un memorable ejemplo imperecedero, de que no es dado al hombre, ni siquiera al que posee una mayor fuerza de voluntad, cambiar bruscamente su naturaleza primigenia, ni convertirse en lo contrario de lo que es en realidad por propia voluntad. Nuestra forma de vida es susceptible de mejoras, refinamientos, profundizaciones, y la pasión ética puede elevar en nosotros los aspectos morales gracias a un trabajo consecuente y tenaz, pero nunca podremos cambiar las líneas fundamentales de nuestro carácter ni rehacer nuestra carne y nuestro espíritu conforme a otro orden arquitectónico. A pesar de que Tolstói afirma que «se puede perder el hábito del egoísmo como el del tabaco», o que uno puede «conquistar» el amor o «forzar» la fe, nos da en cambio el ejemplo de lo contrario por el resultado del todo modesto que obtiene de su esfuerzo enorme y casi maniaco. Pues nada testimonia que Tolstói, el hombre colérico, «de cuyos ojos saltan rayos apenas se le contradice», se haya convertido nunca realmente, a causa de su forzada conversión, en un cristiano bondadoso, afable, afectuoso y social, en un «siervo del Señor», en un «hermano» de sus hermanos. Su «transformación» ha cambiado, ciertamente, sus opiniones, sus modos de ver las cosas, sus palabras, pero no ha cambiado su naturaleza más profunda… «Conforme a la ley con la que has tomado posesión de la vida, así debes ser, no puedes huir de ti mismo», dice Goethe. Antes y después de su «despertar», el mismo desasosiego, el mismo tormento oscurecen el alma inquieta de Tolstói: Tolstói no nació para estar satisfecho. Precisamente por su voluntad impaciente, Dios no le «concedió» la gracia de la fe enseguida; tendrá que luchar sin descanso todavía durante treinta años, hasta la hora de su muerte. Su Damasco no se completará en un día ni en un año; hasta el último aliento Tolstói no encontrará respuesta a sus preguntas, ni una fe que le satisfaga, y sentirá la vida hasta su último momento como un misterio grandioso y terrible.

Así pues, Tolstói no recibió contestación a su pregunta por el sentido «de la vida»; su intento de llegar a Dios, fervoroso y a la fuerza, fracasa. Pero al artista le es dado siempre encontrar una salvación, cuando no logra dominar un abismo: puede trasladar su angustia, su miseria a la humanidad y convertir la pregunta de su alma en una pregunta universal, y así eleva Tolstói el grito angustioso y egoísta de su crisis, «¿Qué será de mí?», al más poderoso «¿Qué será de nosotros?». Como no puede convencer a su propio y obstinado espíritu, trata de convencer a los otros. Como no puede cambiarse a sí mismo, trata de cambiar a la humanidad. Todas las religiones de todos los tiempos han nacido así. Todos los progresos del mundo (Nietzsche, el de mirada más afilada, lo sabe bien) se deben a la «huida de sí mismo» de un único ser humano que siente amenazada su alma, y que, para arrancar la funesta pregunta que se alza en su pecho, se la arroja a los demás, convirtiendo de ese modo la inquietud de su ser en una inquietud universal. Tolstói, ese hombre grandiosamente pasional, ese hombre de ojos que no engañan, ese hombre que encerraba la duda en su corazón, no se pudo convertir en un cristiano piadoso y franciscano, pero precisamente porque conoce el tormento de la duda, es por lo que emprendió la tentativa más fanática de nuestros tiempos, que es la de salvar al mundo de su miseria nihilista y hacer más creyentes a los hombres de lo que él lo fue realmente. «La única salvación frente a la desesperación de la vida es llevar el yo al mundo», y por eso ese yo atormentado y ávido de verdad que hay en Tolstói arroja a toda la humanidad la terrible duda que le atormenta, en forma de advertencia y de doctrina.

La doctrina y su contrasentido

> He concebido una idea cuya realización me-
> recería el sacrificio de toda mi vida. Esta idea
> es fundar una nueva religión, la religión de
> Cristo, pero libre de dogmas y de milagros.
>
> *Diario de juventud*, 5 marzo de 1855

Como piedra fundamental de su doctrina, de su «mensaje» a la humanidad, coloca Tolstói las palabras del Evangelio que dicen: «No resistáis al mal», pero les da una
interpretación creativa: «No resistáis al mal mediante la
fuerza».

En esa frase está latente toda la ética de Tolstói. Ese
gran luchador disparó su catapulta de piedra, con toda la
vehemencia oratoria y ética de su conciencia atormentada, contra las murallas de su siglo, y lo hizo con tanta
fuerza que todavía hoy retumba la sacudida. Es imposible medir el efecto espiritual de ese ataque en toda su
magnitud: la voluntaria rendición de armas de los rusos
después de Brest-Litovsk, la no resistencia de Gandhi, la
proclama pacifista de Rolland en medio de la guerra, la heroica resistencia de innumerables seres anónimos contra
la coacción sobre las conciencias, la lucha contra la pena

de muerte; todos esos actos de este nuevo siglo, aislados y sin conexión aparente entre ellos, deben su enérgico impulso al mensaje de Tolstói. Dondequiera que hoy se rechace la violencia, ya sea como instrumento, como arma, como derecho o como institución supuestamente divina, bajo cualquier pretexto, ya se trate de proteger naciones, religiones, razas, propiedades, allí donde una moral orientada a lo humano se rebela contra el derramamiento de sangre; todavía hoy, cualquier revolucionario moral recibe de la autoridad y el ardor de Tolstói un aliento fraternal y reafirmador. En todas partes en que una conciencia independiente dé la última palabra solo al fraternal sentimiento de la humanidad como única instancia moral —y no a las frías liturgias de la Iglesia, a las ávidas exigencias del Estado, a un sistema de justicia oxidado y que funciona mecánicamente—, podemos remitirnos a la ejemplar proeza de Tolstói, al modo de Lutero, por hacer un llamamiento a la humanidad de los hombres para que cada cual juzgue siempre «con el corazón».

Pero ¿cuál es el mal al que hemos de resistir sin el empleo de la fuerza, según Tolstói? A ningún otro más que a ella misma, a la fuerza bruta, por más que oculte sus músculos tras los patéticos ropajes de la economía nacional, la prosperidad nacional, las aspiraciones populares y las expansiones coloniales, y aunque el afán de poder y la sed de sangre del hombre se justifiquen falsamente por medio de ideales filosóficos o patrióticos, no debemos dejarnos engañar por eso. Aún en sus formas más sublimadas, la fuerza, en vez de ser algo a favor de la fraternidad de los hombres, sirve para afirmar a algún grupo en particular, perpetuando así la desigualdad en el mundo. Toda fuerza significa posesión, tener y querer más; por eso, para Tolstói, la desigualdad comienza con la propiedad. El joven noble Lev Tolstói no ha pasado en vano horas enteras en Bruselas en compañía de Proudhon; aún antes de Marx, dijo ya Tolstói, en ese entonces el más radical entre los socialistas: «La propiedad es la raíz de todo mal, de todo sufrimiento, y siempre hay peligro de choque entre los que gozan de superabundancia y los que nada tienen». Pues, para sostenerse, la propiedad ha de estar permanentemente a la defensiva y, muy a menudo, se ha de convertir en agresiva. La fuerza es necesaria para conquistar la propiedad, para aumentarla y para defenderla. Es la propiedad la que crea el Estado para defenderse, y el Estado, para su propia consolidación, crea a su vez formas organizadas de poder: el ejército, la justicia, «todo el sistema coercitivo destinado ahora solo a proteger la propiedad», y quien se somete al Estado y lo reconoce acatará con su alma ese principio de poder. Sin sospecharlo, según Tolstói, hasta los intelectuales en apariencia independientes en el Estado moderno sirven únicamente a los intereses de unos pocos, e incluso la Iglesia de Cristo, que «en su verdadero significado era contraria al Estado», se aparta con «enseñanzas falaces» de su propio deber. Los artistas, por otro lado, espíritus libres, abogados de la conciencia, defensores de los derechos del hombre, se encierran en su torre de marfil y «adormecen su conciencia». El socialismo pretende ser el doctor de lo incurable; los revolucionarios son los únicos que, con verdadero conocimiento, quieren destruir el falso orden mundial, recurriendo a los mismos instrumentos homicidas de sus adversarios y perpetuando así la injusticia, ya que dejan incólume el principio del «mal», cuando no lo santifican: la violencia.

Según los principios anarquistas, es falsa y está podrida la base del Estado y, con ella, de todo nuestro orden social; de ahí que Tolstói rechace con vehemencia todas las mejoras, todas las reformas del sistema de gobierno, ya sean democráticas, filantrópicas, pacifistas o revolucionarias, porque las considera inútiles e insuficientes. Ninguna Duma, ningún Parlamento y menos aún una revolución es capaz de librar a la nación del «mal» de la violencia: si una casa tiene los cimientos hundidos no hay por qué apuntalarla y sostenerla, mejor es abandonarla y construir otra. El Estado moderno descansa sobre la idea de poder, no de la fraternidad: por eso, según Tolstói, está condenado infaliblemente a derrumbarse y todos los remedios sociales o liberales solo sirven para prolongar su agonía. Lo que hay que cambiar no es precisamente la relación cívico-política entre el pueblo y el Gobierno, sino que *los hombres mismos han de cambiar*: en vez de la dominación por la fuerza a través del poder del Estado, lo que ha de dar estabilidad a la comunidad humana ha de ser un impulso interno de fraternidad. Mientras esa fraternidad religiosa y ética no logre sustituir a la forma actual, forzosa, que gobierna sobre los ciudadanos, lo que recomienda Tolstói es una verdadera moralidad solo posible en el invisible espacio misterioso de la conciencia individual. Como el Estado es sinónimo de fuerza, un hombre de ética no puede identificarse con el Estado. Así pues, lo que haría falta es una revolución religiosa, una renuncia de cada persona de conciencia de toda comunidad basada en la fuerza. Por eso, Tolstói se coloca decididamente al margen de cualquier forma de Estado y se declara moralmente independiente frente a cualquier obligación que no venga impuesta por su conciencia; renuncia a «pertenecer exclusivamente a un pueblo o a un Estado determinado, y a ser súbdito de ningún Gobierno»; se separa voluntariamente de la Iglesia ortodoxa, renuncia, por principio, a acudir a la justicia o a cualquier otra institución de la sociedad actual, para no tocar, ni aún con un dedo, el «Estado diabólico basado en la fuerza». No hay que dejarse engañar por la suavidad evangélica llena de fraternidad de sus sermones, ni por el tinte de humildad cristiana que pone en su dicción; las referencias al Evangelio disimulan que su crítica social es completamente hostil al Estado. Su doctrina sobre el Estado es la doctrina más furibunda contra el Estado, y desde Lutero la ruptura más radical de un solo hombre con la tan sólidamente asentada como incontestable idea de la propiedad. Ni Trotski ni Lenin en sus teorías han dado un solo paso más que aquel «Hay que cambiarlo todo» enunciado por Tolstói, y así como Jean-Jacques Rousseau, el *ami des hommes* [amigo de los hombres], con sus escritos preparó el camino de la Revolución francesa que haría saltar en pedazos el régimen monárquico, así también podemos decir que no hay ningún ruso que haya sacudido con más fuerza los fundamentos del orden zarista y capitalista y los haya dejado más agrietados que ese revolucionario radical de Tolstói, en quien nuestra época, engañada por sus barbas de patriarca y la suave untuosidad de su doctrina, se empeña en ver solamente a un apóstol de la mansedumbre. Desde luego que Tolstói, lo mismo que Rousseau con los *sans-culottes*, hubiera sufrido una decepción con los bolcheviques, pues odiaba los partidos —«Cualquiera de los partidos que triunfara, debería, para conservar el poder, no solo emplear todos los recursos para utilizar la violencia de que dispusiese, sino crear otros nuevos», afirma proféticamente en sus escritos—. Pero un estudio fiel de la historia dará fe de que Tolstói ha sido su mejor precursor, que todas las bombas de todos los revolucionarios no tuvieron un efecto tan subversivo y desestabilizador de la autoridad en Rusia como la sublevación abierta de ese hombre único, el más grande, contra los poderes aparentemente invencibles de su patria: los zares, la Iglesia y la propiedad. Desde que este hombre, el más genial de todos los diagnosticadores, descubrió la falla de los cimientos de nuestra civilización, es decir, que todo nuestro orden social no descansa en la fraternidad, sino en la brutalidad y en el dominio de unos hombres sobre los otros, dirigió enseguida y durante treinta años todo su ardor dialéctico, toda su enorme potencia ética, en redoblados ataques, contra el orden social en Rusia, erigiéndose en un Winkelried de la Revolución sin saberlo, en dinamita social, fuerza explosiva elemental, destructora y, con ello, inconscientemente, en representante de su misión rusa. Pues todo pensamiento ruso, para construir, por fuerza antes debe destruir de raíz; no es casual que ninguno de sus artistas pueda evitar caer en los más negros abismos del oscuro y cegado nihilismo, para después obligarse a adoptar nuevas creencias a partir de una ardiente y extática desesperación. A diferencia de nosotros los europeos, que vamos dando pasos vacilantes, con cierta cautela piadosa, el pensador ruso, el escritor ruso, el hombre de acción ruso aborda los problemas con la brusquedad de un leñador, con la audacia necesaria para los experimentos peligrosos. Un Rostopchín no titubea, para alcanzar la victoria, en quemar Moscú, ese *miraculum mundi*, de arriba abajo, y tampoco Tolstói —a estos efectos un Savonarola— excluiría de la pira el patrimonio cultural de la humanidad, el arte y la ciencia solo para justificar una teoría nueva y mejor. Quizá Tolstói, convertido en un soñador religioso, no fuera consciente de las consecuencias prácticas de su terremoto espiritual; probablemente nunca se atrevió a pensar en cuántas vidas humanas costaría el derrumbamiento del vasto edificio social; Tolstói se limitó solamente a empujar, con toda la fuerza de su pensamiento, con toda la perseverancia de sus convicciones, las columnas que sostienen el edificio del Estado. Y cuando un Sansón empuja, hasta el techo más colosal se inclina y cruje. Están, pues, de más todos esos debates a destiempo de si Tolstói hubiera aprobado o combatido la revolución bolchevique, ante el hecho de que nada ha fomentado tanto intelectualmente la Revolución rusa como las prédicas de Tolstói contra la propiedad y la acumulación, los petardos de sus pasquines y las bombas de sus panfletos. Ninguna otra crítica de su tiempo, ni siquiera la de Nietzsche, que, como alemán, se dirigía siempre únicamente a los instruidos y por la forma dionisiaca de expresarse se hacía incomprensible a las masas, ha tenido un efecto tan perturbador y alterado tanto las creencias de la gran mayoría de la población; y así, en contra de su deseo y su voluntad, Tolstói habrá quedado para siempre en el panteón invisible de los grandes revolucionarios, de los grandes transformadores del mundo.

Y decimos contra su deseo y su voluntad, pues evidentemente Tolstói separó su revolución religiosa, su anarquismo, de toda actuación activa y violenta. Escribe en su antología de cuentos:

> Cuando nos encontramos con los revolucionarios nos engañamos muy a menudo con la idea de que tenemos puntos en común. Ellos gritan, como nosotros: ¡Abajo el Estado! ¡Abajo la propiedad! ¡Abajo la desigualdad! y muchas otras cosas. Y, sin embargo, entre ellos y nosotros hay una gran diferencia: para los cristianos no existe el Estado, pero ellos quieren destruirlo. Para los cristianos no existe la propiedad y ellos la quieren abolir. Para los cristianos todos los hombres son iguales, pero ellos quieren acabar con la desigualdad. Los revolucionarios luchan contra el Gobierno desde fuera, pero el cristianismo *no lucha en absoluto*, destruye los fundamentos del Estado desde dentro.

Se ve, pues, que Tolstói no quería destruir el Estado con violencia, sino ir debilitándolo en su autoridad por medio de la pasividad de innumerables individuos, que escapan a su control molécula tras molécula, un individuo tras otro, hasta que a consecuencia de ello el organismo estatal ya sin fuerzas acabe finalmente por disolverse. Pero el efecto final es el mismo: destrucción de toda autoridad; y a ese empeño se dedicó Tolstói durante toda una vida apasionadamente. Ciertamente, Tolstói quería al mismo tiempo establecer un nuevo orden, una iglesia que reemplazara al Estado, fundar una religión de vida más humana, más fraternal, el Evangelio tolstoiano-cristiano, antiguo y nuevo a la vez y que recuperase el primer cristianismo. Pero para apreciar esta tarea espiritual edificante (la honradez ante todo) se debe hacer un corte entre el Tolstói crítico genial y el Tolstói pensador caprichoso, moralista inconsecuente, insuficiente, que, de pronto, no se contenta ya con llevar a la escuela a los hijos de los campesinos de Yásnaia Poliana como en la década de 1860, sino enseñarle a toda Europa el abecé de la única vida «correcta» y de la verdad con una ligereza filosófica alarmante. Ningún respeto basta ante el Tolstói que, con sus sentidos poderosos y sus órganos geniales, examina la estructura del ser humano; pero, tan pronto como quiere remontar su vuelo hacia la metafísica, donde ya no valen sus sentidos, que andan a tientas en el vacío, entonces uno no tiene otro remedio que estremecerse ante su torpeza intelectual. No, ninguna vehemencia será aquí suficiente para distinguir en este punto: Tolstói, como filósofo teórico y sistemático, es una lamentable equivocación, como lo fue el Nietzsche —su antípoda genial— compositor. Así como la musicalidad de Nietzsche, que era espléndidamente productiva en cuanto a la melodía de su lenguaje, se le negó completamente en la esfera independiente de los sonidos, por tanto en la composición, la eminente lucidez de Tolstói se detiene tan pronto como quiere elevarse por encima de las esferas de los sentidos hacia lo teórico, lo abstracto. En cada una de sus obras puede verse esa separación, esa bifurcación; en su panfleto social *¿Qué debemos hacer?*, por ejemplo, describe en la primera parte, con arreglo a lo que ven sus ojos y la experiencia, el barrio pobre de Moscú con tal maestría que, al leerlo, a uno se le corta la respiración. Nunca o casi nunca la crítica social sobre un objeto se ha mostrado tan ingeniosa como en la descripción de esas viviendas miserables y esas gentes perdidas: pero, en la segunda parte, apenas Tolstói el utopista acaba el diagnóstico y pasa a aplicar la terapia y se propone sentar cátedra con sus propuestas concretas de mejora, vemos como enseguida sus conceptos se hacen oscuros, los contornos se vuelven borrosos y los pensamientos se amontonan y se empujan unos a otros. Esta confusión va aumentando en cada nuevo problema, a medida que Tolstói se va adentrando audazmente. ¡Y Dios sabe lo lejos que puede llegar! Sin base filosófica, con una alarmante irreverencia, aborda en sus tratados todas las cuestiones eternamente irresolubles, que pertenecen a lo inalcanzable, y los «disuelve» como si fueran de gelatina. Así como en su crisis, con toda impaciencia, se quiso apropiar de una fe y como quien se cambia de traje convertirse de la noche a la mañana en un cristiano y en un hombre humilde, ahora, en sus escritos que quieren educar al mundo entero, pretende que en un santiamén crezca todo un bosque; y ese mismo hombre que en 1878 aún gritaba con desesperación: «Toda nuestra vida terrenal es un sinsentido», tres años más tarde ha elaborado ya para nuestro uso toda una teología universal que contiene la solución de todos los problemas del mundo. Se comprende que cualquier contradicción ha de molestar a un pensador tan rápido como Tolstói en su trabajo precipitado de construcción, y por eso hace oídos sordos, pasando por encima de sus incoherencias, y con una prisa que resulta sospechosa va discerniendo la solución definitiva. ¡Qué fe más insegura la que necesita «demostrar» continuamente! ¡Qué pensamiento tan ilógico y poco riguroso el suyo que, tan pronto como le faltan argumentos, encuentra siempre a tiempo algún versículo de la Biblia que le sirve de último razonamiento que no admite contradicción! No, no; nunca nos cansaremos de afirmar que todos esos tratados didácticos de Tolstói forman parte (salvando algunos detalles inevitables en un genio) —*coraggio, coraggio!*— de los tratados más desagradables del fanatismo en la literatura universal, ejemplos lamentables de un pensamiento precipitado, confuso, arrogante, caprichoso y hasta (algo terrible en el Tolstói en pos de la verdad) faltos de sinceridad.

Verdaderamente, el artista más sincero, el hombre de ética más noble y ejemplar que fue Tolstói, ese hombre tan grande y casi un santo, cuando hace de pensador teórico actúa de forma torpe y hasta deshonesta. Con el fin de poder meter el mundo entero dentro de su saco filosófico, empieza haciendo un tosco juego de manos; así se simplifican los problemas hasta convertirlos en algo tan fino y manejable como si se tratase de naipes. Primero deja bien claro lo que es «el hombre», a continuación «el bien», «el mal», «el pecado», «la sensualidad», «la fraternidad», «la fe». Después, como si fueran naipes, lo baraja todo hábilmente, pone sobre la mesa «el amor» a modo de triunfo y, claro, gana el juego. En una horita ha resuelto sobre su escritorio de Yásnaia Poliana todo el juego, inacabable e irresolunble del mundo, todo eso, en fin, que millones de generaciones de hombres han estado siempre buscando. Y el anciano se queda maravillado, sus ojos brillan con asombro infantil, una sonrisa feliz se dibuja en sus labios envejecidos, y no deja de maravillarse... «¡Qué sencillo es todo!». Es inexplicable que todos los filósofos, todos los pensadores que llevan miles de años en tantos otros ataúdes y países torturaran su cerebro y esforzaran sus sentidos sin advertir que toda *la verdad* estaba en el Evangelio clara como el sol, siempre y cuando, claro está, alguien como él, Lev Nikoláievich, en el año del Señor de 1878, «por primera vez en dieciocho siglos, la hubiera entendido acertadamente» y hubiera despojado finalmente al mensaje divino de toda la *falsedad* que lo envolvía. (¡Palabras textuales y blasfemas suyas!). Ahora han terminado todos los trabajos y penalidades; los hombres deberán reconocer cuán sencillo es vivir la vida: lo que molesta, se arrincona bajo la mesa; se suspende el Estado, la religión, el arte, la cultura, la propiedad y el matrimonio, para así, de golpe, vencer *el mal* y suprimir *el pecado* y de este modo, cuando cada uno labre su campo con su propia mano y cueza el pan y haga sus zapatos, entonces ya no habrá ni estados ni religiones, solo el reino puro de Dios en la tierra. Entonces «Dios es el amor y el amor es el objeto de la vida». Así pues, fuera todos los libros, basta de pensar, de crear; solo hace falta *el amor*, y mañana mismo podría ser todo ello una realidad «si los hombres quisiesen».

Parece que uno exagera cuando repite las mismas palabras de la teología universal de Tolstói, pero desgraciadamente es él quien exagera en su ansia de proselitismo. ¡Cuán hermoso, claro e irrebatible es su pensamiento fundamental sobre la vida! El Evangelio de la no violencia. Tólstoi reclama de nosotros indulgencia y humildad. Nos exhorta, a fin de evitar el creciente conflicto de la desigualdad de las clases sociales, a *anticiparnos a la revo-*

lución desde abajo iniciándola voluntariamente desde arriba, erradicando la violencia por medio de una indulgencia que se remonta al primer cristianismo. El rico debe renunciar a su riqueza; el intelectual, a su orgullo; el artista, a su torre de marfil y aproximarse al pueblo con un espíritu de comprensión; debemos domar nuestras pasiones, nuestra «personalidad animal», y, en vez del ansia de adquirir, hemos de desarrollar en nosotros el placer de dar. Son ciertamente nobles exigencias que han predicado todos los Evangelios, exigencias eternas que hay que volver a reclamar por el progreso de la humanidad. Pero la impaciencia desmesurada de Tolstói no puede contentarse, como las naturalezas religiosas, con postular tales exigencias como la aspiración moral más noble del individuo; siempre impaciente, exige furiosamente que esa humildad tenga ya lugar y en todos los hombres. Exige que, a su mandato religioso, renunciemos a todo, nos sometamos y entreguemos todo aquello a lo que nos sintamos vinculados; reclama (un sexagenario) abstinencia a los jóvenes (que él mismo como hombre nunca practicó), a los hombres de espíritu les reclama indiferencia, exige desprecio por el arte y el intelecto (a los que él dedicó toda su vida), y para convencernos rápidamente, como un rayo, de que nuestra cultura es fútil, derriba con furiosos puñetazos todo nuestro mundo espiritual. Para hacernos más tentador ese completo ascetismo, escupe sobre toda nuestra cultura actual, sobre nuestros artistas, nuestros poetas, nuestra técnica y nuestra ciencia; apela a la mayor exageración, a inexactitudes manifiestas, y empieza a injuriarse, a rebajarse a sí mismo para así poder dirigir sus ataques contra todos los demás. Y así compromete sus intenciones éticas más nobles por una feroz pretensión de querer tener razón siempre, para lo cual ninguna exageración le parece excesiva ni ningún engaño demasiado burdo. ¿Puede alguien creer que Lev Tolstói, que siempre iba acompañado de un médico que cuidaba de su salud, considerase realmente que la medicina y los médicos son «cosas innecesarias», la lectura «un pecado» y la higiene «un lujo superfluo»? ¿Acaso ha vivido de veras él, cuyas obras llenan estanterías, como «un parásito inútil», como un «piojo», de la forma paródicamente exagerada que él mismo describe?: «Como, charlo, escucho, vuelvo a comer, escribo y leo, es decir, que hablo y escucho de nuevo, vuelvo a comer, juego, como y converso de nuevo, luego como otra vez y me acuesto». ¿De veras es así como surgieron obras como *Guerra y paz* y *Anna Karénina*? ¿Es posible que un hombre a quien le asomaban las lágrimas a los ojos en cuanto escuchaba interpretar una sonata de Chopin pueda decir con sinceridad, como cuáqueros intransigentes, que la música es la gaita del diablo? ¿Considera verdaderamente que Beethoven es un «seductor que nos empuja a la sensualidad», que los dramas de Shakespeare son una «indudable tontería» y las obras de Nietzsche, una «cháchara enfática, envarada y sin sentido»? ¿Puede decir de verdad que todas las obras de Pushkin solo podrían ser útiles «para servir de papel de fumar al pueblo»? ¿Significa el arte para Tolstói —al cual sirvió de forma más magistral que nadie— solo «un lujo para los ociosos», y el sastre Grisha y el zapatero Piotr ocupan en verdad una instancia estética superior a la de una opinión de Turguéniev o de Dostoievski? ¿Puede creer seriamente, él, que fue «un infatigable fornicador en su juventud» y que después en su matrimonio engendró trece hijos, que cualquier joven, impresionado por su llamamiento, se castrará como si fuera un monje *skopzi*? Ya se ve: Tolstói exagera rabiosamente y exagera por mala conciencia para que no se note que sus «pruebas» no son precisamente convincentes. En alguna ocasión, de todos modos, en el subconsciente crítico de su conciencia, parece sospechar que ese *nonsense* [tonterías] se tambalea precisamente por su desmesura: «Tengo poca esperanza de que se acepten mis pruebas o que, por lo menos, se las discuta seriamente», escribe en una ocasión, y está tristemente en lo cierto, pues en su vida apenas se podía discutir con ese hombre supuestamente indulgente: «No se puede convencer a Lev Tolstói», suspiraba su mujer, y «su amor propio no le permite jamás admitir un error», en palabras de su mejor amiga, por lo que sería insensato defender seriamente a Beethoven o a Shakespeare contra Tolstói. Todo aquel que ama a Tolstói retira la vista de aquellos pasajes en que el anciano escritor deja ver en exceso ciertas flaquezas en el discurso. Nadie ha podido pensar ni un solo segundo que se pudiera poner fin, gracias a los arrebatos teológicos de Tolstói, a dos mil años de lucha por una espiritualización de la vida, como quien cierra la llave del gas, arrojando todos nuestros valores más sagrados al estercolero. Porque nuestra Europa, que acababa de alumbrar a un pensador como Nietzsche y cuya alegría espiritual hace verdaderamente habitable nuestra ardua Tierra, esta Europa, bien lo sabe Dios, no tenía el menor deseo de someterse de pronto a un mandato moral y dejarse embrutecer, simplificar y atontar, arrastrarse obedientemente a la *kibitka* [carro de deportados] y abjurar de todo su esplendoroso pasado espiritual como si todo hubiera sido un error «pecaminoso». Siempre se ha tenido y se tendrá el respeto de no confundir al Tolstói moralista ejemplar, el heroico defensor de la conciencia, con su tentativa desesperada de transformar una crisis nerviosa en cosmovisión, una angustia ante el climaterio en economía política; siempre hemos de distinguir los impulsos grandiosamente morales que nacieron de la vida heroica de este artista, y todos esos exorcismos a la cultura del anciano refugiado en la teoría con todo el furor de un campesino. La seriedad y la objetividad de Tolstói han profundizado de una manera inaudita la conciencia de nuestra generación, pero sus teorías depresivas representan un atentado sin igual contra la alegría de la existencia, un deseo ascético-monacal de hacer retroceder nuestra cultura a un cristianismo primitivo que ya no podrá ser reconstruido, según la concepción de un cristiano que ya no lo es y que por eso se excede en su cristianismo. No, no creemos que la abstinencia deba «determinar toda una vida», que tengamos que renunciar a nuestras pasiones mundanas y que nos tengamos que cargar solamente de deberes y versículos de la Biblia. Desconfiemos de quien parece que no sabe nada de la fecunda y vivificante fuerza de la alegría, de quien de manera consciente empobrece y oscurece el juego libre de nuestros sentidos y el más sublime y sagrado: el Arte. Nosotros no queremos renunciar a ninguna de nuestras conquistas espirituales o técnicas, a nada de nuestra herencia occidental, a nada en definitiva: ni a nuestros libros, ni a nuestros cuadros, ni a nuestras ciudades, ni a nuestra ciencia, ni a una pulgada o un grano de nuestra realidad sensible y visible por una doctrina filosófica, y menos aún por una reaccionaria, depresiva, que nos empujaba hacia las estepas y hacia el embotamiento espiritual. Por ninguna bienaventuranza celestial renunciaremos a la asombrosa abundancia de nuestra vida de hoy en beneficio de una simplicidad de vía estrecha: preferimos ser «pecadores» atrevidos que primitivos, mejor apasionados que insulsos y devotos de la Biblia. Por todo eso Europa ha colocado el conjunto de teorías sociológicas de Tolstói en el archivador de las obras literarias, respetuosa con su voluntad ética ejemplar, pero apartándolas definitivamente. Porque aún en su forma religiosa más noble, aún expuestas por un espíritu tan esplendoroso, lo retrógrado y lo reaccionario nunca pueden ser fructíferos, y todo aquello que nace de una confusión personal, nunca puede desentrañar el alma universal. Por eso, repitámoslo de nuevo y de forma definitiva: el mayor crítico de nuestro tiempo no ha sembrado una sola semilla para nuestro futuro europeo, y con eso ha demostrado ser un perfecto ruso, genio de su raza y de su generación.

Ese parece haber sido el sentido y la misión del último siglo ruso: revolver con sagrada inquietud, con pasión indomable, todas las profundidades morales, abordar todos los problemas sociales hasta dejar al descubierto sus mismas raíces. Ante esa aportación espiritual de sus artistas más geniales, siempre nos inclinaremos llenos de respeto. Si hemos ganado algo de profundidad en nuestra sensibilidad, si consideramos los problemas de nuestro tiempo y los eternos problemas del ser humano con una perspectiva más severa, más trágica, más implacable, se lo hemos de agradecer a Rusia y a los escritores rusos, a su inquietud fecunda en busca de una nueva verdad. El pensamiento ruso es fermentación del espíritu, fuerza expansiva y explosiva; pero nunca hay claridad de espíritu como en Spinoza, Montaigne y algunos alemanes; es utilísimo para la expansión espiritual del mundo, y ningún artista moderno ha logrado penetrar y hurgar tanto en nuestra alma como Tolstói y Dostoievski. Pero ninguno de los dos nos ha ayudado a encontrar un orden nuevo, y siempre que en su caos interior, en el abismo de su alma, buscan el sentido universal, nos alejamos de su solución. Ambos, Tolstói y Dostoievski, se refugian en una reacción religiosa para salvarse del terror que les produce el abismo abierto, terrible, infranqueable del nihilismo; ambos, llenos de angustia, se aferran como esclavos a la cruz cristiana para no caer en la sima interior y dejan cubierto de nubes el cielo ruso justo cuando el rayo purificador de Nietzsche deshace todos esos cielos sombríos y angustiosos y ofrece a los hombres de Europa la fe en su poder y en su libertad como quien pusiera en sus manos un martillo sagrado.

¡Fantástico espectáculo! Tolstói y Dostoievski, los hombres más fuertes de su patria, se ven de pronto sobrecogidos de pavor apocalíptico ante su propia obra, y ambos levantan la misma cruz rusa, invocando uno y otro a Cristo y a otros, como salvadores y redentores de un mundo que se hunde. Como dos irritados monjes de la Edad Media, están, cada uno de ellos, en su púlpito, hostiles uno frente a otro tanto en el espíritu como en la vida. Dostoievski, archirreaccionario, y defensor de la autocracia, predicando la guerra y el terror, embriagado por el poder de la fuerza incontestable, siervo del zar que lo encerró en un calabozo, y adorador de un Mesías imperialista y dominador del mundo. Frente a él está Tolstói, burlándose con el mismo ardor fanático de lo que predica su adversario, místicamente anárquico, como el otro es místicamente servil, tildando al zar de asesino y a la Iglesia y al Estado de ladrones, maldiciendo la guerra, pero sosteniendo en sus manos el Evangelio y teniendo el nombre de Cristo en los labios. Ambos, empero, empujando al mundo hacia atrás, hacia la sumisión, hacia el embotamiento, fruto de un terror misterioso en sus almas estremecidas. Debe de haber habido en ellos un soplo profético que les hace revelar al pueblo, a voz en grito, su angustia apocalíptica; un pensamiento que les hace presentir el fin del mundo y el juicio final, una revelación instintiva de que la tierra rusa estaba preñada de una monstruosa sacudida. De no ser así, ¿qué otra cosa podría dar lugar a esa misión que siente en sí el poeta y que le hace presentir proféticamente el fuego en su época y el trueno en las nubes, que lo hace crisparse y atormentarse por los dolores de un alumbramiento? Llamando ambos a la penitencia, como profetas coléricos y frenéticos de amor, los dos aparecen trágicamente iluminados en el umbral de un mundo que se va a hundir, tratando de impedir eso tan monstruoso que ventean ya en el aire; ambos destacándose como dos figuras del Antiguo Testamento, las más grandes que ha conocido nuestro siglo.

Pero si a ambos les es dado presentir lo que viene, a ninguno de ellos le es permitido cambiar el curso del destino. Dostoievski se burla de la Revolución, y la bomba que hace volar al zar estalla apenas ha pasado su cortejo fúnebre. Tolstói fustiga la guerra y exige el amor universal, y no pasan más que cuatro primaveras por encima de su tumba y la más terrible guerra fratricida profana el mundo. Los personajes y las obras de Tolstói perduran en el mundo, pero sus doctrinas se deshacen al primer soplo de viento. Tolstói no vivió para ver el hundimiento de su reino de Dios, pero debió de intuirlo, pues el último año de su vida, estando él un día tranquilamente sentado con sus amigos, un criado le trajo una carta. Tolstói la abrió y leyó:

No, Lev Nikoláievich: no puedo estar conforme con usted en que las relaciones entre los hombres solo pueden perfeccionarse y mejorarse por medio del amor. Eso solo lo pueden decir las gentes bien educadas y bien saciadas. Pero ¿cómo puede usted proponer eso a los que, desde la niñez y durante toda su vida, pasan hambre y languidecen bajo el yugo de un tirano? Esos lucharán y se esforzarán para liberarse de la esclavitud. Y se lo digo a usted en las proximidades de su muerte, Lev Nikoláievich: el mundo volverá a ahogarse en sangre y otra vez se matará y de despedazará no solamente a los señores, sin distinción de sexo, sino también a sus hijos a fin de que la tierra no tenga que esperar nada malo de ellos. Lamento que usted ya no podrá ver eso y así no podrá ser testigo de su error. Le deseo una muerte apacible.

No se sabe quién escribió esta carta tempestuosa. Nunca sabremos si fue Trotski o Lenin o cualquier revolucionario anónimo de los que morían en prisión. Es posible que, en ese mismo momento, se diese cuenta Tolstói de que su doctrina no era más que humo e inanidad frente a la realidad, que la pasión desbocada y salvaje siempre tendrá mayor influencia sobre los hombres que toda la bondad fraternal. Su rostro, al decir de testigos, se volvió serio en ese momento. Cogió la carta y se dirigió caviloso a su habitación con un frío presentimiento rondando su venerable cabeza.

La lucha por la realización

Es más fácil escribir diez volúmenes de filosofía que poner en práctica uno solo de sus principios.

Diario, 1847

En el Evangelio que Tolstói ha leído con tanta perseverancia durante aquellos años se encuentran unas palabras proféticas que le harían sin duda estremecerse: «El que siembra vientos, recoge tempestades»; ese destino se cumple ahora en su propia vida. Nunca un hombre, y menos uno poderoso, puede transmitir su inquietud espiritual al mundo sin sufrir la expiación: la turbación volverá de mil maneras contra su pecho. Hoy, cuando ya hace tiempo que se enfrió la discusión, no podemos juzgar la expectación fanática que la irrupción del mensaje de Tolstói despertaría en Rusia y en el mundo entero; debió de ser un clamor de las almas, un despertar de la conciencia de todo un pueblo. El Gobierno, asustado del efecto que producían las palabras de Tolstói, intentó prohibir estrictamente todos los escritos polémicos de Tolstói, en vano: las copias escritas a máquina iban de mano en mano o se introducían fraudulentamente ediciones extranjeras; y cuanto más osadamente Tolstói ataca el orden vigente hasta entonces, el Estado, a los zares, la Iglesia, cuanto más proclama con fervor un orden mejor para la humanidad, tanto más anhelantes se vuelven a él los corazones de los hombres, abiertos a un mensaje de salvación. Pues a pesar del ferrocarril, de la radio, del telégrafo, a pesar del microscopio y de toda la magia de la tecnología, nuestro mundo moral sigue esperando mesiánicamente un estado moral más elevado como en los tiempos de Cristo, de Mahoma o de Buda; en el alma de las masas, siempre dispuestas a lo milagroso, perdura y vibra inagotablemente un anhelo renovado por un líder y maestro. Por eso, siempre que un hombre, un hombre único, se vuelve hacia la humanidad llevando en sus labios una promesa, toca la fibra sensible de esa ansia de fe y entonces se ve brotar una infinita voluntad de sacrificio hacia aquel que se ha levantado valerosamente y ha pronunciado la frase que entraña mayor responsabilidad: «Yo sé la verdad».

Y así, a finales de siglo, millones de miradas en toda Rusia se dirigen a Tolstói apenas este anuncia su mensaje apostólico. *Confesión*, que desde hace ya largo tiempo es para nosotros simplemente un documento psicológico, embriaga a la juventud como si fuera una revelación. Por fin —afirman jubilosamente— un poderoso, un hombre libre y además el escritor más grande de Rusia, ha expresado como exigencia lo que hasta ahora solo reclamaban los desheredados, lo que los semisiervos susurraban en secreto: que el orden de cosas en el mundo es injusto, inmoral y, por tanto, insostenible, y que se ha de encontrar una nueva forma, una forma mejor. A todos los descontentos llega un impulso inesperado, y no de un predicador profesional del progreso, sino de un espíritu independiente e incorruptible, cuya autoridad y honradez nadie se atrevería a negar. Con su propia vida, con cada uno de los actos de su vida pública, eso oyen, ese hombre quiere dar ejemplo para mostrar el camino. Quiere renunciar a sus derechos como conde y a sus propiedades como hombre rico, y ser el primero entre los que más tienen en someterse humildemente a la comunidad igualitaria del pueblo trabajador. El mensaje del nuevo mesías de los desheredados se dirige a los ignorantes, a los campesinos, a los analfabetos. Ya se congregan los primeros jóvenes, la secta de los tolstoianos comienza a cumplir al pie de la letra las palabras del maestro y tras ellos se despierta y espera la inmensa masa de los oprimidos. Millones de corazones arden, millones de miradas se dirigen hacia Tolstói y observan ávidamente cada acto, cada acción de su vida, que ha cobrado una importancia universal. «Ya que él ha aprendido, él nos enseñará».

Pero, cosa extraña, Tolstói no parece darse cuenta en un primer momento de la gran responsabilidad que ha asumido. Naturalmente, Tolstói comprende perfectamente que como heraldo de una doctrina de vida semejante no puede limitarse a las letras en un papel, sino que se ha de llevar a la práctica a modo de ejemplo en su propia vida. Sin embargo —y aquí está la equivocación de sus comienzos—, él ya cree haber hecho bastante indicando solo simbólicamente la viabilidad de sus nuevas reivindicaciones sociales y éticas en su propia vida, y dando de vez en cuando una señal de su buena disposición por una cuestión de principios. Así, se viste como un campesino para que no haya diferencias en el aspecto de un señor y un campesino; trabaja en el campo con la guadaña y el arado, y se hace pintar por Repin para que todo el mundo pueda verlo claramente: el trabajo en el campo, el trabajo pesado, pero honrado, para ganarse el pan, no es una vergüenza, y nadie ha de avergonzarse de él. ¡Así que mirad! Él mismo, Lev Tolstói, sin necesidad como todos saben de hacerlo y cuya labor intelectual lo dispensaría completamente de ello, toma alegre ese trabajo sobre sus hombros. Entrega sus bienes y su hacienda —por entonces ya más de medio millón de rublos— a su mujer y a su familia para no ensuciar por más tiempo su alma con el «pecado» de la propiedad. Se niega a cobrar en adelante ni un solo céntimo por los derechos de autor sobre sus obras. Da limosnas y no regatea el tiempo en visitas y cartas con el hombre que se dirija a él por más desconocido o muy humilde que sea. Con amor fraternal y solidario siente como suyas todas las injusticias y agravios de la tierra; pero pronto ha de reconocer que aún se le pide algo más, pues toda la enorme masa de creyentes, de aquel «pueblo» que él busca con los ojos de su alma, no tiene suficiente con su vida simbólica de humildad, sino que reclama algo más de Lev Tolstói: la renuncia completa, la inmersión total en su miseria y sus penurias. En verdad que solo el martirio crea creyentes y convencidos —y por eso al surgir cualquier religión se produce la entrega total, el sacrificio de un hombre—, pero no puede haber solo promesas, sugerencias. Y todo lo que Tolstói ha hecho hasta entonces para confirmar la viabilidad de su doctrina no es más que un simple gesto de humillación, un humilde acto simbólico-religioso comparable a ese otro que la Iglesia católica exige del papa o de los emperadores devotos el Jueves Santo, es decir, una vez al año, cuando tiene que lavar los pies a doce ancianos. Con ello se le muestra al pueblo que ni siquiera la acción más humilde rebaja a los más nobles de la tierra. Pero del mismo modo que por ese acto de penitencia anual, ni el papa ni los emperadores de Austria y España renuncian a su poder y se convierten realmente en siervos de los ancianos, tampoco el gran escritor y poderoso señor se convierte en zapatero tras una hora con el punzón y la horma, en campesino porque labre los campos durante dos horas, ni en un pordiosero porque haga entrega de todos sus bienes a su propia familia. Tolstói demuestra al principio la *viabilidad* de su doctrina, pero no la pone en práctica. Al pueblo (por un instinto profundo) no le basta, sin embargo, un símbolo y espera, para convencerse, que haya un verdadero sacrificio, de Lev Tolstói, pues los primeros adeptos de una doctrina siempre la interpretan mucho más al pie de la letra, con más severidad y más literalmente que el propio maestro. De ahí su profunda decepción cuando, al ir en peregrinación al profeta de la pobreza voluntaria, ven con asombro que los campesinos de Yásnaia Poliana siguen sumidos en la misma miseria de antes, pero que él, Tolstói, lo mismo que antes, sigue recibiendo magníficamente, como conde, a los invitados que llegan a su casa señorial, y sigue perteneciendo a la «clase de hombres que por medio de toda clase de argucias roban al pueblo hasta lo más necesario». Aquella renuncia a las riquezas anunciada a bombo y platillo no es para ellos una verdadera renuncia, su propósito de despojarse de propiedades no es pobreza, pues el escritor sigue viviendo con todas las comodidades de que siempre había gozado, y no les ha de convencer tampoco que haga de zapatero o labre los campos durante algunas horas. «¿Qué clase de hombre es ese que predica una cosa y hace otra?», murmura decepcionado un viejo campesino, y de modo más duro aún se expresan los estudiantes y los verdaderos comunistas al hablar de esa incongruencia entre la doctrina y la práctica. Esa tibia actitud de Tolstói extiende paulatinamente la decepción hasta en los más fervientes partidarios de su doctrina: las cartas y ataques del populacho le exigen cada vez con mayor vehemencia que o bien desmienta su doctrina, o bien que la lleve a la práctica y no solo a modo de ejemplo simbólico. Asustado por esa exigencia, acaba por reconocer Tolstói cuán enorme es su pretensión y que, para poder dar vida a su mensaje, no bastan las palabras, sino que hacen falta hechos, como tampoco bastan los ejemplos, sino que se precisa una verdadera transformación de la forma de vivir. Quien hace promesas desde la tribuna pública más elevada del siglo XIX, alumbrado por los reflectores de la fama, vigilado por millones de ojos, ha de renunciar definitivamente a su vida privada y conciliadora; no le basta con indicar lo que piensa con un gesto simbólico ocasional, sino que necesita realizar el acto real del sacrificio como testimonio válido: «Para ser escuchado por los hombres, uno debe afirmar la verdad por medio del sufrimiento y mejor aún por la muerte». Así Tolstói contrae para su vida personal una obligación que nunca había pensado cuando era un doctrinario apostólico. Estremecido, turbado, no seguro de sus fuerzas, angustiado hasta el fondo de su alma, desde ese momento Tolstói carga con la cruz de su doctrina para ser un santo servidor de su convicción religiosa y acomodar cada una de las acciones de su vida a los postulados de su moral en un mundo de escarnio y comadreo.

Un santo: la palabra se pronuncia a pesar de las sonrisas irónicas, pues un santo parece por de pronto completamente absurdo e imposible en nuestra época de desencanto, un anacronismo de una Edad Media que ya quedó atrás. Pero solamente los emblemas y la presentación cultural de cada tipo espiritual están sujetos a desaparecer; cada tipo en sí mismo regresa siempre, consecuente y forzosamente, en ese impredecible juego de analogías que llamamos historia. Siempre, y en cualquier época, habrá hombres que intentarán vivir una existencia santa, porque el sentimiento religioso de la humanidad necesita y produce constantemente esa forma suprema del alma;

solo la manera de realizarse variará con el paso del tiempo. Nuestro concepto de la santificación de la existencia por la fuerza del fervor espiritual no tiene nada que ver con las figuras talladas en madera de *La leyenda dorada* ni con la rigidez sobre una columna de los padres del desierto, pues hace ya tiempo que hemos separado la figura del santo de lo sustentado en concilios teológicos y cónclaves papales; «santo», para nosotros en la actualidad, significa solamente heroico en el sentido de una entrega completa de la existencia a una idea religiosa. El éxtasis intelectual y la soledad que reniega del mundo del deicida de Sils-Maria o la conmovedora austeridad del tallador de diamantes de Ámsterdam no nos parecen en lo más mínimo inferiores al éxtasis de un flagelante con espinas fanático. Incluso hoy en día, más allá de los milagros, entre las máquinas de escribir y la luz eléctrica, en medio de nuestras ciudades amplias, luminosas y populosas, es todavía posible el santo como mártir de la conciencia; solo que ya no nos hace falta considerar a esos seres admirables y excepcionales como divinamente infalibles y terrenalmente impecables, sino todo lo contrario: amamos a esos grandiosos tentadores, a esos peligrosamente tentados más profundamente en sus crisis, en sus luchas, y los amamos tanto más precisamente por su falibilidad, no a pesar de ella. Pues nuestra generación no quiere venerar a los santos como seres enviados por Dios desde el más allá, sino como los seres más humanos de entre los seres humanos.

De ahí que la desmesurada tentativa de Tolstói de dar a su vida una forma ejemplar nos emocione más precisamente por su vacilación, y que a la postre su fracaso humano nos resulte más estremecedor que si hubiese alcanzado la santidad. *Hic incipit tragoedia!* [¡Aquí empieza la tragedia!]. En el mismo momento en que Tolstói emprende la heroica empresa de salirse de las formas de vida convencionales de su época y ajustarse solamente a las que proclama su conciencia, su vida se convierte forzosamente en un gran drama trágico, el mayor que hayamos visto desde la sublevación y el hundimiento de Friedrich Nietzsche. Pues jamás puede producirse una renuncia tan violenta a todas las relaciones familiares arraigadas, a la aristocracia, a la propiedad, a las leyes de la época sin causar un enorme desgarro en uno mismo, sin que uno se hiera dolorosamente y hiera además a sus allegados. Pero Tolstói no teme al dolor; al contrario, como buen ruso y, por ende, extremista, anhela un tormento real como prueba evidente de su autenticidad. Está ya cansado de las comodidades de su existencia; siente asco de la alegría superficial que proporciona la familia, de la fama de sus escritos, del respeto de sus semejantes... Inconscientemente, el creador que hay en él anhela un destino más emocionante, más variado, fundirse más profundamente con las fuerzas primitivas de la humanidad, anhela la pobreza, las penurias y el sufrimiento cuyo efecto fecundo conoce por vez primera al sufrir su crisis. Quisiera, para demostrar apostólicamente la pureza de su doctrina de humildad, llevar la vida del hombre más miserable, sin casa, sin dinero, sin familia, sucio, piojoso, despreciado, perseguido por el Estado y expulsado de la Iglesia. Quisiera vivir, en su carne y en su sangre, lo que él ha descrito en sus libros como la única y más importante forma impregnada de espiritualidad de un verdadero ser humano: la de un apátrida, la de un desposeído de todo al que el viento del destino arrastra como a una hoja de otoño. Tolstói pide —y con ello, esa gran artista que es la historia construye una vez más una de sus antítesis más geniales e irónicas— vivir voluntariamente una vida tan intensa como la que vivió Dostoievski, su antagonista, pero este contra su voluntad. Pues Dostoievski vive manifiestamente todo el dolor, toda la crueldad y el odio de la fatalidad, y eso mismo querría ahora vivir Tolstói, por un principio pedagógico, en su deseo de ser mártir. Dostoievski se envuelve en la verdadera pobreza, con todos sus tormentos, ardiente y sofocadora de cualquier alegría como la túnica de Neso, como apátrida se va arrastrando por todos los países de la tierra, la enfermedad consume su cuerpo, los soldados del zar le atan al poste de las ejecuciones y lo envían a las prisiones de Siberia... Todo aquello que Tolstói desearía para sí, como demostración de su doctrina en tanto que mártir de la misma, se le concedió a manos llenas a Dostoievski, mientras que a Tolstói, sediento de padecer de forma patente y visible, no le corresponde una gota de pobreza ni persecución alguna.

Tolstói no logra nunca hacer evidente al mundo su deseo, su voluntad de sufrimiento. Por todas partes, un destino burlón e irónico le cierra el paso que conduce al martirio. Quisiera ser pobre, regalar su fortuna a la humanidad, no cobrar ningún dinero de sus obras y escritos, pero su familia no le permite que sea pobre; contra su voluntad, su fortuna va creciendo en manos de sus familiares. Quisiera estar solo, pero la fama de su nombre llena su casa de reporteros y de curiosos; quisiera ser despreciado, pero cuanto más se rebaja y se insulta a sí mismo, cuanto más odia sus obras y acusa de sospechosa su sinceridad, más admiración despierta en los hombres. Quisiera vivir como un campesino, en una cabaña sucia y ahumada, ignorado y sin ser molestado, o peregrinar por las calles como un mendigo, pero la familia le rodea de cuidados y le provee, para su tormento, de todas las comodidades modernas que él desaprueba públicamente, y que sin embargo están en su propia habitación. Quisiera ser perseguido, encerrado y azotado —«Me resulta penoso vivir en libertad»—, pero las autoridades se apartan de puntillas para dejarle en paz y prefieren azotar y mandar a Siberia a sus prosélitos. Entonces recurre a los grandes extremos y se pone finalmente a injuriar al zar para así ser castigado, deportado, condenado y purgar de una vez públicamente la revuelta que suponen sus convicciones; sin embargo, Nicolás II interrumpe al ministro que presenta la queja: «Le suplico que no moleste a Lev Tolstói; no tengo la intención de hacer de él un mártir». Y eso precisamente, un mártir de sus convicciones, es lo que quería ser Tolstói en sus últimos tiempos, y el destino no se lo concede, todo lo contrario, parece poner el mayor cuidado, irónica y maliciosamente, para que él, tan deseoso de sufrir penalidades, no sufra ninguna adversidad. Furioso, enloquecido, se revuelve dentro de su celda acolchada en la prisión invisible que es su propia fama; escupe sobre su nombre e injuria al Estado, a la Iglesia y a todas las instituciones, pero se le escucha educadamente, con el sombrero en la mano, y se le disculpa por todo como a un loco de alta cuna e inofensivo. Nunca logra la gesta manifiesta, la prueba definitiva, el martirio a la vista de todos: entre su voluntad de ser crucificado y la realidad, el diablo ha colocado la gloria, que ahuyenta todos los golpes de la fatalidad e impide que le alcance el sufrimiento.

Pero ¿por qué —se preguntan, con impaciente desconfianza, sus prosélitos y, con burla, sus adversarios—, por qué el mismo Tolstói no destroza con voluntad decidida esa penosa contradicción? ¿Por qué no arroja a escobazos a todos los reporteros y fotógrafos que van a su casa? ¿Por qué permite que su familia cobre sus derechos de autor? ¿Por qué cede una y otra vez ante la voluntad de los que le rodean y le hacen vivir, contra su propia voluntad, entre riquezas y comodidades que contradicen su doctrina? ¿Por qué no obra claramente según los dictados de su conciencia? Tolstói nunca contestó a esas terribles preguntas ni se disculpó jamás; pero ninguno de los ociosos charlatanes que, con dedos sucios, señalaban la evidente contradicción entre la voluntad de Tolstói y los resultados, ninguno de ellos condenó más severamente que él mismo la imperfección de sus actos o más bien su inacción. En 1908, escribe en su diario:

> Si oyese a un extraño hablar de mí como de un hombre que vive rodeado de lujo, que coge a los campesinos todo lo que puede, que los hace detener y que, por otra parte, profesa y predica el cristianismo, reparte monedas de cinco kopeks a modo de limosna y en todas sus malas acciones se escuda detrás de su amada esposa... ¡No dudaría un momento en calificar a ese hombre de canalla! Y eso mismo se me debería llamar para poder liberarme de todas las vanidades del mundo y vivir solamente para el espíritu.

No, Lev Tolstói no necesita que nadie le señale su incongruencia, la ve por sí mismo y ello le desgarra el alma. Cuando en su diario se hace una pregunta que abrasa su conciencia como un hierro al rojo vivo: «Di, Lev Tolstói, ¿vives conforme a los principios de tu doctrina?», con desesperación, furioso, contesta: «No. Muero de vergüenza; soy culpable y merezco el desprecio». Veía con perfecta claridad que, según su doctrina de la privación, para él, lógica y éticamente, solo era posible una forma de vida: abandonar su casa, renunciar a su título y a su arte y marchar, como un peregrino, por los caminos de Rusia; pero, para esta última decisión, la más necesaria y la única convincente, nunca pudo reunir el predicador las fuerzas necesarias. Ese secreto de su debilidad última, esa incapacidad para un radicalismo que no negocia con sus principios es lo que, a mi entender, hace más hermosa la figura de Tolstói, pues la perfección está más allá de las posibilidades humanas; todo santo, hasta el mismo apóstol de la bondad, debe poder ser fuerte, debe exigir a sus adeptos la decisión casi sobrehumana, inhumana, de que dejen al padre y a la madre, a la mujer y a los hijos, todo, para seguir el camino de la santidad. Una vida perfecta, consecuente, no puede darse sino en un individuo completamente desligado de todo, nunca en el hombre atado: por eso, en todos los tiempos, el camino de la santidad es el del desierto, donde está su único hogar posible, la única patria apropiada. Así, pues, si Tolstói quería poner en práctica su propia doctrina con todas sus consecuencias, debía desligarse, al igual que de la Iglesia y del Estado, del círculo más estrecho y acogedor de la familia; pero, para ese acto de fuerza brutal, despiadada, al apóstol, demasiado humano, le faltará el valor durante treinta años. Dos veces huye, pero cada vez vuelve, pues el pensamiento de que su mujer, desesperada, pudiera suicidarse paralizaba su voluntad; no puede decidirse —¡he ahí su verdadera culpa espiritual y su belleza humana!— a sacrificar ni una sola vida humana por una idea abstracta. En lugar de disgustarse con los hijos y arrastrar a su esposa al suicidio, prefiere aguantar sin dejar de lamentarse por ello bajo el techo opresivo de una vida en común puramente material con la familia; amargado, cede en cuestiones decisivas como son el testamento y la venta de libros, y acepta sufrir él antes que causar sufrimiento a los demás. Y se resigna con pesar a ser un hombre quebradizo y no un santo duro como una roca.

Ante la opinión pública, amontona sobre sí y solamente sobre sí toda la apariencia de tibieza y de falsedad. Sabe que hasta los adolescentes se van a reír de él, que los sinceros dudarán de él, que sus prosélitos le juzgarán; pero eso y precisamente *eso* será lo que constituya el gran martirio de Tolstói en esos años de oscuridad, al aceptar sin objeción alguna todas las recriminaciones por su ambigüedad, sin tratar jamás de justificarse. «Aunque mi situación ante los hombres sea falsa, tal vez sea algo necesario», escribe con pesar en 1898 en su diario, y, lentamente, comienza a reconocer el sentido verdadero de su prueba, es decir, que ese martirio suyo sin triunfo, ese sufrimiento injusto sin defensa ni disculpa, se ha convertido en algo más sombrío y más cruel que un martirio en la plaza pública, ese otro martirio teatral que durante años había anhelado que el destino le deparase. «A menudo deseé padecer y sufrir persecuciones; pero eso es signo de que era un holgazán y quería que otros trabajasen por mí, martirizándome, y yo no tuviese otra cosa que hacer sino sufrir». El más impaciente de todos los hombres, que se hubiese arrojado gustosamente al tormento y con exaltado fervor de penitente se hubiese dejado quemar en la hoguera atado a sus convicciones, reconoce que se le impone una prueba mucho más dura, ser quemado a fuego lento: el desprecio de los no iniciados y la eterna inquietud de su conciencia. ¡Qué incesante tortura para la conciencia de un observador de sí mismo tan sincero y despierto tener que confesarse todos los días que él, el humano y terrenal Lev Tolstói, es incapaz, en su propia casa y en su propia vida, de cumplir con las exigencias éticas que el otro Tolstói, el apóstol, reclama a millones de personas, y no cesar ni por un momento, aun consciente de su propio fracaso, de seguir predicando sus doctrinas! ¡Tener que exigir fe y aprobación él, que desde hace tiempo ya no cree en sí mismo! Aquí es donde supura la herida abierta de la conciencia de Tolstói. Sabe que su misión se ha convertido en un papel, en una pieza teatral sobre la humildad que representa constantemente ante el mundo; Tolstói nunca se mintió a sí mismo, y lo que ha hecho de su vida una tragedia íntima es que se daba perfecta cuenta de sus medias verdades y de sus poses mucho más que todos sus enemigos más encarnizados. Quien quiera saber o intuir por lo menos el desprecio y el asco que sentía por sí mismo esa alma atormentada y sedienta de verdad, puede leer *El padre Sergio*, la novela corta publicada póstumamente. Así como santa Teresa, horrorizada por sus visiones, pregunta con angustia al padre confesor si más que de Dios no pudieran ser cosa del diablo para humillar de ese modo su orgullo, también Tolstói se pregunta en dicha novela si sus enseñanzas y actos ante los hombres tenían en verdad un origen divino, y por tanto ético y caritativo, o si procedían del demonio de la vanidad y del deseo de gloria y de la euforia del incienso. Sin apenas ocultarse, describe a través de ese santo su propia situación en Yásnaia Poliana: igual que iban a casa de Tolstói los peregrinos, los creyentes, los curiosos, cientos de penitentes y devotos acuden a ver a aquel monje milagroso. Y al igual que Tostói, el padre Sergio, ese doble de su conciencia, se pregunta también, en medio del tumulto de sus seguidores, si él, a quien todos veneran como a un santo, tiene verdaderamente corazón de santo: «¿Hasta qué punto hago lo que hago por amor a Dios y en qué medida solo para los hombres?». Y Tolstói se responde terriblemente a sí mismo por boca del padre Sergio:

> En el fondo de su alma sentía que el demonio había cambiado el sentido de sus acciones, que en vez de hacerse por amor a Dios surgían ahora del deseo de gloria entre los hombres. Eso es lo que él sentía, pues si bien antes hubiese agradecido que no se le molestara en su sole-

dad, ahora esa soledad se había convertido en un tormento. Sentía, es cierto, que los visitantes le molestaban, estos le fatigaban, pero, en lo más hondo de su corazón, se alegraba de tenerlos ante sí y de oír las alabanzas que le dedicaban. Cada vez le quedaba menos tiempo para la oración y el fortalecimiento espiritual. A veces pensaba que era como un lugar en donde había brotado un manantial, un pequeño manantial de agua de vida que fluía de él y a través de él; pero el agua ahora ya no podía acumularse, pues los sedientos habían acudido en tropel, empujándose, pisoteándolo todo, quedaba tan solo fango [...]. Ya no había amor en él, ni humildad, ni tampoco pureza.

¿Puede imaginarse alguien una condena más severa que esa retractación de sí mismo que acaba con toda veneración posible? Con esa confesión rompe Tolstói para siempre los posibles clichés que, en los libros de texto, pudieran representar al santo de Yásnaia Poliana. ¡Cuán conmovedora se nos muestra la conciencia frágil e insegura de un hombre que se derrumba bajo el peso de su propia responsabilidad en vez de rodearse de una aureola de santidad! Ni la admiración del mundo entero, ni la complaciente divinización por parte de sus adeptos, ni el continuo reguero de peregrinos que acuden sin interrupción un día tras otro, ninguna de esas aprobaciones ruidosas y embriagadoras pueden engañar a ese espíritu siempre en guardia, a esa conciencia íntegra, de cuánto de teatral encierra ese cristianismo literario, y de cuánto anhelo de gloria se esconde dentro de la propia humildad. Con crueldad insaciable contra él mismo, Tolstói pone en duda, en esa simbólica autopsia, hasta la honradez de su voluntad primigenia. Angustiado, se sigue preguntando por boca de su doble: «Pero ¿no había por lo menos una intención sincera de servir a Dios?». Y de nuevo la respuesta cierra todas las puertas que conducen a la santidad: «Sí, la había, pero todo ha sido profanado y corrompido por la fama. No hay Dios para aquel que, como yo, ha vivido solo para conquistar la gloria entre los hombres». Ha echado a perder la fe a fuerza de hablar demasiado y mostrar la devoción como un espectáculo trágico. Tolstói siente y reconoce con lucidez que sus poses ante el mundo literario de Europa y sus patéticas confesiones en público, en vez de una callada humildad, han hecho que para él la perfecta santidad sea imposible. Solo cuando haya renunciado al mundo, a la gloria, a la vanidad, podrá el padre Sergio, su hermano de conciencia, aproximarse a Dios. Y son palabras de Tolstói referidas a sí mismo, cuando al final le hace decir con anhelo: «Quiero ir en su búsqueda».

«Quiero ir en su búsqueda»; esas palabras encierran la verdadera voluntad de Tolstói, el verdadero destino: el destino de ser únicamente alguien que busca a Dios, no uno que lo ha encontrado. No llegó a ser un santo, tampoco un profeta redentor, ni siquiera un hombre que hubiera construido su vida de una forma perfecta e inequívocamente honesta: nunca dejó de ser un ser humano, grandioso en algunos momentos pero en otros falso y vanidoso; un hombre con todas las flaquezas, con todas las carencias, con todas las ambigüedades, pero siempre trágicamente consciente de esos yerros y entregado al esfuerzo de lograr la perfección con un apasionamiento sin igual. De ningún modo un santo, pero su voluntad sí lo es; tampoco un creyente, pero la fuerza de su fe es titánica; no ha sido la imagen de lo divino, que descansa en sí misma apaciblemente, sino que ha sido el símbolo de una humanidad que nunca podrá descansar satisfecha en su camino, sino que tendrá que luchar sin cesar por alcanzar una forma más pura, en cada momento, todos los días.

Un día en la vida de Tolstói

En familia me pongo triste, porque no puedo
compartir los sentimientos de mis allegados.
Todo lo que a ellos les alegra, los exámenes
escolares, el éxito mundano, las compras, todo
eso es para mí una desgracia y un mal para
ellos mismos, pero no se lo puedo decir. Claro que puedo en realidad y hasta lo hago también, pero nadie comprende mis palabras.

Diario

Así imagino yo que sería un día cualquiera entre mil de la
vida de Tolstói, basándome en lo que de él han dicho los
amigos y en sus propias palabras.

Al romper el día: el sueño se retira lentamente y los
párpados del anciano se alzan, se despierta, mira a su
alrededor; la luz de la mañana colorea ya las ventanas; se
hace de día. El pensamiento que estaba sumido en la oscuridad emerge y su primer acto de conciencia es como
de feliz asombro: «Vivo todavía». Ayer noche, como todas las noches, se acostó en su cama con la humilde resignación de no volver a levantarse. A la luz vacilante
de la lámpara ha escrito antes de la fecha del nuevo día
las tres letras: «S. e. v.», «Si estoy vivo», y, cosa maravillo-

sa, se le ha concedido una vez más la gracia de la existencia, vive, respira todavía, está sano. Como en un saludo a Dios, sus pulmones se llenan de aire y sus ojillos grises de luz. Lleno de agradecimiento, el anciano se levanta, se desnuda, el agua helada corre por todo su cuerpo, que se conserva aún lleno de salud. Con frenesí gimnástico, hace varias flexiones hasta que sus pulmones resoplan y sus articulaciones crujen. Acto seguido se pone una camisa y un batín sobre la piel enrojecida; abre las ventanas y barre la habitación y echa algunos leños en el fuego, que crepita; es su propio criado, su propio siervo.

Después baja a la sala del desayuno. Le están aguardando Sofía Andréievna, las hijas, el secretario y un par de amigos; en el samovar hierve el agua del té. Sobre una bandeja, el secretario le presenta un enorme montón abigarrado de cartas, periódicos, libros procedentes de los cuatro puntos cardinales. Malhumorado, Tolstói mira todo ese montón de papeles: «Incienso y fastidio», piensa para sí mismo:

> ¡Siempre confusión! Uno debería estar más a menudo a solas consigo mismo y ante Dios, no pretender ser siempre el ombligo del mundo; apartar de uno lo que molesta, lo que confunde, lo que envanece, lo que nos vuelve soberbios, ávidos de gloria y mendaces. Mejor sería quemarlo todo en la estufa para no dispersarse y no dejar entrar en el alma el orgullo.

Pero la curiosidad le puede; Tolstói hojea todo ese montón de peticiones, quejas, súplicas, encargos, anuncios de visitas o puras charlatanerías y lo revuelve con manos rápidas. Un brahmán le escribe desde la India diciéndole que ha entendido mal a Buda, un criminal, desde el presidio, le cuenta la historia de su vida y le pide consejo, algunos jóvenes se vuelven hacia él ante su propia confusión interior, mendigos llevados por su desesperación...; todos acuden humildemente a él como al único —así dicen— que les puede ayudar, la conciencia del mundo. Las arrugas de su frente se marcan más profundamente:

A quién puedo ayudar yo —piensa— si ni siquiera puedo ayudarme a mí mismo. De día en día me pierdo más y busco un sentido, una explicación, para soportar esta vida insondable, y hablo dándome aires de importancia acerca de la verdad para engañarme a mí mismo. ¡Cómo sorprenderse de que ahora vengan a mí y me pidan a gritos: ¡Lev Nikoláievich, enséñanos la vida! Lo que hago es una mentira, fanfarronadas y charlatanería; estoy, en verdad, desde hace tiempo, agotado porque me derramo continuamente entre esos miles de personas que vienen a mí; me diluyo, en vez de concentrarme en mí mismo; y hablo, y hablo, y hablo, en vez de callar y poder oír en mi silencio interno cuál es la verdadera voz de mi interior. Pero no puedo decepcionarlos en su confianza, y he de contestarles algo.

Sus manos retienen más tiempo una carta y la lee dos, tres veces; es de un estudiante, que le injuria con rabia por predicar agua y beber vino. Le dice que ya es hora de que abandone su casa, que reparta su fortuna entre los pobres y comience su peregrinación por los caminos de Dios. «Tiene razón —se dice Tolstói—, habla como si fuera mi propia conciencia. Sin embargo, ¿cómo podría explicarle lo que no logro explicarme a mí mismo? ¿Cómo podría defenderme si me acusa en mi propio nombre?». Tolstói toma ahora esa carta dispuesto a contestarla y se encamina a su despacho. El secretario le recuerda junto a la puerta que ha dado hora al corresponsal del *Times* para una entrevista: que si va a querer recibirlo. El rostro de Tolstói se ensombrece: «Siempre esa constante impertinencia. ¿Qué quieren de mí? ¿Para qué quieren escudriñar mi vida? Todo lo que quiero decir está ya en mis escritos; todo el que sepa leer puede enterarse de lo que digo». Pero una especie de vanidad complaciente le hace ceder: «Bueno, pero solo media hora». Y apenas ha entrado en su despacho, su conciencia le remuerde: «¿Por qué he cedido otra vez? Con cabellos grises, a dos pasos de la tumba aún me dejo llevar por la vanidad y me entrego a las charlas de los hombres que así lo desean. ¿Cuándo aprenderé de una vez a ocultarme, a callar? ¡Dios mío, ayúdame!».

Por fin a solas en su despacho. De las paredes cuelgan una guadaña, un hacha y un rastrillo; sobre la taracea hay un asiento tosco, grande, ante una mesa sencilla; una celda mitad monacal y mitad campesina. Sobre la mesa hay un manuscrito medio terminado: *El camino de la vida*. Vuelve a releer, tacha algunas palabras, cambia otras y continúa escribiendo con su letra grande, como infantil, hasta que vuelve a detenerse:

> Soy demasiado irreflexivo, demasiado impaciente. ¿Cómo puedo escribir acerca de Dios, si aún no veo claramente los conceptos, si aún no he logrado mantenerme firme y mis pensamientos cambian de un día para otro? ¿Cómo puedo escribir claro y que todos me entiendan cuando hablo de Dios, si este es inefable? ¿Cómo puedo hablar de la vida, si esta es incomprensible? Lo que me he propuesto es superior a mis fuerzas. Dios mío, ¡qué seguridad tenía antes, cuando escribía obras literarias y describía la vida tal como Él la pone ante nuestros ojos, y no como hago ahora, que la describo al modo de un pobre anciano, confuso, anhelante, que quisiera que

la vida fuese como él desea! No soy ningún santo; no, no lo soy y no debiera querer enseñar a los hombres; no soy más que un hombre a quien Dios ha permitido gozar de unos sentidos y de unos ojos más abiertos que los demás para que cante las alabanzas del mundo. Y tal vez era yo entonces más veraz y mejor, cuando servía solamente al arte, ese arte que ahora maldigo insensatamente.

Tolstói se detiene y mira a su alrededor, como si quisiera convencerse de que nadie le está espiando cuando toma, de un estante, la novela en la que trabaja secretamente (pues públicamente ha despreciado el arte diciendo que es «vil» y «superfluo»). Allí hay algunas obras escondidas que han sido escritas en secreto por Tolstói: *Hadyi Murad*, *El cupón falso*; las hojea y lee algunas páginas. Sus ojos se van iluminando.

Sí, esto está bien escrito —se dice—. ¡Esto es bueno! Dios me ha llamado quizá para que yo describa su mundo y no para que trate de adivinar sus pensamientos. ¡Cuán hermoso es el arte! ¡Qué cosa más pura es escribir y qué penoso es pensar! ¡Qué feliz era cuando escribía esas páginas! Las lágrimas me corrían por las mejillas al describir un amanecer de primavera en *La felicidad conyugal*, y Sofía Andréievna venía por la noche, con ojos ardientes, y me abrazaba: cuando ella copiaba, tenía que detenerse y darme las gracias, y éramos felices toda la noche, toda la vida. Pero ya no puedo volver atrás, no puedo decepcionar más a los hombres; debo continuar por el camino que he emprendido porque los hombres esperan ayuda y consuelo de mí en su miseria espiritual.

Tolstói solloza y esconde otra vez el querido manuscrito. Como si fuera un escritorzuelo, sigue escribiendo sombríamente su tratado teórico; su frente está llena de pliegues y su barbilla tan hundida que a veces la barba blanca roza el papel con una especie de susurro.

¡Por fin mediodía! ¡Ya basta por hoy! Deja la pluma a un lado, y con su pasito menudo y ligero baja las escaleras. El mozo de cuadras le tiene ya preparada a Delire, su yegua favorita. De un solo impulso se monta en la silla; su cuerpo, hasta ahora encorvado en la mesa de escribir, está ya recto; Tolstói parece más alto, más fuerte, más joven, más vivo, cuando se le ve montado con el cuerpo erguido, ligero y ágil como un cosaco, cabalgando hacia el bosque. La barba blanca va y viene agitada por el soplo del viento, sus labios se abren voluptuosamente para poder aspirar mejor el vaho cargado de aromas que desprende la tierra, y que es como aspirar la misma vida, y la sangre voluptuosamente agitada le acaricia tibia y dulcemente desde las puntas de los pies hasta el caracol resonante de los oídos. Cuando entra cabalgando en el bosque, se detiene para ver, una vez más, cómo se abren los capullos de las flores y brillan al sol de primavera, y cómo las hojitas tiernas, delicadas como un bordado, se recortan contra el cielo. Con un golpe de rodillas conduce su yegua a los abedules; con sus ojos de halcón observa con emoción cómo las hormiguitas van y vienen en procesión microscópica por el tronco; unas, cargadas ya, con la barriga llena; otras, tomando su porción con sus diminutas pinzas de filigrana. Durante unos minutos, Tolstói permanece extasiado: el anciano patriarca contempla lo diminuto en la inmensidad; lágrimas tibias se deslizan por su barba. Qué maravilloso sigue siendo contemplar después de más de setenta años ese espejo de Dios que es la naturaleza, callada y elocuente al mismo tiempo, eternamente repleta de nuevos contrastes, más viva y más sabia en su silencio que todos los pensamientos y preguntas. El corcel piafa impaciente, Tolstói despierta de su ensimismamiento; con sus rodillas da un golpe en los flancos de la yegua para sentir en el soplo del viento no lo pequeño y lo delicado, sino lo salvaje y lo pasional. Y cabalga y cabalga y cabalga, feliz y despreocupado, recorre veinte verstas, hasta que el sudor comienza a relucir en los flancos del animal. Entonces, a trote corto y tranquilo, retorna hacia su casa. Sus ojos están luminosos, su alma, ligera. Tolstói se siente feliz y alegre, como cuando era un muchacho en los mismos bosques y en los mismos caminos que le son familiares desde hace setenta años.

Pero en las cercanías del pueblo, su rostro vuelve a oscurecerse. Con mirada experta examina los campos: hay allí, en medio de su propiedad, un campo sin cultivar, abandonado, la cerca está medio hundida y casi quemada, la tierra sin labrar. Enfurecido, Tolstói se acerca con el caballo para informarse. A una puerta sale una mujer que mira al suelo, sucia y descalza, con el pelo revuelto; alrededor de su falda andrajosa se agarran temerosos dos, tres niñitos semidesnudos, y en el fondo de la cabaña baja y llena de humo aparece todavía un cuarto. Tolstói, con el ceño fruncido, pregunta el motivo del abandono que acaba de observar. Lloriqueando, la mujer dice con palabras inconexas que desde hace seis semanas el marido está preso por haber robado leña. Ella, sin el hombre fuerte y trabajador, no puede cuidar el campo, y su marido ha hecho lo que ha hecho forzado por el hambre, el señor ya lo sabe: la mala cosecha, los elevados impuestos, la renta… Los hijos, al ver llorar a la madre, comienzan a chillar. Rápidamente, Tolstói se lleva la mano al bolsillo y, para zanjar el asunto, entrega a la mujer una moneda. Después cabalga deprisa, diríase que huye. Su rostro está sombrío; ya ha perdido la alegría:

Y esto sucede en mi propia…, no, en la posesión que he regalado yo a mi mujer y a mis hijos. Pero ¿por qué debo esconder siempre cobardemente mi complicidad y mi culpa detrás de mi esposa? Un juego de mentiras ante el mundo, no otra cosa ha sido la renuncia a mi fortuna; de la misma manera en que yo he explotado a los campesinos, ahora los míos siguen chupando el dinero a esos pobres. Lo sé muy bien: la misma casa en que vivo está construida con su sudor; cada teja, cada piedra es sangre suya, carne, trabajo. ¿Cómo pude regalar a mi mujer y a mis hijos una cosa que no me pertenecía, es decir, la tierra de esos campesinos, la tierra, en fin, que produce gracias a ellos? Vergüenza he de sentir ante Dios, en cuyo nombre, yo, Lev Tolstói, predico siempre justicia a los hombres, yo, que veo diariamente la miseria bajo mi ventana.

Su rostro furioso se ha oscurecido más todavía cuando llega a las columnas de piedra que señalan la entrada de la residencia señorial. Un lacayo con librea y un mozo de cuadras corren presurosos para ayudarle a bajar del caballo. «Mis esclavos», se burla Tolstói de sí mismo, colérico, recriminándose avergonzado.

En el amplio comedor espera ya la mesa puesta, con su mantel blanco como la nieve y sus cubiertos de plata; están allí la condesa, las hijas, los hijos, el secretario, el médico de la casa, la francesa, la inglesa, unos vecinos, un estudiante revolucionario que está empleado en la casa como maestro y, además, aquel reportero inglés; todo es bullicio en el salón comedor. Cuando Tolstói entra, se hace el silencio, un silencio respetuoso. Serio, haciendo gala de una cortesía aristocrática, Tolstói saluda a los invitados y se sienta a la mesa sin decir una palabra. Cuando el criado uniformado le presenta la fuente con su manjar preferido —espárragos, exóticos allí, preparados cuidadosamente—, Tolstói no puede menos que pensar en la harapienta mujer a la que él ha dado diez kopeks. Sombrío, se mira a sí mismo allí sentado.

Ojalá quisieran comprender que yo no puedo seguir viviendo así, rodeado de lacayos, con cuatro platos en la comida, servicio de plata y todos los lujos superfluos, mientras que otros están sufriendo las privaciones. Saben que solamente les pido una cosa, una sola cosa, que renuncien al lujo, ese pecado ignominioso contra la humanidad que Dios quiere que sea fraternal; pero ella, mi mujer, la que debería compartir mis pensamientos al igual que comparte mi cama y mi vida, es enemiga de ellos. Es como una rueda de molino que me hubiesen atado al cuello, una carga en mi conciencia que me obliga a llevar una vida falsa, una vida de mentiras; hace tiempo que debiera ya haber cortado las ataduras. ¿Qué tengo yo que ver con todos ellos? Me estorban tanto como yo les estorbo a ellos. Aquí estoy de más; soy una carga para todos ellos y hasta para mí mismo.

Con hostilidad involuntaria, levanta la mirada de su estado de rabia y la ve a ella, a su esposa, Sofía Andréievna. ¡Dios mío, qué vieja se ha vuelto! Su cabello está ya gris y tiene la frente arrugada y su boca dibuja una mueca de pesar. Y de pronto una ola de ternura inunda el corazón del anciano.

¡Dios mío —piensa—, qué apesadumbrada está, qué aspecto más triste tiene esta mujer que yo incorporé a mi vida cuando era una muchacha inocente, alegre, siempre sonriente! Hace ya toda una vida que vivimos juntos, cuarenta, cuarenta y cinco años, era una muchachita cuando la tomé, yo ya era un hombre maduro, y me ha dado trece hijos. Me ha ayudado a crear mis obras, ha amamantado a mis hijos, y yo, ¿qué he hecho de ella? Una mujer desesperada, casi loca, sobreexcitada, a quien hay que impedirle que pueda acceder a los somníferos para que no acabe con su vida de tan infeliz como ha sido conmigo. Y en cuanto a mis hijos, ya sé que no me quieren, y a mis hijas les estoy arrebatando la juventud. Y mis secretarios, que siempre están anotando cada palabra y picoteando en mis frases como los gorriones en la bosta de caballo; ya tendrán preparado el bálsamo y las cajas de incienso para mi momia destinada al museo de la humanidad. Y ese otro, ese petimetre inglés con su cuaderno preparado para anotar la explicación que yo le dé de la vida… Esta mesa es un pecado contra Dios y contra la verdad, y esta casa, horriblemente carente de misterio e impura, y yo soy un mentiroso que estoy cómodamente sentado en este infierno y me siento bien y a gusto, en vez de saltar y huir para seguir mi camino. Sería lo mejor para mí, y lo mejor para ellos, que me muriese: vivo demasiado tiempo y no suficientemente con arreglo a la verdad; hace ya tiempo que llegó mi hora.

El criado le ofrece otro plato: frutas dulces en espuma de leche y enfriadas con hielo. Con gesto de enfado, Tolstói aparta el plato. «¿No es buena la comida?», pregunta con angustia Sofía Andreiévna. «¿Te resulta demasiado pesada?».

Tolstói contesta con amargura: «Me resulta pesada precisamente porque es tan buena».

Los hijos no ocultan su disgusto; la mujer le mira, extrañada; el reportero aguza el oído: está claro que quiere retener cualquier aforismo.

La comida termina. Se levantan y pasan a un saloncito. Tolstói discute con el joven revolucionario, que, a pesar de todos los respetos, le contradice vivamente. Los ojos de Tolstói brillan, habla fuerte, impulsivamente, casi a gritos; cualquier discusión aún le apasionada, igual que antes la caza o el tenis. De pronto, se da cuenta de su fogosidad, se esfuerza por ser humilde y baja abruptamente la voz: «Tal vez me equivoco; Dios ha repartido sus pensamientos entre los hombres y nadie sabe si expresa sus propias ideas o las de Él». Después, para animar a los demás, dice: «Vayamos un poco al parque».

Pero antes se detienen. Bajo el antiguo olmo de la entrada, frente a la escalinata, junto al «árbol de los pobres», están esperando a Tolstói los visitantes del pueblo, los mendigos y los sectarios, los «siniestros»; han recorrido a pie más de veinte millas para pedir consejo o también algún dinero. Están allí quemados por el sol, fatigados, con los zapatos llenos de polvo. Cuando se aproxima Tolstói, el *barin*, el «amo», se inclinan a la manera rusa hasta casi tocar el suelo. Tolstói va hacia ellos con paso rápido. «¿Qué queréis preguntar?». «Quería preguntarle, ilustrísima…». «No soy ilustre —le corrige Tolstói—. Nadie lo es salvo Dios». El campesino hace girar la gorra y comienza a decir atropelladamente si es cierto que la tierra debe pertenecer a los campesinos y cuándo le darán el pedazo de tierra que le corresponde. Tolstói contesta con impaciencia: le enoja la falta de claridad. Después, toca el turno a un guardabosques con toda clase de preguntas sobre Dios. Tolstói le pregunta si sabe leer, y como el otro dice que sí, Tolstói ordena que le den un ejemplar de su escrito *¿Qué debemos hacer?* y se despide de él. Luego los mendigos se le van acercando de uno en uno. Tolstói se deshace de ellos enseguida dándoles una moneda de cinco kopeks; está impaciente. Al volver el rostro, observa que el reportero le ha fotografiado en medio del grupo, mientras daba las limosnas. De nuevo se ensombrece su rostro:

Así me muestran: Tolstói, el bondadoso, el que está con los campesinos, el que da limosnas, el hombre noble, caritativo. Pero si pudieran leer en mi corazón, verían que jamás he sido bueno; lo único que he hecho es tratar de aprender a ser bueno. En realidad, nada me ha interesado, sino mi propio yo. Nunca he sido caritativo: en toda mi vida no he dado a los pobres ni la mitad de lo que antes perdía en una sola noche jugando a las cartas en Moscú. Nunca se me ha ocurrido mandar a Dostoievski, sabiendo que estaba pasando hambre, los doscientos rublos que para él hubieran sido la solución para todo un mes o tal vez para siempre. Y a pesar de todo eso, he de soportar que me celebren y me ensalcen por ser el hombre más noble, cuando en realidad sé perfectamente que estoy solo en el principio del principio.

Ahora ya va camino del parque y el anciano marcha con tanta impaciencia y agilidad que los demás casi no le pueden seguir. Basta de continuar hablando; ahora a ejercitar los músculos, la flexibilidad de los tendones, mirar un ratito como sus hijas juegan al tenis, la inocencia y la destreza del ejercicio físico. Con interés, sigue los movimientos del juego y sonríe orgullosamente con cada buen golpe, su humor sombrío desaparece, conversa y se ríe. Con sus sentidos más atentos y serenos, pasea por el blando musgo perfumado. Después, vuelve a su despacho para leer y descansar un poco; a veces se siente verdaderamente fatigado y con las piernas pesadas; mientras está allí solo echado en el sofá de cuero, con los ojos cerrados, y sintiéndose cansado y viejo, se dice a sí mismo: «Está bien así: ¿dónde quedaron aquellos tiempos terribles en que yo temía a la muerte como si fuera un espectro, me escondía de ella y hasta la quería negar? Ahora ya no le tengo miedo, y hasta me encuentro satisfecho de sentir su proximidad». Se incorpora; en el silencio, los pensamientos brotan a montones. A veces, con el lápiz, escribe algunas palabras; después se inclina un buen rato con el semblante serio. Y el rostro del anciano, ya fatigado, se torna hermoso, ensimismado en sus ideas y ensoñaciones, a solas consigo mismo y con sus pensamientos.

Por la noche baja a reunirse con los que conversan, el trabajo está ya hecho. Goldenweiser, su amigo pianista, pregunta si puede tocar algo. «¡Estupendo! ¡Muy bien!». Tolstói se apoya en el piano; con una mano hace sombra a sus ojos para que nadie vea hasta qué punto le emociona la magia de los sonidos entrelazados. Escucha atentamente, con los párpados cerrados, respirando profundamente. Es extraordinario que la música, de la cual tanto ha renegado expresamente, fluya maravillosamente hacia él, le suavice el alma y aleje de él los pensamientos molestos. «¿Cómo pude maldecir el arte?», se pregunta a sí mismo.

> ¿Acaso hay algún otro consuelo fuera de él? Todo pensamiento oscurece, todo conocimiento nos perturba, ¿y dónde se puede apreciar más claramente la presencia de Dios sino en la creación artística? Beethoven, Chopin, hermanos míos, siento vuestra mirada posada en mí y el corazón de toda la humanidad palpita en mi pecho; perdonadme, hermanos míos, por haberos injuriado.

Ha terminado la pieza musical con un acorde retumbante, todos aplauden y Tolstói vacila un poco, pero acaba también por aplaudir. Está libre de toda inquietud. Con una amable sonrisa, participa en la conversación; por fin hay algo de alegría y de calma en su interior. Ese día tan variado parece haber concluido.

Sin embargo, antes de irse a la cama, entra en su despacho. Antes de que finalice el día, Tolstói ha de juzgarse una última vez a sí mismo, pedirse cuentas de cada hora del día y de toda su vida. Su diario está abierto, el ojo de la conciencia le mira desde las hojas en blanco. Tolstói pasa revista a cada hora del día y se juzga. Piensa en los campesinos, en la miseria de la cual él es el culpable y ante la cual ha pasado de largo sin hacer más por ellos que darles una pequeña moneda miserable. Piensa que ha sido impaciente con los mendigos y recuerda los malos pensamientos que ha tenido hacia su mujer. Apunta en el diario todas esas culpas, su libro de acusaciones, y anota sombríamente el veredicto: «Otra vez he sido perezoso y de alma débil. ¡No he hecho suficiente bien! Sigo sin aprender lo difícil, amar a los hombres que están a mi alrededor en vez de a toda la humanidad. ¡Ayúdame, Dios mío, ayúdame!».

Después, añade la fecha del día siguiente y las misteriosas «S. e. v.». Ahora sí que ha terminado el día. Con los hombros caídos, el anciano entra en la alcoba contigua, se quita la camisa y las grandes botas y arroja su cuerpo a la cama, el pesado cuerpo, y, antes que nada, como siempre, piensa en la muerte. Los pensamientos vuelan inquietos como mariposas de colores a su alrededor, pero, poco a poco, como mariposas, se van perdiendo en el bosque de una oscuridad cada vez más profunda. El sueño le va venciendo poco a poco...

De pronto se sobresalta. ¿No ha oído pasos? Sí, pasos cercanos, pasos que se mueven con sigilo en el despacho; salta de la cama, silencioso y medio desnudo, y aplica el ojo a la cerradura de la puerta. Sí, hay luz en la habitación contigua; alguien ha entrado con una lámpara y revuelve sus papeles, hojea su diario para leer las palabras que son la conversación con su conciencia; es Sofía Andréievna, su esposa. Hasta en lo más íntimo de sus pensamientos quiere mirar su mujer, ni aun con Dios le quieren dejar a solas; en cualquier lugar, por todas partes, en su casa, en su vida, en su alma se ve rodeado de la codicia y la curiosidad de los hombres. Las manos de Tolstói tiemblan de furor, va a abrir la puerta violentamente para echar a la mujer que le traiciona; pero, en el último momento, domina su indignación. «Tal vez esto sea una prueba que se me impone». Así que vuelve a la cama en silencio, conteniendo la respiración, escuchándose a sí mismo como si se asomara a un pozo vacío. Y permanece despierto mucho tiempo, Lev Nikoláievich Tolstói, el hombre más grande y el más poderoso de su época, traicionado en su propia casa, atormentado por las dudas y helado por la soledad.

Decisión y transfiguración

Para creer en la inmortalidad, se debe vivir
una vida inmortal.

Diario, 6 de marzo 1896

A los setenta y dos años, en 1900, Tolstói ha pasado el
umbral del nuevo siglo. Con espíritu fuerte y con su figura ya legendaria, marcha el anciano hacia su consumación. Más amable que antes, el rostro del viejo explorador
del mundo está cubierto de la nieve de sus barbas, parece
un pergamino diáfano surcado por innumerables arrugas
y runas, la piel cada vez más amarillenta. En sus labios
mudos hay una sonrisa paciente, raras veces frunce su en-
trecejo enfadado; parece más indulgente y sereno. «¡Qué
bondadoso se ha vuelto!», exclama su hermano, que siempre le conoció como hombre irascible e indomable, y en
verdad su fuerte carácter pasional comienza a ceder, cansado ya de luchar y de sufrir. Un nuevo reflejo de bondad
se desprende de su rostro a la luz del ocaso. Es emocionante contemplar ahora a quien había sido tan sombrío:
parece como si la naturaleza hubiera trabajado vigorosa-
mente durante ochenta años solo para que finalmente
pueda verse en esa última forma su belleza más propia, la

gran majestad sabia e indulgente del anciano. Y esa figura transfigurada es la que la humanidad conserva en su memoria para recordar a Tolstói. Así, generaciones y generaciones de hombres llevarán respetuosamente grabado dentro de su alma ese rostro grave y tranquilo.

La edad, que acostumbra a rebajar y desfigurar la imagen de los hombres heroicos, brinda al rostro sombrío de Tolstói una perfecta majestad. La dureza se ha convertido en grandeza; la pasión, en bondad y comprensión fraternal. Y ciertamente el antiguo luchador quiere paz, «paz con Dios y con los hombres», paz también con su peor enemigo, con la muerte. Ha pasado ya, afortunadamente, aquella angustia cruel, aterrorizada, ante la idea de morir; el anciano ve ahora con mirada serena y buena disposición la aproximación del momento fatal. «Pienso que es posible que mañana ya no viva; cada día me acostumbro más a este pensamiento y a él me abandono tranquilamente». Y, algo maravilloso, desde que ha borrado de sí esa angustia ante la muerte, ha recobrado todo su sentido artístico. Así como Goethe, al final de su vida, regresa de sus distracciones científicas a su «principal negocio», también Tolstói, el predicador, el moralista, vuelve entre los setenta y ochenta años, una década en que no parecía probable, al arte, que había despreciado tanto tiempo. A principios del nuevo siglo, se despierta de nuevo en Tolstói el autor más poderoso del siglo precedente. El anciano Tolstói tensa el inmenso arco de su existencia con audacia, recuerda una vivencia de sus años de cosaco y de ahí surge *Hadyi Murad*, leyenda heroica, narrada con una sencillez grandiosa como lo supo hacer en los años de su más alta perfección. La tragedia *El cadáver viviente*, las magistrales narraciones *Después del baile* y *Kornei Vasiliev* y otras muchas pequeñas leyendas son testigos del glorioso retorno y la purificación del artista y de la desaparición del desconsuelo del moralista. Nadie podría adivinar en esas obras tardías la mano vacilante, fatigada de un anciano: incorruptible, imperturbable, la mirada gris del anciano pondera el destino eternamente estremecedor de la humanidad. El juez de la vida se ha convertido de nuevo en escritor, y el que antes quiso ser maestro de la vida, se inclina ahora respetuoso ante lo inescrutable de lo divino: aquella curiosidad impaciente por las preguntas trascendentales de la vida se ha suavizado convertida en una atención humilde a la ola impetuosa cada vez más cercana del infinito. Incesantemente, trabaja en su diario hasta que la pluma se le cae de las manos frías, como quien labrara en el campo inagotable de los pensamientos.

Pues ese hombre incansable no puede descansar, tiene del destino el encargo de luchar por la verdad hasta el postrer momento. Un último trabajo, el más sagrado, espera ser terminado, y ya no sirve para la vida, sino para su propia muerte que se aproxima; los últimos esfuerzos del artista han de ser para dar forma a una muerte digna y ejemplar, y para ello reúne todas las fuerzas que le quedan. En ninguna de sus obras literarias trabajó tanto tiempo y tan apasionadamente Tolstói como en su propia muerte: como artista auténtico y exigente, quiere entregar a la humanidad la última y más humana de sus acciones de una forma pura e impecable.

Esa lucha por una muerte pura, despojada de mentiras, por una muerte perfecta, se convierte en la batalla decisiva de una guerra sin tregua en aras de la verdad que ha durado setenta años, y al mismo tiempo la que exige un mayor sacrificio por ir contra su propia sangre. Queda por realizar una última hazaña que él ha rehusado siempre acometer a lo largo de su vida por un temor que podemos entender: la renuncia definitiva e inapelable a sus propiedades. Una y otra vez, al igual que su personaje Kutuzov, que sabe retirarse esquivando la batalla definitiva para llegar a las posiciones estratégicas que le permitan vencer al temible enemigo, Tolstói había ido aplazando la entrega de su fortuna y se había refugiado, acosado por su conciencia, en la «sabiduría de no hacer nada». Cada intento suyo por renunciar a sus derechos de autor encontró siempre la resistencia más enconada de su familia, y Tolstói era demasiado débil y demasiado humano para imponerse a ella con un gesto brutal. Durante muchos años se había limitado a no manejar personalmente ningún dinero y a no hacer ningún uso de sus ingresos. Pero —así se acusa él mismo— «esa renuncia se fundaba en el hecho de que yo negaba por principio toda propiedad y por un falso sentimiento de vergüenza ante los hombres no me ocupaba de ella para que así no se me acusara por mi inconsecuencia». Siempre, tras distintos intentos que no fructifican y que provocan una tragedia en la familia, deja para más adelante la decisión clara y vinculante sobre su legado, alejándola de sí mismo a un momento sin concretar. Pero en 1908, a los ochenta años, cuando la familia aprovecha ese aniversario para hacer una nueva y costosa edición de sus obras completas, ya no le es posible al enemigo público de toda propiedad quedarse de brazos cruzados; y a los ochenta años, a pecho descubierto, tiene que librar la batalla decisiva. Y así Yásnaia Poliana, el lugar de peregrinación en Rusia, se convierte en el escenario a puerta cerrada de una guerra entre Tolstói y los suyos, guerra que es tanto más odiosa y cruel por girar alrededor de una cosa tan despreciable como es el dinero, y de cuya virulencia incluso los terribles lamentos recogidos en su diario solo pueden darnos una idea: «¡Cuán difícil es el desprenderse de esta sucia y vil propiedad», escribe compungido en esos días (25 de julio 1908), pues, con todas sus garras, la mitad de la familia se ha aferrado a ella. Escenas de la peor especie, cajones forzados, armarios revueltos, tentativas de declarar la incapacidad, que se van alternando con escenas terribles, como los intentos de suicidio de su esposa y las amenazas de huir por parte de Tolstói: el «infierno de Yásnaia Poliana», como él lo llama, ha abierto sus puertas. Pero es en este momento de tormento absoluto cuando Tolstói encuentra las fuerzas para decidirse. Por fin, unos pocos meses antes de morir, se decide Tolstói, precisamente para que en su muerte haya pureza y honradez, a no soportar ya más ambigüedades ni confusiones, y lega de forma inequívoca, en un testamento para la posteridad, su propiedad intelectual al conjunto de la humanidad. Pero para esa última verdad precisa una última mentira. Como sabe que en su casa está vigilado y espiado, el anciano de ochenta y dos años sale como para dar un paseo hasta el vecino bosque de Groumont, y allí, sentado en el tocón de un árbol —¡el más dramático momento de nuestro siglo!—, firma Tolstói ante dos testigos y los caballos que resoplan impacientes la hoja que ha de hacer valer su voluntad después de su muerte.

Se ha liberado ya de las ataduras y cree haber librado la batalla definitiva; pero aún le espera la más dura, la más importante y la más necesaria, porque ningún secreto puede haber en esa casa. Las sospechas y los rumores sordos surgen de todos los rincones, corren de un lado a otro, y pronto la mujer sospecha, y no tarda en saberlo el resto de la familia, que Tolstói ha hecho un testamento en secreto. Lo buscan por los cajones y los armarios, examinan a fondo su diario para encontrar una pista. La condesa amenaza con suicidarse si el odiado Chertkov, cómplice de su marido, sigue viniendo a la casa. Entonces comprende Tolstói que allí, en medio de la pasión, la codicia, el odio y la inquietud, le será imposible dar forma a su última obra maestra, la muerte perfectamente consumada; y del anciano se apodera la angustia de que su familia pueda privarle «del sentido espiritual de esos preciosos momentos que tal vez son los más espléndidos». En lo más profundo de su ser cobra forma de nuevo el pensamiento de que para alcanzar la perfección, como reclama el Evangelio, hay que abandonar a la mujer y a los hijos, y renunciar a las posesiones y la riqueza en aras de la santidad. Tolstói había ya huido dos veces, en 1884 por primera vez, pero las fuerzas le abandonaron en mitad del camino. Entonces influyó mucho en su decisión de regresar al hogar el que su mujer se hallara en los trabajos del parto, y la misma noche de su regreso le dio un hijo, su hija Alexandra, que ahora está de su lado, protege su legado y se presta a auxiliarle en el camino postrero. Trece años más tarde, en 1897, huyó por segunda vez, dejando a su mujer aquella carta que se ha hecho inmortal, en la que expone lo que aflige a su conciencia:

> He decidido huir, en primer lugar, porque esa vida, a medida que más años pasan, más me oprime, pues anhelo la soledad, y, en segundo lugar, porque los hijos ya son ahora mayores y no necesitan mi presencia en la casa... Lo principal es que —igual que los hindúes huyen al bosque cuando cumplen los sesenta años— toda persona religiosa siente en la vejez el deseo de dedicar a Dios los últimos años de su vida, y no a bromas y juegos, al chismorreo o al tenis. Ahora en que ya he cumplido los setenta años, mi alma anhela con todas sus fuerzas la tranquilidad y la soledad para vivir en armonía con mi conciencia o —si eso no puede lograrse— huir de la manifiesta contradicción que hay entre mi vida y mis creencias.

Pero también regresó esa vez porque prevaleció su humanidad. Aún no tenía una gran fuerza en sí mismo, la voz que le llamaba no era lo bastante fuerte. Ahora, después de trece años de esa segunda huida y el doble de años de la primera, más dolorosamente que nunca siente el ansia de alejarse; su conciencia se siente poderosamente atraída, como por magnetismo, por esa fuerza inescrutable. En julio de 1910 escribe Tolstói en su diario:

No puedo hacer otra cosa que huir y en ello pienso seriamente. Muéstrame ahora tu cristianismo. *C'est le moment ou jamais* [Es ahora o nunca]. Ahora nadie necesita de mi presencia. Ayúdame, Dios mío, ilumíname; yo no quisiera hacer mi voluntad, sino solo la tuya. Escribo esto y me pregunto: «¿Es esto verdad? ¿No será que solamente finjo ante ti? ¡Ayúdame, ayúdame, ayúdame!

Pero una vez más titubea, le asalta la angustia por la suerte de los que deja atrás, se asusta de que en su deseo haya culpa, y, sin embargo, escucha tembloroso, inclinado sobre su alma como si esperara una llamada interior o una voz inexorable desde arriba, allí donde la propia voluntad aún titubea y flaquea. Como si rezara de rodillas ante la voluntad inescrutable a la que se entrega y en cuya sabiduría confía, confiesa en su diario su angustia y su inquietud. Esa espera es como una fiebre de su conciencia inflamada, ese escuchar su corazón es ya como un temblor único y monstruoso. Y se siente desoído por el destino y vencido por el sinsentido.

Entonces, a la hora justa y exacta, una voz suena en su interior, la primigenia: «¡Levántate, toma la capa y el cayado de peregrino!». Y él reúne todas sus fuerzas y parte hacia su consumación.

La huida hacia Dios

Únicamente en soledad se puede uno aproxi-
mar a Dios.

Diario

El 28 de octubre de 1910, alrededor de las seis de la mañana, la oscuridad de la noche reina aún entre los árboles,
algunas figuras rondan la mansión de Yásnaia Poliana. Se
oye ruido de llaves, las puertas se abren cautelosamente,
en el establo el cochero engancha los caballos, evitando
hacer ruido; en dos habitaciones se ven sombras inquietas que con lámparas deambulan como espectros entre
toda clase de paquetes, abren cajones y armarios. Las
puertas se abren sin ruido, las sombras se tambalean entre susurros por las raíces fangosas del parque. Un coche
rueda lentamente, evitando pasar por el camino cercano
a la casa, retrocede hasta la puerta del parque.

¿Qué sucede? ¿Han penetrado ladrones en la finca?
¿Es que la policía del zar cerca por fin la morada de ese
hombre tan sospechoso para practicar un registro? No,
nadie ha entrado en el castillo; es Lev Nikoláievich Tolstói
que huye sigilosamente como si fuera un ladrón que es-
capa de la cárcel de su vida, acompañado solo por su médi-

co. La voz que le llamaba ha sido una señal irrefutable y decisiva. De noche, ha vuelto a sorprender a su mujer que rebuscaba misteriosa a histéricamente entre sus papeles, y de pronto, al verlo, ha tomado abruptamente la decisión férrea de abandonarla, de abandonar a esa mujer que «ya no está en su alma», y de huir, adonde sea, hacia Dios, hacia sí mismo, hacia la propia muerte que tiene designada. Se ha puesto el abrigo sobre su camisa de trabajo, se ha puesto un gorro grueso en la cabeza, se ha calzado con unas botas de caucho, no lleva consigo nada más que lo que el espíritu necesita para comunicarse con los hombres: su diario, un lápiz y una pluma. En la estación de tren escribe presuroso otra carta a su mujer y se la envía por el cochero: «He hecho lo que es habitual en los viejos de mi edad, abandono esa vida mundana para pasar los últimos días de mi vida en el retiro y en el silencio». Entonces sube al tren, y en un banco pringoso de un vagón de tercera, envuelto en el abrigo, acompañado únicamente de su médico, Lev Tolstói, el fugitivo, parte hacia Dios.

Pero Lev Tolstói ya no se llama así. Del mismo modo que hizo antes Carlos V, señor de dos mundos, que abandonó las insignias de su poder para poder ser enterrado en el monasterio de El Escorial,[1] Tolstói ha abandonado su dinero, su casa, su fama y también ha dejado allí su nombre. Ahora se llama T. Nikoláievich, nombre inventado por uno que quiere encontrar una vida nueva y una muerte pura y apropiada. Libre de todo vínculo, ahora ya puede ser el peregrino de todos los caminos, siervo de su doctrina y de su palabra. En el convento de Schamardino

1. Aquí hay una cierta confusión por parte de Stefan Zweig: Carlos V fue enterrado en Yuste, pero su hijo hizo trasladar sus restos años después al Panteón de El Escorial, y allí se encuentra su sepulcro. *(N.d.E.)*

se detiene para despedirse de su hermana, la abadesa: dos ancianos frágiles se sientan juntos en la paz y la soledad del convento entre monjas serenas, transfiguradas por la paz y la soledad; pocos días después llega la hija de Tolstói, la que nació en aquella primera huida. Pero este aún no tiene suficiente con esa paz; teme ser reconocido, perseguido, alcanzado y arrastrado de nuevo a su vida incierta y falsa en su propia casa. Así, es despertado por mano misteriosa a las cuatro de la mañana del 31 de octubre, despierta a su vez a la hija para seguir viajando adonde sea, a Bulgaria, al Cáucaso, al extranjero, a cualquier sitio donde no le alcancen su fama ni los hombres, adonde pueda refugiarse en la soledad, consigo mismo y con Dios.

Pero ese terrible adversario de su vida, de su doctrina, de la gloria, su demonio torturador y tentador, no ha abandonado aún a su víctima. El mundo no permite que «su» Lev Tolstói sea dueño de su propia y sabia voluntad. Apenas se ha sentado en el vagón con su gorro bien encasquetado, uno de los viajeros ha reconocido al gran maestro, todos los viajeros se enteran, ya no hay secreto. Frente a la portezuela del vagón se apiñan hombres y mujeres ávidos de verle. Los periódicos de los viajeros ya van llenos de noticias acerca de la huida de ese animal precioso que se ha escapado de su jaula; traicionado y rodeado, de nuevo la gloriosa fama de Tolstói se ha atravesado en su camino hacia la culminación. Los hilos del telégrafo empiezan a trabajar, en todas las estaciones son alertados policías y empleados, en casa piden un tren especial y los reporteros vienen de Moscú, de San Petersburgo, de Nizni Nóvgorod, de los cuatro puntos cardinales, para ir tras el huido. El Sínodo Sagrado envía un sacerdote para hacerse cargo del arrepentido, y un señor raro sube de pronto al tren y pasa una y otra vez por el vagón, cada vez con un nuevo disfraz: un detective. No, la fama no deja escapar a su prisionero. Lev Tolstói no debe ni puede estar a solas consigo mismo; los hombres no le permiten que se pertenezca a sí mismo ni que pueda consumar su santidad.

Ya está cercado, rodeado, no hay ninguna espesura donde pueda esconderse. Cuando el tren llegue a la frontera, un funcionario le saludará cortésmente quitándose el sombrero y le negará el permiso para atravesarla; dondequiera que se retire a descansar, la fama se interpondrá ante él, ancha y ruidosa; no, no puede escaparse, las garras le sujetan. La hija observa de pronto que el cuerpo envejecido de su padre se estremece de frío; está agotado y se reclina en el banco de madera. El sudor brota de todos los poros del cuerpo tembloroso y le corre por la frente. La fiebre brota de su sangre, una enfermedad se ha apoderado de él, como si quisiera salvarlo. Ya la muerte extiende su sudario, el oscuro, para ocultarlo a sus perseguidores.

En Astapovo, una pequeña estación de ferrocarril, se ven precisados a hacer un alto; el moribundo no puede seguir ya más. No hay ninguna fonda, ningún hotel, ninguna casa señorial donde puedan acogerlo. Avergonzado, el jefe de la estación le ofrece su cuarto, que está en el mismo edificio de madera y de un solo piso (lugar de peregrinación después para el pueblo ruso). Se entra al enfermo que va estremecido por el frío y, de pronto, parece que es cierto que va a realizarse lo que había soñado; un cuarto pequeño, bajo, humilde, lleno de humo y pobreza, una cama de hierro, una luz miserable de una lámpara de petróleo; por fin está a mil millas de distancia del lujo y las comodidades, de todo aquello de lo que ha huido. Cuando va a morir, en sus últimos momentos, todo se ha convertido con exactitud en lo que había deseado más ardientemente: la muerte, pura, inmaculada, es como un símbolo que se adapta por completo a su mano de artista. En pocos días se ha levantado el grandioso edificio de su muerte, sublime afirmación de su doctrina, que ya no podrá ser derribada por la envidia de los hombres, que ya no podrá ser alterada ni destruida en su primigenia sencillez. En vano, tras la puerta, la gloria acecha sin aliento, con los labios secos, y los reporteros, los curiosos, los espías y policías y gendarmes, el sacerdote enviado por el Sínodo, los oficiales mandados por el zar, todos se apretujan y aguardan ansiosos: las actividades estridentes e indecentes de toda esa gente nada pueden ya contra esa última e inquebrantable soledad de Tolstói. Solo la hija, un amigo y el médico están de guardia; un amor, abnegado y silencioso, le rodea. Sobre la mesita de noche está el pequeño diario, su manera de hablar con Dios. Las manos febriles no pueden sostener ya el lápiz; por eso le dicta a la hija con los pulmones jadeantes, con voz apagada, sus últimos pensamientos, llama a Dios «el Todo ilimitado del cual el hombre se siente parte limitada, su revelación en la materia, el tiempo y el espacio», y proclama que la unión de esos seres terrenales con la vida de los otros seres solo se realiza por medio del amor. Dos días antes de morir, conserva todavía sus sentidos, que continúan en toda su tensión para llegar a comprender la sublime verdad, la inaccesible. Después, poco a poco, ese fulgurante cerebro se va cubriendo de oscuridad.

Fuera de la habitación se apretujan los hombres, curiosos y descarados. Él ya no puede oírlos. Ante las ventanas está Sofía Andreiévna, su mujer, su esposa durante cuarenta y ocho años, con los ojos llenos de lágrimas por los remordimientos, quiere volver a ver el rostro de Tolstói una vez más: él ya no la reconoce. Las cosas del mundo se vuelven cada vez más extrañas a esos ojos que fueron tan clarividentes. La sangre corre cada vez más pesada por las venas. En la noche del 4 de noviembre reúne todas sus fuerzas y gime todavía: «Los campesinos..., ¿cómo mueren los campesinos?». Esa vida insólita se defiende todavía de esa muerte insólita también. Hasta que el 7 de noviembre la muerte le llega al inmortal. La cabeza enmarcada de blanco cae sobre la almohada, los ojos se ponen vidriosos, esos ojos que son los más sabios que ha visto el mundo. Y solo ahora el impaciente buscador conoce al fin la verdad y el sentido de la vida.

Final

El hombre ha muerto, pero su relación con el
mundo perdura aún entre los hombres, y no
solo como en vida, sino mucho más poderosamente; y sus efectos son mayores fruto de
su sabiduría y de su amor y, como todo lo
vivo, crecen sin pausa y sin fin.

(De una carta)

Maxim Gorki llamó a Tolstói una vez hombre humano:
expresión insuperable, pues era un hombre como nosotros, formado por el mismo barro y atado por las mismas
imperfecciones terrenales, pero más profundamente conocedor de ellas y con un mayor sufrimiento por ellas.
No ha sido un hombre diferente de los de su época, sino
que ha sido más humano que la mayoría, más moral, más
sensible, más despierto, más pasional; una impresión
como si dijéramos más clara hecha con el primer troquel
en el taller del artista de la creación.

Esa estampa del hombre eterno, del que a nosotros
solo nos queda un esbozo borroso y a menudo irreconocible, es lo que Tolstói se propuso exteriorizar, poner de
manifiesto en nuestro mundo de confusión, y ello consti-

tuyó la acción fundamental de su vida; una acción inacabable, nunca del todo realizable y por ello fue doblemente heroica. Tolstói ha buscado y formado al ser humano en su manifestación externa, gracias a la incomparable exactitud de sus sentidos, lo ha buscado e interrogado en los oscuros secretos de su propia conciencia, penetrando en profundidades que solo se alcanzan hiriéndose a sí mismo. Con seriedad implacable, con dureza despiadada, su genio ejemplar ha escarbado en su alma para liberar así la imagen primigenia de la corteza terrenal y presentar su faz más noble y casi divina a toda la humanidad. Sin descansar nunca, sin conceder jamás a su arte el placer inocente del puro juego con las formas, ese audaz artista trabaja durante ochenta años en la gran obra de su perfeccionamiento a través de la descripción de sí mismo. Desde Goethe, ningún artista ha logrado como Tolstói hacerse visible tan claramente a sí mismo y al hombre eterno que hay en él.

Esa voluntad heroica de perfeccionamiento moral por medio del examen del alma propia no terminó en el mundo con el último suspiro de ese hombre único…; el poderoso impulso que dio sigue ejerciendo toda su fuerza. Aún quedan testigos que, estremecidos, han podido mirar los ojos grises, acerados, penetrantes de Tolstói, y sin embargo hace ya tiempo que la figura de Lev Tolstói se ha convertido en mito, su vida en una gran leyenda de la humanidad y su lucha contra sí mismo es un ejemplo para todas las generaciones. Porque todo pensamiento ofrecido en sacrificio, todo lo realizado heroicamente, nunca queda limitado a uno mismo en nuestra pequeña tierra, sino que tiene efecto en todos. Todo lo que un ser humano alcanza en grandeza supone para la humanidad una cota nueva y mayor. Solamente en la confesión a uno mismo de la ardiente verdad puede intuir el espíritu inquieto sus límites y las leyes que le rigen. Solo gracias a la creación que los artistas realizan de sí mismos, el alma de la humanidad se hace terrenalmente visible, el genio se transforma en figura.